PASS
INTERFERENCE

PASS INTERFERENCE - BAHN FREI FÜR DIE LIEBE

Ein Enemies-to-Lovers-Liebesroman

Denver Mountain Lions

EMILY SILVER

Kapitel Eins

COLIN

»Willst du vielleicht einen Blowjob?«

Ich schwenke einen Drink in meiner Hand, während grelle Lichter um mich herum flackern. Die Blondine, die neben mir sitzt, hatte meine Beweggründe bereits durchschaut, kaum dass ich den Club heute Abend betreten hatte. Ich kann nicht behaupten, dass mich die Aufmerksamkeit stört. In meiner Position gehört das einfach dazu.

»Klar.«

In der dunklen Ecke des Clubs sind wir vor Blicken anderer geschützt, als sie meinen Reißverschluss herunterzieht und meinen Schwanz in ihren warmen, feuchten Mund nimmt. Alkohol pulsiert durch meine Adern, während ich mich in dieser Frau verliere. Shit, wie war ihr Name doch gleich? Ich kann mich nicht mehr erinnern. Aber ich habe ohnehin nicht vor, ihn mir länger als für heute Nacht zu merken.

Das Gefühl ihrer Lippen um mein Glied bringt mich dem Höhepunkt immer näher, während sie an meinem

Schwanz saugt und leckt. Es ist ganz einfach, sich in ihr zu verlieren. Den Lärm in meinem Verstand auszublenden.

Eine leise Stimme in meinem Hinterkopf sagt mir, dass ich das hier nicht tun sollte. Doch als die mysteriöse Frau – Carli vielleicht? – ihre Zunge um die Spitze meines Schwanzes kreisen lässt, explodiere ich in ihrer Kehle.

»Fuck.« Ich schließe die Augen und lasse meinen Kopf gegen die Rückenlehne fallen, während ich versuche, mich besser zu fühlen, als ich es tatsächlich tue.

So läuft das bei mir schon, seitdem ich in der Liga bin. Aber im Moment kann ich keinerlei Energie aufbringen, um mich für die Person neben mir zu interessieren. Das macht mich zu einem riesigen Stück Scheiße, aber das ist mir egal.

Besagte Blondine steckt meinen nun wieder erschlafften Schwanz zurück in meine Hose und wischt sich den Mund ab, während sie sich auf meinen Schoß setzt.

»Lust, noch ein wenig mit zu mir zu kommen?« Ihre Lippen sind feucht und ihr Blick lasziv. Es ist, als würde ein Schalter bei mir umgelegt werden, und das Letzte, was ich jetzt tun möchte, ist, zu ihr nach Hause zu gehen.

Also stehe ich auf und setze sie auf der gepolsterten Bank der Sitznische ab.

»Tut mir leid, Babe, aber ich muss gehen.«

»Wie? Das war's jetzt?« Ihre Stimme ist hoch und schrill und bestätigt mir, dass ich gerade die richtige Entscheidung getroffen habe. Fangirls sind alle gleich: Sie wollen mit einem Footballspieler ins Bett. Mit wem genau, ist ihnen dabei egal – Hauptsache, sie bekommen einen.

Ich drücke ihr einen Kuss auf die Wange. »Morgen früh ist Training. Mach dir keine Gedanken, deine Rechnung geht auf mich.«

»Du bist so ein Arschloch«, erwidert sie höhnisch.

»Ich habe nie behauptet, keines zu sein.«

Ich lasse meine Rechnung für sie an der Bar offen und gehe hinaus in die schwüle Nacht Denvers. Es ist fast ein Uhr. Das wird morgen ein Scheißtag werden.

Es steht einer der ersten optionalen Trainingstage außerhalb der Season an, bevor das Trainingslager in zwei Wochen beginnt.

Das Team sagt zwar, dass die Teilnahme freiwillig ist, aber es macht keinen guten Eindruck, wenn man nicht dabei ist. Und da der Wahnsinn der Football-Season bald wieder losgeht, wusste ich, dass ich heute Abend noch etwas Dampf ablassen musste.

Ich weiß, dass ich ein Arschloch bin, aber Fangirls sind einfach perfekt für eine schnelle Nummer geeignet.

Keine Emotionen, keine Bindung. So friste ich mein Dasein, seit ich bei den Denver Mountain Lions bin. Es mag nicht gerade das erfüllteste Leben sein, aber es ist einfach und funktioniert für mich. Denn so kann ich mich ausschließlich auf Football konzentrieren.

Und nicht auf irgendetwas anderes, das mir im Leben fehlt. Oder auf diese gewisse Person, die ich schon seit Jahren in meinem Leben vermisse.

***

DAS LAUTSTARKE KLINGELN meines Handys reißt mich aus dem Schlaf. Ich kenne diesen Klingelton. Ich habe ihn extra dafür eingestellt, um ihn zu ignorieren. Das Sonnenlicht fällt durch die offenen Vorhänge in mein Zimmer. Der Rausch von letzter Nacht ist abgeklungen.

Glücklicherweise hört das Klingeln auf. Aber nicht das Vibrieren. Ich stöhne und drehe mich um, um mein Handy vom Nachttisch zu nehmen. Dutzende Benachrichtigungen leuchten mir auf meinem Display entgegen.

Fuck.

Diesmal gehe ich ran, als mein Dad erneut anruft.

»Was zur Hölle, Colin?«

Ich zucke zusammen und halte mir das Handy vom Ohr weg. »Was ist denn los?«

Selbst Hunderte Kilometer entfernt kann ich seine Verachtung durch das Telefon hindurch spüren. »Hast du dir heute noch keine Nachrichten angesehen?«

»O Mann.« Ich fahre mir abwesend mit der Hand übers Gesicht.

»Es ist fast acht Uhr. Komm endlich aus dem Bett raus und ruf mich an, sobald du das geschafft hast.«

Und damit beendet er das Gespräch. Das Letzte, was ich tun werde, ist, ihn zurückzurufen. Doch als ich einen verpassten Anruf meines Agenten bemerke, weiß ich, dass die Kacke am Dampfen sein muss.

Ich rufe ihn zurück, ohne vorher irgendwelche Benachrichtigungen auf meinem Handy geöffnet zu haben.

»Colin. Scheint so, als hättest du es dieses Mal wirklich vermasselt.« Earl redet nicht um den heißen Brei herum, sondern kommt immer direkt zur Sache. Das ist einer der Gründe, warum er mein Agent ist.

»Was ist denn los?«

»Sieht so aus, als ob die Frau, mit der du gestern Abend zusammen warst, nicht gerade begeistert darüber war, wie du sie behandelt hast. Es macht ein Artikel darüber die Runde, was für ein ›aufgeblasener, egoistischer Hurenbock‹ du bist.« Er räuspert sich. »Ihre Worte.«

»Fuuuuck.«

»Ich habe heute Morgen bereits drei Anrufe von Denvers Management erhalten. Es sieht nicht gut aus, Colin.«

»Ach, wirklich?«, schnauze ich ihn an. Ich werde

immer nervöser. Gestern Abend hat sich das alles vielleicht noch gut angefühlt, aber jetzt zahle ich den Preis dafür.

»Du bist in einem Vertragsjahr. Spieler wurden schon für weitaus harmlosere Dinge getradet. Du weißt, dass Denver es nicht mag, wenn man sich so verhält.«

»Es ist ja nicht so, als ob sie alles wüssten.«

Earl bricht in schallendes Gelächter aus. »Na klar, ich werde ihnen auf jeden Fall sagen, dass diese eine Frau nicht einmal die Spitze des Eisbergs ist. Ich bin mir sicher, dass sie wahnsinnig gern wissen würden, mit wie vielen Frauen du schon zusammen warst.«

»Was kann ich denn tun?« Ich ignoriere ihn und versuche, in den Problemlösungsmodus zu wechseln. Earl hat zwar in der Vergangenheit bereits hin und wieder hinter mir her geräumt, aber meistens behalte ich meine Angelegenheiten für mich.

»Vielleicht denkst du das nächste Mal lieber mit deinem Kopf.«

Ich verdrehe die Augen und klettere aus dem Bett. Auf dem Boden finde ich eine achtlos dort hingeworfene Jogginghose und ziehe sie an. Meine Schritte hallen durch das leere Haus, während ich in die Küche gehe. Es ist noch viel zu früh, um so ein Gespräch zu führen, ohne Koffein intus zu haben.

»Und, war das jetzt zu viel des Guten und ich bin raus? Kein Mountain Lion mehr?« Noch während ich die Worte ausspreche, spüre ich einen Stich in meiner Brust.

Denver ist alles, was ich je gekannt habe. Ich bin direkt von Knoxville nach Denver gewechselt und habe nie zurückgeblickt. Bei dem Gedanken, dass ich wegen eines einzigen Fehlers alles verlieren könnte, wird mir speiübel. Ich mag vielleicht manchmal nicht die klügsten Entscheidungen treffen, aber ich hätte nie gedacht, dass das, was ich tue, meinen Platz im Team gefährden könnte.

»Sag mir, dass ich es nicht zu sehr verbockt habe, Earl.« Wenn ich es laut ausspreche, kann ich es vielleicht wahr werden lassen.

»Ich habe heute ein Meeting mit dem Manager. Du gehst derweil zum Training und verhältst dich so, als wäre alles in Ordnung.«

»Und dann?«

Ich gebe den Kaffee in die Maschine, der schon darauf wartet, aufgebrüht zu werden. Eigentlich könnte ich gerade etwas Stärkeres gebrauchen, aber dafür ist es wohl noch etwas früh.

»Dann gehst du nach Hause und bleibst zu Hause. Ich will deine Visage für den Rest der Season in keiner Zeitung und in keinem Klatschblatt mehr sehen. Du kannst es dir nicht erlauben, es noch einmal zu versauen. Verstanden?«

Sein Ton ist bestimmt.

Ich atme tief ein und versuche, zu verarbeiten, was seine Worte für meine Zukunft bedeuten. Ich nicke, wohl wissend, dass er mich nicht sehen kann.

»Hast du mich verstanden? Ich glaube nicht, dass ich dir den Ernst deiner Lage noch weiter verdeutlichen muss.«

»Verstanden. Ich werde von jetzt an ein braver Junge sein.«

»Gut. Behalt dein Handy in der Nähe. Ich rufe dich an, sobald ich mehr weiß.«

Und ohne ein weiteres Wort beendet er unser Gespräch.

Was zum Teufel habe ich mir da nur eingebrockt?

Kapitel Zwei

»Was hältst du von diesem Outfit? Passt das?« Ich drehe mich um und betrachte den Rock aus allen Blickwinkeln im Spiegel.

»Es sieht gut aus«, erwidert Grier.

Sie sitzt inmitten von Kleiderstapeln auf meinem Bett und ich werfe ihr durch den Spiegel einen finsteren Blick zu. »Es darf nicht nur *gut* aussehen. Es muss perfekt sein, wenn ich dieses Vorstellungsgespräch rocken will.«

Grier wickelt sich eine Strähne ihres rotbraunen Haares um den Finger. »Du wirst es rocken, weil du du bist.«

»Dein Vertrauen in mich ist wirklich beneidenswert.«

»Sie wären verrückt, wenn sie dich nicht nehmen würden. Du bist einer der klügsten Menschen, die ich je getroffen habe.«

Ich schlüpfe aus meinem Rock und werfe ihn aufs Bett. Ich kenne Grier schon seit meinem ersten Tag an der Uni. Ohne sie wäre ich in meinem Studium wohl nie so weit gekommen. Die CU Boulder hat einen der härtesten Studiengänge für Sportmanagement im ganzen Land. Ich habe oft bis spät in die Nacht gelernt und mir die Zeit zwischen den Prüfungen mit Margaritas und gelegentlichen Tequila-Shots vertrieben. Aber hauptsächlich mit Margaritas.

»Wenn ich dieses Praktikum bekomme, könnte mir das wer weiß wie viele Türen öffnen. Ich muss besser aussehen als nur gut. Ich muss stilvoll aussehen.«

»Mach dir doch nicht so viele Gedanken. Das wird dich nur noch mehr stressen.« Grier steht auf, gibt mir einen Klaps auf den Hintern und geht zu meinem Schrank. Sie kramt in den wenigen Sachen, die sich noch darin befinden, und zieht ein schickes schwarzes Kleid heraus. »Zieh doch das an. Wenn du es mit meinen Schlangenlederschuhen und deiner Kette kombinierst, wird das jeden dort umhauen.«

Ich spiele an meiner Halskette herum und fahre an den abgenutzten Buchstaben entlang. Selbst nach all diesen Jahren habe ich mich nie dazu bringen können, sie abzulegen. Sie ist mein Sicherheitsnetz, auch wenn die Person, mit der ich sie verbinde, nicht mehr Teil meines Lebens ist.

»Du hast recht. Schlicht und klassisch.«

»Ganz genau. Mach dir nicht so viele Gedanken. Du wirst dieses Vorstellungsgespräch rocken. Die wären schön blöd, wenn sie dich nicht nehmen würden.«

Ich richte mich auf und nehme mir ihre Worte zu Herzen. »Du hast recht. Ich werde die verdammt beste Praktikantin sein, die sie je gesehen haben. Und wenn ich meinen Abschluss in der Tasche habe, werde ich mich vor Jobangeboten kaum retten können.«

»Das ist die richtige Einstellung.« Grier klopft mir auf die Schulter. »Wie wär's mit ein paar Schnäpschen, um deine Nerven etwas zu beruhigen?«

»Grier!«, schreie ich meine Freundin an, während sie sich kichernd auf den Weg in die Küche macht. Ich ziehe mir eine Jogginghose und ein T-Shirt an und folge ihr. »Heute Abend wird nicht getrunken. Ich muss morgen ausgeruht und bei klarem Verstand sein.«

»Entspann dich, Süße. Du hast das voll drauf. Du weißt mehr über Football als sonst irgendjemand, den ich kenne.«

Ich spiele an meiner Halskette herum. Das mache ich immer, wenn ich nervös bin. »Aber was ist, wenn es irgendwo da draußen noch einen besseren Kandidaten gibt als mich?«

Ich will diese Stelle so sehr, dass ich mich förmlich schon darin sehe. Alles, was ich je wollte, liegt direkt vor mir. Ich bin mit Football groß geworden. Mit einem Vater, der Mannschaftsarzt des College-Football-Teams von Tennessee war, war es nahezu unmöglich, diesen Sport nicht lieben zu lernen.

Und jetzt, wo ich die Wahl habe, möchte ich mit jedem Team zusammenarbeiten, das mich haben will.

Außer Vegas. Nie im Leben Vegas. Das ist der größte Haufen bescheißender Arschlöcher, den ich je gesehen habe.

»Müssen wir noch einmal darüber sprechen, wie großartig du bist?«

Ich hole mir eine Limo aus dem Kühlschrank und mache sie auf. »Ich werde ja wohl ein wenig nervös sein dürfen. Schließlich sprechen wir hier über nichts Geringeres als meine Zukunft.«

Grier ignoriert mich. »Du hast deinen GRE-Test mit Bravour bestanden. Du hast den besten Notendurchschnitt von allen in unserem Studiengang, mich eingeschlossen.« Sie hakt jeden Punkt symbolisch mit einem Finger ab. »Allein schon die Tatsache, dass du ein Vorstellungsgespräch bei Markham and Associates hast, ist unglaublich. Und dann besteht sogar die Möglichkeit, noch vor Beginn des Semesters dort einzusteigen. Ist dir bewusst, wie schwer es ist, bei denen unterzukommen?«

Ich nicke. Alle in unserer Klasse haben mich beneidet. »Aber es ist doch nur ein Vorstellungsgespräch.«

»Aber ein Vorstellungsgespräch bei Earl Markham bedeutet, dass du den Job schon so gut wie in der Tasche hast.«

Diesmal kann ich das Lächeln nicht verhindern, das sich auf meinem Gesicht ausbreitet. »Hör auf, mir solche Hoffnungen zu machen.«

»Hoffentlich wirst du mit den heißen Spielern zusammenarbeiten.«

Ich schlage ihr auf die Hand, als sie anfängt, übrig gebliebene Behältnisse mit chinesischem Essen aus dem Kühlschrank zu ziehen. »Ich kann von Glück reden, wenn ich überhaupt mit *irgendwelchen* Spielern zusammenarbeiten darf. Wenn ich den Job kriege, werde ich erst einmal nur die Drecksarbeit erledigen dürfen. Ich werde schon wochenlang dort Kaffee gemacht haben, bevor überhaupt jemand meinen Namen kennt. Für die meisten Leute dort werde ich einfach ›Hey du‹ sein.«

Grier lacht, aber ich erkenne ganz genau den Moment, in dem sie denkt, was ich auch gedacht habe. »*Er* arbeitet aber nicht mit Earl zusammen, oder?«

Ich verziehe das Gesicht. »Nein. Das letzte Mal, als ich nachgesehen habe, war er bei einer Firma in Vegas.«

Grier schüttelt den Kopf. »Na Gott sei Dank. Könntest du dir vorstellen, jeden Tag deinen Ex sehen zu müssen?«

»Wie sieht's denn jetzt eigentlich mit den Schnäpschen aus?« Ich würde alles tun, damit sie damit aufhört, über meinen Ex zu sprechen.

Sie klatscht in die Hände. »Na endlich! Aber nur einen. Als Glücksbringer!«

»Ich kann wirklich alles Glück der Welt gebrauchen.«

»ALSO, Peyton, warum wollen Sie diese Stelle haben?« Tammy, die ältere Dame, die mit mir das Vorstellungsgespräch führt, wirkt streng, aber fair. Sie hat es mir leicht gemacht, in das Gespräch hineinzufinden, und ich konnte all ihre Fragen beantworten, ohne mich dabei in eine tollpatschige Idiotin zu verwandeln. In der Nähe von starken Frauen fühle ich mich immer sehr wohl. Es ist, als würde ich mich in deren Position hineinversetzen und jede ihrer Handlungen nachahmen wollen.

»Ich bin mit Football aufgewachsen. Ich habe Sport schon immer geliebt, und es ist auch das, worauf ich schon immer mein Leben ausrichten wollte. Social-Media-Management ist etwas, das viele Teams nicht so gut beherrschen. Teams wie Denver haben eine großartige Social-Media-Präsenz; andere hingegen – wie Vegas – nicht. Ich möchte von den Besten lernen, damit ich für das Unternehmen, für das ich einmal arbeiten werde, ein Gewinn sein kann.«

»Und was würden Sie sagen, wenn wir Sie mit einem unserer Eishockeystars zusammenarbeiten lassen würden?«, fragt sie und lächelt mich verschmitzt an.

»Ich verfolge das Team von Colorado schon, seit ich hierhergezogen bin, also würde ich das sehr gerne tun. In der letzten Saison standen sie kurz davor, in die Play-offs zu kommen.«

Tammy streicht sich eine graue Haarsträhne hinters Ohr. »Ich muss zugeben, dass Sie Ihre Hausaufgaben gemacht haben. Die meisten Frauen, die sich bei uns vorstellen, können zwar die Statistiken aller Spieler aufzählen, die wir vertreten, aber nicht die dazugehörigen Mannschaften. Ich bin beeindruckt.«

»Wie gesagt, ich bin mit Sport groß geworden. Ich liebe eigentlich alle Sportarten.«

»Sogar Golf?« Tammy lacht.

»Sogar Golf«, erwidere ich lächelnd. »Aber bitten Sie mich bloß nicht darum, zu spielen.«

»Nein, nein, keine Sorge. Sie werden wahrscheinlich eine Springerin. Vielleicht lässt Earl Sie auch an einigen seiner Spezialprojekte arbeiten. Was wir von Ihnen erwarten, ist Anpassungsfähigkeit.«

Ihre Worte lassen mich aufhorchen. Wenn sie schon über meine potenziellen Tätigkeiten spricht, könnte das ein gutes Zeichen sein. »Ich bin sehr anpassungsfähig.«

»Wir halten nichts davon, Sie nur Kaffee kochen zu lassen.« Tammy lächelt. »Auch wenn das gelegentlich vorkommen mag, legt Earl großen Wert darauf, dass seine Praktikanten Erfahrungen in den verschiedensten Bereichen sammeln. Wenn Sie für Markham and Associates arbeiten, möchte er auch, dass Sie gleich sehen, wie der Hase läuft.«

»Das klingt großartig.«

»Da dies Ihr letztes Studienjahr ist: Haben Sie sich schon Gedanken darüber gemacht, was Sie nach Ihrem Abschluss machen wollen?«

»Ja!«, sage ich mit etwas zu viel Enthusiasmus. »Ich meine, ja. Ich würde gerne in Denver bleiben und hier eine Stelle antreten. Oder mit einem der Teams in der Stadt zusammenarbeiten.«

»Es freut mich, dass Sie bereits darüber nachdenken. Ich glaube, Sie werden Ihren Job hier großartig machen, Peyton. Wir freuen uns darauf, Sie in unserem Team zu begrüßen«, sagt Tammy und steht auf.

»Ich habe also den Job?«

Sie nickt mit einem Lächeln im Gesicht. »Ja, das haben Sie. Sie werden am Montag anfangen. Ein bisschen Papierkram, Firmenrichtlinien über das Verbot von Intimität zu Klienten und Schmiergeldzahlungen, solche Sachen. Nichts allzu Zermürbendes. Wir geben Ihnen erst einmal ein wenig Eingewöhnungszeit, bevor wir Sie ins kalte Wasser werfen.«

»Ich bin mehr als bereit dafür.« Es fällt mir schwer, meine Begeisterung zu zügeln. »Vielen Dank, Tammy.«

Tammy streckt ihre Hand aus und ich ergreife sie, wobei ich sie wahrscheinlich mit etwas zu viel Elan schüttle.

Dann folge ich ihr durch die Bürowaben und stelle mir dabei vor, selbst Teil dieses Teams zu sein. Wieder ein Schritt näher an meinem Ziel.

»Wir sehen uns dann am Montag«, verabschiedet mich Tammy schließlich.

»Ich kann es kaum erwarten.«

Kapitel Drei

COLIN

»**D**a ist ja unser aufgeblasener, egoistischer Hurenbock«, ruft Knox von der anderen Seite der Umkleide. Gefühlt alle Augen richten sich auf mich, während ich durch den großen Raum zu meiner Kabine gehe. Sogar das Mountain-Lions-Logo auf dem Fußboden scheint mich zu verurteilen.

»Es überrascht mich, was für Wörter du kennst. Die sind ziemlich hoch für jemanden wie dich«, versuche ich abzulenken und zeige ihm den Mittelfinger.

»Ich habe ihm gesagt, dass er die Klappe halten soll«, murmelt Jackson neben mir, während er seine Kniebandage hochzieht. »Glaub mir, aus so einem Grund in den Medien zu sein, ist nicht witzig.«

Ich weiß noch, dass Jackson letztes Jahr wegen seiner Ex eine Menge Scheiße durchgemacht hat. Zumindest habe *ich* mir mein Problem selbst eingebrockt.

»Wie schlimm ist es?«, fragt Alex und zieht sich sein Trainingstrikot über den Kopf.

»Ach. Ich soll nur den Ball flach halten und mich von

weiterem Ärger fernhalten. Das wird schon wieder.« Ich versuche, so zu tun, als wäre das alles keine große Sache.

Wenn ich mir das immer wieder sage, fange ich vielleicht auch an, es zu glauben.

»Colin! Nach dem Training hast du einen Termin mit mir!«, ruft Coach Brooks aus seinem Büro.

»»Das wird schon wieder‹, hm?«, fragt Jackson. »Bist du dir da sicher?«

»Fuck.«

Wenn der Coach mit mir reden will, dann ist es wohl schlimmer, als ich dachte. Da klingelt mein Handy in meinem Spind. Als ich sehe, dass es wieder mein Dad ist, ignoriere ich den Anruf.

»Eine weitere deiner vielen Frauen?«, meldet sich Logan, der auf der anderen Seite neben Jackson sitzt.

»Schlimmer. Mein Dad.«

»Ist er etwa nicht erfreut darüber, seinen Sohn in der Klatschpresse zu sehen?«, fragt Knox.

»Er will mir wahrscheinlich nur vorwerfen, wie ich unsere beiden Leben gleichzeitig zerstöre.«

»Verdammt, klingt nach einem ziemlichen Arschloch«, meint Logan.

Ich nicke. »Wem sagst du das! Allerdings hat es lange gedauert, bis ich das gecheckt habe.«

Nach jedem Spiel hat mein Vater immer jeden einzelnen Fehler von mir analysiert. Und dabei war es ganz egal, ob ich einen Touchdown erzielt oder den Pass-Rekord der Mannschaft gebrochen hatte: Ich hätte immer noch besser sein können. Eigentlich hätte das dazu führen müssen, dass ich diesen Sport verabscheue, aber stattdessen hat es nur meine Entschlossenheit gesteigert, der verdammt beste Wide Receiver zu werden, den die Welt je gesehen hat.

Um ihn zu ärgern.

Das Geld, das ich jedes Jahr verdiene, ist ein großes ›Fuck you‹ an meinen Vater. Sogar mit einem Rookie-Vertrag.

»Glaubst du, du kannst das Training absolvieren, ohne im Rampenlicht zu landen?«, fragt Knox und klopft mir auf die Schulter.

»Keine Ahnung. Schaut deine Mutter zu? Vielleicht kann ich sie danach ja mit zu mir nach Hause nehmen.«

»Fick dich«, entgegnet Knox und zeigt mir den Mittelfinger.

»Ach, willst du etwa nicht, dass ich dein neuer Stiefpapa werde?«, frage ich und verpasse ihm einen Stoß, als wir uns auf den Weg zu den Trainingsplätzen machen.

»Glaub bloß nicht, dass ich dich auf dem Feld nicht bei der ersten Gelegenheit tackeln werde.«

»Im Moment hat er das auch verdient«, meint Jackson, setzt seinen Helm auf und läuft in die entgegengesetzte Richtung davon.

»Young! James! Hört auf zu quatschen und bewegt euren Arsch hierher!«, ruft uns unser Offensive Coordinator zu.

»Wie sieht der Spielplan für heute aus?«, fragt Alex.

Ich schaue mir an, woran wir arbeiten, und lenke meinen Fokus auf die Laufspielzüge. Damit fühle ich mich am wohlsten. Ich kenne diese Spielzüge wie meine Westentasche.

Das Training bringt mich für eine Weile auf andere Gedanken. Das Gefühl des Rasens unter meinen Stollen; der perfekte Wurf, der in meinen Händen landet – traumhaft.

Es sind die anderen Störgeräusche in meinem Kopf, die mich in Schwierigkeiten bringen.

Wir führen eine Übung nach der anderen aus. Unser Coordinator hat sich ein paar neue Laufspielzüge ausgedacht, die wir zusammen trainieren. Es macht immer Spaß, sie mit Alex durchzuarbeiten. Da wir zur gleichen Zeit gedraftet wurden, wissen wir schon, wo der jeweils andere sein wird, bevor wir überhaupt darüber nachdenken.

Das macht diese neuen Spielzüge einfacher zu verstehen.

Und ehe ich mich versehe, ist das Training auch schon vorbei.

Ich ignoriere alle anderen in der Umkleide und gehe schnurstracks zum Büro des Trainers. Besser, ich bringe es gleich hinter mich.

Ich klopfe einmal, bevor ich hereingewunken werde.

»Setz dich, Junge.« Der Coach deutet auf einen Stuhl vor seinem Schreibtisch. »Ich nehme an, du weißt, warum du hier bist?«

Es wäre dumm, jetzt den Ahnungslosen zu spielen, also spiele ich einfach gleich mit offenen Karten. »Das tue ich.«

Sein durchdringender Blick lässt mich nervös auf meinem Platz hin und her rutschen. Mit dem Coach ist nicht zu spaßen. Er ist ein Mann der wenigen Worte. Jemand, für den man alles tun würde, um zu gewinnen. Er ist einer der besten Trainer, die ich je hatte, und der Blick, den er mir gerade zuwirft, ist etwas, das ich von ihm nicht gewohnt bin.

»Colin, bist du gerne Teil dieser Mannschaft?«

Meine Antwort kommt wie aus der Pistole geschossen. »Die Mannschaft ist alles für mich.«

»Und warum würdest du dann etwas so Dummes tun, das deine Position in dieser Mannschaft gefährden könnte?«

Ich räuspere mich; meine Kehle ist wie ausgetrocknet. »Ich schätze, ich habe nicht gedacht …«

»Genau *das* ist das Problem. Du hast nicht gedacht«, unterbricht mich der Coach.

Ich wische meine Hände an meiner Hose ab, die vor lauter Aufregung in der Zwischenzeit schweißnass sind.

»Ob es dir nun bewusst ist oder nicht: Du hast eine gewisse Machtposition inne. Und du kannst mit dieser Macht etwas Gutes tun, oder du kannst so etwas machen wie gestern Abend.«

In mir zieht sich alles zusammen, wenn ich daran denke, dass der Coach die Artikel gesehen hat. Und ich bin mir sicher, dass er sie gesehen hat, genauso wie jeder andere im Team-Management auch.

»Werde ich jetzt rausgeschmissen?« Die Worte platzen aus mir heraus, bevor ich überhaupt die Chance habe, richtig darüber nachzudenken.

»Jetzt sofort? Nein.«

Ich stoße einen erleichterten Seufzer aus.

»Aber nimm das nicht zum Anlass, dir deines Platzes im Team zu sicher zu sein. Der Manager hat mich informiert, dass du heute Nachmittag ein Treffen mit deinem Agenten haben wirst. Sie haben einen Plan ausgearbeitet, um dich wieder in die Gunst des Teams und der Fans zu bringen.«

»Und wenn ich mich dabei gut anstelle?«

»Dann sollten wir keine weiteren Probleme haben.« Sein Ton ist endgültig und gibt mir zu verstehen, dass ich jetzt gehen kann.

Ich will gerade aufstehen, als er zu mir sagt: »Eine Sache noch, Colin.«

»Ja, Coach?«

»Ich glaube, ich muss nicht extra betonen, wie wichtig es für dich ist, dass du dich an den Plan hältst. Ein winziger Fehltritt und du könntest raus sein. Und ich will dich wirklich nicht traden müssen. Du bist der beste Wide Receiver, den wir je hatten, und ich fände es schrecklich, wenn diese Geschichte der entscheidende Faktor wäre, ob du bleibst oder gehst.«

»Ich werde alles tun, was nötig ist, Coach.«

Er nickt und ich verlasse sein Büro.

Meine Haut fühlt sich an, als wäre sie zwei Nummern zu klein, während ich zurück zu meinem Spind gehe. Knox scheint etwas sagen zu wollen, aber was auch immer er in meinem Gesicht liest, hält ihn davon ab. Ich ziehe meine Trainingssachen aus, schnappe mir ein Handtuch und gehe unter die Dusche.

Mit den Händen an die gekachelte Wand gestützt, lasse ich das heiße Wasser über mich laufen. Es lindert das Brennen der Muskeln nach einem harten Training.

Das Beste am Football ist, dass ich alles da draußen auf dem Feld lassen kann. Was auch immer ich fühle, bringe ich mit ins Training oder ins Spiel ein.

O Mann. Warum muss ich nur immer mit meinem Schwanz denken?

Das ist schon so, seit ich gedraftet wurde. Ich wollte mich nicht auf das konzentrieren, was ich verloren hatte, also war es einfacher, mich mit Frauen abzulenken, die mir nichts bedeuteten.

Vielleicht war das der Weckruf, den ich gebraucht habe. Um meinen Scheiß auf die Reihe zu kriegen und endlich mein Leben weiterzuführen.

Es ist jetzt schon fünf Jahre her. Ich sollte längst darüber hinweg sein. Ich kann die Vergangenheit hinter mir lassen und nach vorn blicken.

Aber nach vorn zu blicken, versetzt dem Herzen in meiner Brust immer wieder einen Stich. Wenigstens ist das verdammte Ding noch da. Und vielleicht werde ich es endlich zwingen, nicht mehr zurückzuschauen.

Ein für alle Mal.

Kapitel Vier

PEYTON

»Na, wie läuft der erste Tag bisher?«, fragt Tammy und wirft einen Blick über die Wand meiner Bürowabe.

Ich schenke ihr ein schüchternes Lächeln. »Es ist alles ein bisschen überwältigend, aber es macht Spaß.«

Ich habe hart dafür gearbeitet, diese Stelle zu bekommen, und ganz egal, was man mir aufträgt, ich werde auf jeden Fall mein Bestes geben. Denn sollte ich hier erfolgreich sein, wäre das in dieser Branche Gold wert.

»Nun, wenn es gerade bei Ihnen passt, würde Earl Sie gerne sehen. Er hat ein Projekt, das Ihnen sicher gefallen wird.«

»Aber natürlich!«, erwidere ich und springe förmlich von meinem Stuhl auf. Ich bin viel zu enthusiastisch, aber das ist mir egal. Ich will hier unbedingt einen guten Job machen.

Seit ich denken kann, träume ich davon, für ein NFL-Team zu arbeiten. Und jetzt, wo ich nur noch ein Jahr in der Uni vor mir habe, ist dieser Traum endlich in greifbare

Nähe gerückt. Er ist so nah, dass ich das Gefühl habe, ich müsste nur noch danach greifen.

Ich folge Tammy in Earls Büro und nehme Platz. Auch wenn Earl hier das Sagen hat, ist Tammy diejenige, die meine Fortschritte während des Praktikums verfolgen wird. Sie ist sehr freundlich, aber auch sehr resolut. Das erhöht den Druck, gute Arbeit zu leisten, nur noch mehr.

»Peyton. Sind Sie bereit für Ihre erste große Aufgabe?«

»Auf jeden Fall.« Ich lege mehr Selbstvertrauen in meine Stimme, als ich gerade fühle. Earl hat eine unglaublich starke Präsenz. Er ist einer der Top-Agenten in der Sportwelt. Er vertritt das ›Who's who‹ der Sportler. Egal, welche Sportart, sie alle wollen ihn haben. Und ich möchte ihn beeindrucken.

»Es geht um einen meiner neueren Schützlinge. Er ist schon seit ein paar Jahren in der Liga, aber er hat ein kleines – sagen wir mal – Imageproblem.« Earl presst seine Hände mit den Fingerspitzen gegeneinander und sieht so aus, als würde er mich analysieren.

»Was kann ich tun, um zu helfen?« Ich verändere meine Sitzposition und bin bereit, loszulegen.

»Wir müssen einen Rehabilitationsplan für sein Image ausarbeiten und der Öffentlichkeit zeigen, dass er mehr ist als nur ein Playboy.«

Mir schwirren schon die ersten Ideen durch den Kopf, was ich alles tun könnte.

»Dies ist ein Vertragsjahr für ihn«, fährt Earl fort. »Er liebt Denver und will hier nicht weg.«

»Das kann ich verstehen«, erwidere ich.

Colorado ist in den vergangenen Jahren mein Zuhause fern der Heimat geworden. Abgesehen davon, dass es hier einen der besten Studiengänge für den von mir gewünschten Bereich gibt, liebe ich es, von den Bergen umgeben zu sein. Das erinnert mich an zu Hause. Wann immer mir einmal alles zu viel wurde, konnte ich in die Berge fahren und die Welt war wieder in Ordnung.

»Wir müssen ihm ein paar gute Schlagzeilen verschaffen. Und genau da kommen Sie ins Spiel. Planen Sie Aktivitäten für ihn, die die Menschen dieser Stadt daran erinnern werden, warum sie ihn so lieben. Passen Sie auf, dass er keine Dummheiten macht. So etwas in der Art.«

»Das kriege ich hin.«

Earl schenkt mir ein strahlendes Lächeln. »Daran habe ich keine Zweifel. Tammy wird Ihre Fortschritte während des Semesters überwachen, aber sollten Sie einmal Hilfe von jemandem von uns benötigen, zögern Sie nicht zu fragen.«

»Sie können sich auf mich verlassen.« Ich setze mich noch ein wenig aufrechter hin.

»Colin sollte in Kürze hier sein, dann werden wir alles mit ihm durchgehen und Sie beide einander vorstellen. Allerdings möchte ich, dass Tammy bis zum Ende der Woche einen vorläufigen Plan erhält. Wenn die Season einmal angefangen hat, wird die Zeit noch knapper sein, also müssen Sie ein wenig kreativ werden.«

»Colin? Wie in ›Colin James‹?« Meine Kehle ist plötzlich wie ausgetrocknet. Sofort taucht sein Gesicht vor meinem inneren Auge auf. Das unbeschwerte Lächeln, das immer seine Grübchen zum Vorschein gebracht hat. Die Art, wie sein braunes Haar ihm immer ins Gesicht gefallen ist. Und seine Augen. Gott, wie ich in denen immer hatte versinken können.

»Der einzig Wahre. Haben Sie seinen Werdegang verfolgt?« Earl blickt über einen Stapel Papiere hinweg zu mir auf, während ich mich bemühe, mir nichts anmerken zu lassen.

»Er hat Tennessee besucht, wo ich auch seine Karriere verfolgt habe. Aber seit er in der Liga spielt, bin ich nicht mehr so auf dem Laufenden.«

»Stimmt ja! Wie konnte ich diese Verbindungen zu den Tennessee Volunteers nur vergessen? Kannten Sie beide sich?«

Ich schenke Earl mein bestes falsches Lächeln. *Natürlich* würde meine erste große Aufgabe den Mann betreffen, der mir im College das Herz gebrochen hat. »Wir waren beide zur gleichen Zeit dort und hatten ein paar Kurse zusammen.«

»Na, wenn das kein gutes Zeichen ist! Ich lasse Sie erst einmal anfangen und hole Sie dann dazu, sobald Colin und ich die Gelegenheit hatten, diesen neuen Plan zu besprechen.«

»Er weiß noch nichts davon?« Ich kann die Besorgnis in meiner Stimme nicht ganz verbergen. Wenn ich mich an eine Sache bei Colin erinnere, dann daran, dass er es hasste, einfach mit Dingen konfrontiert zu werden, von denen er vorher nichts wusste. Was äußerst bedauerlich für ihn ist, da er einen Beruf ausübt, in dem man einfach aus einer Laune heraus getradet werden kann, egal aus welchem Grund.

»Das soll nicht Ihre Sorge sein. Dann machen Sie sich mal an die Arbeit und schmieden Sie ein paar brillante Pläne.«

Wohl eher einen Plan, wie ich die nächsten Wochen so schnell wie möglich hinter mich bringen kann.

Denn mit dem Mann zusammenzuarbeiten, der mich verlassen hat, wird wohl das Härteste werden, was ich je tun musste.

COLIN

»Meinst du diesen Scheiß wirklich ernst, Earl?«

»Wenn du nicht mit jeder Frau in Colorado geschlafen hättest, würden wir diese Diskussion jetzt nicht führen.«

Earl sieht mich grimmig an. Er ist seit letztem Sommer mein Agent, nachdem mein vorheriger in den Ruhestand gegangen war. Ich mag Earl. Die meiste Zeit ist er fair und versucht immer, das Beste für mich herauszuholen. Aber nicht heute.

»Was muss ich denn alles machen?« Ich lehne mich nach vorn und stütze die Ellbogen auf meine Knie. Dieser Tag will einfach kein Ende nehmen.

»Hör mit diesem Playboy-Scheiß auf, Colin. Du bist doch mehr als nur das. Aber bis du mir, dem Management der Mountain Lions und den Fans das beweisen kannst, hole ich ein wenig Hilfe dazu.«

»Was für Hilfe?« Ein ungutes Gefühl macht sich in mir breit.

»Jemanden, der dich auf dem rechten Weg halten wird. Ich weiß, wie viel es dir bedeutet, für die Mountain Lions zu spielen, also reiß dich zusammen, oder du wirst schneller rausgeschmissen, als du Free Agent sagen kannst.«

Ich fahre mir mit der Hand übers Gesicht. Wenn ich für jedes Mal, wo ich das heute schon gehört habe, einen Penny bekommen hätte, könnte ich mich jetzt bereits zur Ruhe setzen. »Es ist ja nicht so, als würde ich jemanden verletzen.«

»Ich bin mir sicher, dass die Frau, die diese Enthüllungsgeschichte veröffentlicht hat, da anderer Meinung ist.«

»Diese scheiß Fangirls«, murmle ich.

Wenn Blicke töten könnten, würde ich mir jetzt schon die Radieschen von unten ansehen. »Denver hat einen gewissen Ruf in der Liga. Sie dulden keine abgehobenen Spieler oder solche, die ihre Werte nicht repräsentieren. Du bewegst dich auf dünnem Eis, James.«

»Du klingst wie mein Vater.«

»Und hörst du auf ihn?«

»Nein.« Das Einzige, was ihn interessiert, ist Football, und der Teufel soll mich holen, bevor ich auf etwas höre, das er sagt.

»Dann hör auf *mich*. Denn sonst werde ich dich in der nächsten Season an irgendeine Mannschaft verhökern müssen. Und wenn du nicht in Vegas landen willst, würde ich mich an deiner Stelle etwas weniger wie ein Frauenheld und etwas mehr wie ein Teamheld verhalten.«

Ich verziehe das Gesicht. Das Letzte, was ich will, ist Denver zu verlassen. Ich wurde hierhergedraftet, als ich aus dem College kam, und dieser Ort ist in der Zwischenzeit zu meinem Zuhause geworden. »Okay. Was genau soll ich jetzt also machen?«

»Ahh. Da ist sie ja schon.« Earl steht auf und wendet seine Aufmerksamkeit von mir ab.

Ich folge seinem Beispiel, stehe auf und drehe mich zu der Neuen im Raum um.

Nur dass es gar keine Neue ist.

O nein.

Es ist jemand, den ich nur zu gut kenne.

Die Frau, die mir mein Herz im ersten Collegejahr gestohlen und nie wieder zurückgegeben hat.

»Colin, das ist Peyton, unsere neue Praktikantin. Peyton – Colin. Vielleicht kennt ihr euch noch von der Uni in Tennessee. Ihr beide werdet euch in den nächsten

Wochen sehr gut kennenlernen.« Earl klopft mir auf die Schulter, während ich versuche, meine Verwirrung in den Griff zu bekommen.

»Ich lasse euch beide erst mal allein, damit ihr euch ein wenig beschnuppern könnt. Später wird dann Tammy vorbeischauen, um über die Pläne zu sprechen, die wir für euch haben.«

»Sicher doch, Earl«, erwidere ich, ohne ihn anzusehen. Mein Blick ist einzig und allein auf die Frau vor mir gerichtet.

Fuck. Sie sieht sogar noch hinreißender aus als auf dem College. Langes braunes Haar, das in leichten Wellen über ihre Brust fällt. Eine Kombination aus Rock und Bluse, die sich an ihre umwerfenden Kurven schmiegt. Tiefbraune Augen, die nichts preisgeben.

Das ist neu. Früher konnte ich in ihr lesen wie in einem Buch. Aber jetzt? Nichts.

Ich sollte sie nicht so anstarren, aber ich stehe wie unter Schock.

Das Geräusch von auf den Schreibtisch geknallten Papieren holt mich in die Gegenwart zurück.

»Ich gehe davon aus, dass Earl dir gesagt hat, warum wir zusammenarbeiten werden.« Ihr Blick ist fest auf den Schreibtisch gerichtet.

»Was zum Teufel machst du hier, Rocky?« Der alte Spitzname rutscht mir einfach so heraus.

Peyton hebt ihren Blick und sieht mich mit glühenden Augen an. Da ist das Mädchen, das ich einmal kannte.

»Ich stalke dich nicht, falls dich das beruhigt.« Sie verschränkt die Arme vor der Brust. »Und du darfst mich Peyton nennen.«

Tausend Gedanken jagen durch meinen Kopf.

Das letzte Mal, als ich Peyton gesehen habe, habe ich

sie an ihrem Wohnheim abgesetzt und ihr gesagt, dass wir uns nach der Zwischenprüfung wiedersehen würden. Ich habe ihr einen Abschiedskuss gegeben und das war's dann.

Danach habe ich sie nie wiedergesehen.

»Du hast meine Frage nicht beantwortet. Was machst du hier?«

Peyton fixiert mich mit festem Blick. »Nicht, dass es dich interessieren würde, aber ich schließe im kommenden Jahr meinen Master ab. Und das Praktikum hier ist der letzte Schritt in diesem Prozess.«

»Das heißt also, dass du mich brauchst?«

»Gott, das wird nie funktionieren.« Peyton legt eine Hand über ihre Augen. »Warst du auf dem College auch schon immer so ein Arsch?«

»Hmm, das ist ja seltsam. Ich glaube mich zu erinnern, dass du damals auf dem College ein ziemlicher Fan von meinem Arsch warst. Und nicht nur von dem.«

Peyton nimmt ihre Hand weg. Der eisige Blick, den sie mir zuwirft, lässt es mir kalt den Rücken hinunterlaufen. »Kein Wunder, dass du jetzt in diesem Schlamassel steckst. Dein Geschlechtsteil scheint das Einzige zu sein, woran du momentan denken kannst.«

»Warum reden wir hier eigentlich gerade über meinen Schwanz?« Ich ziehe eine Augenbraue hoch.

»Du hast recht. Keine Gespräche über irgendwelche Geschlechtsteile mehr.« Peyton schenkt mir ein widerlich süßes Lächeln, setzt sich mir gegenüber und verschränkt ihre Arme über dem Stapel Papiere, der zwischen uns auf dem Schreibtisch liegt.

»Und worüber möchtest du dann reden?« Das Letzte, was ich will, ist, mich mit Peyton im selben Raum zu befinden, aber es wird Earl auf den Plan rufen, wenn ich hier einfach rausstürme. Ich stecke bereits knietief in der Scheiße; es wäre unklug, es noch schlimmer zu machen.

»Ich habe den ganzen Nachmittag an einem Plan gearbeitet, wie sich die Fans von Denver wieder neu in dich verlieben könnten. Mit meiner Hilfe sollte das ziemlich unkompliziert werden.«

»Bist du jetzt also mein Babysitter oder so?« Erst heute Morgen habe ich noch mein Bestes gegeben, um nicht an die Frau zu denken, die mir das Herz gebrochen hat. Und nur wenige Stunden später sitzt sie vor mir und hat mein Schicksal gewissermaßen in der Hand.

»In Ermangelung eines besseren Wortes, ja.«

»O Gott«, murmle ich.

»Glaub bloß nicht, dass *ich* davon begeistert bin. Aber Earl scheint zu glauben, dass wir gut zusammenarbeiten werden.«

»Weiß er über unsere Vergangenheit Bescheid?«, flüstere ich. Earls Büro ist zwar klein, aber an solchen Orten greift Klatsch und Tratsch immer schnell um sich.

»Bist du verrückt? Ich habe mir heute Morgen fast eine Stunde lang die Klientenintimitätsausschlussklausel anhören müssen. Earl würde ausrasten, wenn er davon wüsste«, zischt Peyton.

Ihre sofortige Wut auf mich lässt mir die Nackenhaare zu Berge stehen.

»Zumindest würde er dann wissen, warum ich so bin, wie ich bin«, murmle ich vor mich hin.

Wenn man das Mädchen seiner Träume verliert, tut man alles, was nötig ist, um den Schmerz zu betäuben. Und genau das habe ich getan.

Ich habe den Schmerz auf jede erdenkliche Weise betäubt.

Und zwar mit Frauen.

Aber anscheinend war ich nicht so leise, wie ich gedacht hatte, denn als mir Peyton einen Ordner zuschiebt, sehe ich etwas in ihrem Gesicht aufblitzen.

Doch bevor ich es zuordnen kann, ist es auch schon wieder weg.

»Tammy hat mich all deine früheren Heldentaten in der Klatschpresse durchforsten lassen, um ein Gefühl dafür zu bekommen, womit ich es zu tun haben würde. Und zu sagen, dass dies eine angenehme Erfahrung war, wäre wohl übertrieben.« Sie blickt auf ihre Hände hinab und will diese Aufnahmen ganz offensichtlich nicht noch einmal sehen.

O Gott. Jeder Artikel, der jemals über mich erschienen ist, befindet sich hier drin. Einige sind besser als andere, aber keiner ist wirklich gut. Kein Wunder, dass ich in der Klemme sitze.

»Und was hast du dir einfallen lassen?« Ich habe genug gesehen und mache den Ordner wieder zu.

»Eine Goodwill-Kampagne. Wenn dich die Leute abseits des Spielfeldes nicht mögen, werden sie dir auch auf dem Spielfeld nicht zujubeln. Denver ist nicht Vegas. Denen ist es wichtig, wie sich ihre Spieler in ihrer Freizeit aufführen.«

Ich nicke. »Okay.«

»Ich habe mit ein paar Veranstaltungen angefangen. Die Frauengruppe der Mountain Lions …«

»Ist das wirklich eine gute Idee?«, unterbreche ich sie.

»Warst du jemals bei einer ihrer Veranstaltungen? Sie leisten viel gute Arbeit für die Gemeinde in Denver. Es wäre also bestimmt nicht schlecht, sie für uns zu gewinnen.«

»Okay.«

Sie zieht eine Augenbraue hoch, bevor sie fortfährt. »Es gibt auch eine Rettungsstation für Labrador Retriever, die einen Adoptionstag veranstalten wird. Die würde ein großartiger Partner für dich sein. Kontinuierliche Unterstützung und so.«

»Okay.«

Peyton ignoriert mich. »Es wird auch eine Aktion geben, wo Dates mit Spielern für einen wohltätigen Zweck versteigert werden. Nicht gerade die beste Veranstaltung für dich, aber Earl meint, dass das für dich verpflichtend ist, also muss sie bleiben.« Sie blättert in ihren Unterlagen herum.

»Okay.«

»Hör auf, Okay zu sagen!« Sie stößt einen frustrierten Seufzer aus.

»Was soll ich denn sonst sagen? Ich habe das Gefühl, wenn du ›Spring!‹ sagst und ich nicht frage ›Wie hoch?‹, dass ich erledigt bin.«

»Wirst du die ganze Zeit über so sein?«

»Wie bin ich denn?«

»Schlecht gelaunt und streitlustig.«

»Und wie sollte ich deiner Meinung nach sein? Nachdem du ja alles zu wissen scheinst.«

»Kannst du nicht einfach zivilisiert sein? Das würde es uns beiden einfacher machen.«

»Alles klar. Sag mir einfach, wann ich wo sein muss, und ich werde tun, was man mir sagt.«

»Diese Veranstaltungen besuchen und Football spielen. Das ist alles.« Sie zeigt mit einem Finger auf mich.

»Verstanden.«

»Gut.«

»Klasse.«

Die Anspannung im Raum ist etwas, das ich mit dieser Frau nicht gewohnt bin. Sie hält buchstäblich meine gesamte Zukunft in ihren Händen. Ein Fehltritt, und sie könnte zu Earl rennen.

Wenn man bedenkt, dass Peyton einmal mein Ein und Alles war … Wir hatten Pläne. Ich wollte in der NFL spielen, und sie wollte sich in der Liga einen Namen machen mit all den fantastischen Dingen, die sie draufhatte.

Aber dann ist sie gegangen.

Irgendwie haben wir uns gegenseitig enttäuscht.

Und wenn ich sie jetzt enttäusche, enttäusche ich das gesamte Team.

Und ich kann es mir nicht leisten, das zu verlieren.

Kapitel Fünf

PEYTON

»**W**illst du mich verarschen?«, keucht Grier und hält sich schockiert die Hand vor den Mund. »*Der* Colin James ist dein Projekt für dieses Jahr?«

Ich nicke und kippe den Rest meines Weins hinunter. »Was für eine Ironie, dass ich meinen Traumjob bekomme und dafür mit dem einzigen Typen auf der Welt zusammenarbeiten muss, den ich nicht ausstehen kann!«

Grier schüttelt den Kopf. »Na, das nenn ich wirklich mal Pech.«

»O Gott, und dann muss ich ihm auch noch helfen, sein Image aufzupolieren. Weißt du eigentlich, was für eine männliche Schlampe er ist?«

»Will ich das wirklich wissen?«

Ich erschaudere. »Nein. Einiges von dem, was ich gesehen habe, werde ich nie wieder vergessen können.«

»War er auf dem College auch schon so?« Grier hält mir die Weinflasche hin, doch ich schüttle den Kopf.

»Nein, nie. Ich habe keine Ahnung, wer dieser Colin hier ist.«

»Und wie willst du es schaffen, ihm jeden Tag gegenüberzutreten?«

»Ich habe keine Ahnung. Ich hätte nie gedacht, dass ich ihm überhaupt jemals wieder begegnen würde, und nun muss ich ihn jeden Tag sehen. *Jeden Tag.* Weißt du eigentlich, wie viele Tage es in einer Woche gibt?«

Grier zieht die Augenbrauen hoch. »Süße, jetzt steigerst du dich aber ein bisschen zu sehr rein.«

»Das würdest du auch tun, wenn du mit deinem Ex zusammenarbeiten müsstest!«

»Kannst du dich denn an gar keine guten Zeiten mit ihm erinnern?«, fragt Grier mit unschuldigem Gesichtsausdruck.

Ich berühre die Halskette, die ich nie so wirklich hatte ablegen können. Colin und ich hatten auf dem College nur gute Zeiten gehabt. Hin und wieder gab es vielleicht mal einen kleinen Streit, aber wir waren von der ersten Minute an, als wir zusammengekommen waren, Feuer und Flamme füreinander gewesen.

»Es fällt mir schwer, die Person, die er war, mit der Person, die er jetzt ist, in Einklang zu bringen. Ich erkenne ihn überhaupt nicht wieder.«

»Vielleicht macht es das ja einfacher, alles auf einer professionellen Ebene zu halten.«

»Ich hoffe es. Das würde mir gerade noch fehlen, dass er mir diese Chance vermasselt.«

»Kannst du ihn dir nicht einfach nackt vorstellen? Ist das nicht der Tipp, den man immer bekommt?«, fragt Grier.

Ich breche in Gelächter aus. »Ich glaube, das macht man eher, wenn man in der Öffentlichkeit sprechen muss.«

»Vielleicht könnte er ja einen Kurs besuchen.«

»In dem ihm beigebracht wird, wie man seinen Schwanz in seiner Hose behält?«

Grier verschluckt sich fast an dem Wein, den sie gerade im Mund hat. »Scheiße, Peyton. Das nächste Mal warnst du mich bitte vor«, tadelt sie mich und wischt sich den guten Tropfen ab, der ihr gerade das Kinn hinabläuft.

»Schließlich ist es ja auch sein Schwanz, der mich in diesen Schlamassel gebracht hat.«

»Warum reden wir eigentlich immer noch über seinen Schwanz?«

»Du hast doch damit angefangen.«

»Ich bin mir ziemlich sicher, dass *du* das warst«, korrigiert mich Grier.

Ich verdrehe die Augen und schenke mir ein weiteres Glas Wein ein. »Aber mal im Ernst, Grier. Was soll ich denn jetzt tun?«

Ich merke, wie sich langsam Panik in mir breitmacht.

Alles, was ich je wollte, ist zum Greifen nah. Lange bevor Colin in mein Leben getreten war, war es bereits mein Traum gewesen, für ein NFL-Team zu arbeiten. Ich bin der Erfüllung dieses Traums nun *so* nahe.

Und jetzt steht der Mann, den ich eigentlich nie wiedersehen wollte, zwischen mir und diesem Ziel.

Ich muss mein Herz fest verschließen. Wenn ich es durch dieses Semester schaffe, dann schaffe ich so gut wie alles.

»Ich werde mich einfach zurückhalten und aufpassen, dass ich nicht wieder von Colins Anziehungskraft verschlungen werde.«

»Und vielleicht solltest du versuchen, nicht so sehr an seinen Schwanz zu denken.«

Kapitel Sechs

COLIN

»Kannst du ihn echt nicht in der Hose behalten?«, fragt Knox, während er die Hantelstange stemmt.

»Müssen wir jetzt wirklich darüber sprechen?«, frage ich und wische mir den Schweiß von der Stirn.

»Alter. Du warst überall in den News, weil du einen Blowjob bekommen und das Mädel danach abserviert hast«, meldet sich Jackson von dort zu Wort, wo er gerade Sit-ups macht. »Das ist 'ne echt miese Nummer.«

»Ich habe nie behauptet, dass das mein bester Moment war, Arschloch.« Ich werfe mein Handtuch in seine Richtung. »Ich habe nur … Ich weiß auch nicht. Ich bin da einfach irgendwie hineingeraten.«

»Könntest du nächstes Mal vielleicht in irgendetwas anderes hineingeraten? Und nicht unbedingt mit deinem Schwanz in den Mund einer Frau?«, fragt Alex, der sich mit den Unterarmen auf die Hantelstange stützt, die Knox in der Zwischenzeit abgelegt hat. Es kommt mir so vor, als würden wir hier im Kraftraum mehr Zeit verbringen als sonst irgendwo in diesem Gebäude.

»Ich glaube, ich habe noch nie so viele Männer über

deinen Schwanz reden hören«, mischt sich nun auch Logan ein und lacht.

»Besser seiner als meiner«, erwidert Alex sachlich.

»Leckt mich doch, Leute. Das ist eine ernste Angelegenheit. Stellt euch mal vor, die würden mich rausschmeißen.«

Logan wird blass. »Du verarschst uns.«

»Denver wird dich doch nicht wirklich rausschmeißen, oder?«, flüstert Jackson, als ob er Angst hätte, dass es wahr werden könnte, wenn man es laut ausspricht.

»Keine Ahnung. Aber ich glaube nicht, dass Earl es ansprechen würde, wenn nicht wenigstens die Möglichkeit bestünde. Nächstes Jahr bin ich ein Free Agent.«

»Du setzt also deine gesamte Karriere für einen mittelmäßigen Blowjob aufs Spiel?« Alex schüttelt den Kopf, und die Enttäuschung, die von ihm ausgeht, ist förmlich spürbar. »Und du willst ein Captain sein.«

Alex' Worte könnten mich nicht tiefer treffen.

»Fuck.«

Ich weiß, dass ich es vermasselt habe, aber dass ich mich jetzt zusätzlich auch noch mit Peyton herumschlagen muss?

»Wie willst du das wieder in Ordnung bringen?«, fragt Jackson. »Jetzt, wo ich in dieser Season wieder zurück bin, haben wir eine echte Chance …«

Er muss niemandem von uns sagen, worauf wir eine Chance haben. Footballspieler sind ein abergläubischer Haufen.

»Earl hat diesen großartigen Plan, mich in den Augen der Denver-Fans wieder liebenswert zu machen.«

Knox schnaubt. »Dann bist du wirklich am Arsch.«

»Nicht hilfreich, Mann«, schimpft Jackson.

»Und was genau ist Earls Plan?«, fragt Alex.

»Eine Generalüberholung von meinem Image«, brumme ich.

»Oh, das ist zu gut.« Knox lacht.

Ich fahre mir mit der Hand übers Gesicht. »Es freut mich, dass dich mein Elend so erheitert.«

»Hör mal, Earl würde dich nicht in eine falsche Richtung lenken.« Alex und ich haben denselben Agenten, also kann ich mir sicher sein, dass er das alles genauso sieht wie ich.

»Die Sache ist nur die, dass ich mich mit der Person herumschlagen muss, die für die Durchsetzung des Plans verantwortlich ist. Und die könnte mir das Leben zur Hölle machen.« Ich gebe nichts darüber preis, um wen es sich dabei handelt.

»Oh, Fuck. Will ich überhaupt mehr wissen?«, fragt Knox.

»Vielleicht würde dir ein bisschen Bescheidenheit mal ganz guttun.« Alex sieht Knox an, und die beiden tauschen einen skeptischen Blick aus.

»Hey, ich kann sehr wohl ein bescheidener Mensch sein, ihr Wichser.«

»Und du wirst das wirklich versuchen? Ich meine, dich auf diesen Plan einzulassen, um nicht rausgeschmissen zu werden?«, fragt Jackson misstrauisch. »Gott, diese Person tut mir jetzt schon leid.«

»Ich bin mir sicher, dass sie das gut überstehen wird.«

»O Gott, es ist eine Frau? *Jetzt* tut sie mir wirklich leid«, witzelt Jackson.

»Nicht jeder von uns ist in seinem Leben nur mit zwei Frauen ausgegangen.« Ich zeige ihm den Mittelfinger. »Außerdem kann ich ihn durchaus in der Hose behalten, wenn das Team dadurch profitiert.«

»Wollen wir darauf wetten?«, fragt Knox die anderen Jungs. »Hört sich nach leicht verdientem Geld an.«

»Hey!«, versuche ich mich zu verteidigen. »Wenn *euch* so was jemals passieren sollte, könnt ihr auf jeden Fall darauf wetten, dass ich nicht auf eurer Seite stehen werde.«

»Ach Quatsch. Dafür magst du uns alle viel zu sehr«, meint Logan mit einem hoffnungsvollen Ausdruck in den Augen.

»Ihr seid alle ein Haufen Arschlöcher«, murmle ich, während ich zurück zu meinen Gewichten gehe.

»Aber ein liebenswerter Haufen Arschlöcher.« Logan schenkt mir ein Lächeln, das er sicher auch schon bei dem einen oder anderen Fangirl angewendet hat.

»Aber immer noch Arschlöcher.«

»Von Arschloch zu Arschloch: Kannst du dich wenigstens so weit zusammenreißen, dass du die Season überstehst?«

Ich schenke Alex mein bezauberndstes Lächeln. »Wann habe ich mich während der Season jemals nicht zusammengerissen?«

Alex verdreht die Augen. »Ich nehme alles zurück, was ich gesagt habe. Du bist am Arsch, Mann. Richtig am Arsch.«

»Noch eine Runde? Das ist dann allerdings die letzte.«

Irgendwann innerhalb der vergangenen Stunde hat sich die Bar um mich herum geleert. Nach allem, was heute passiert war, musste ich einfach den Kopf freibekommen. Wollte ich wirklich alles ignorieren, von dem Earl mir gesagt hatte, es besser nicht zu tun?

Nein.

Aber zu Hause wurde ich langsam wahnsinnig. Ich hatte das Gefühl, als würde mir bald die Decke auf den

Kopf fallen, und ich brauchte dringend eine Verschnaufpause.

»Noch ein Bier, danke«, sage ich und neige mein Glas in Richtung des Barkeepers.

Was ich an diesem Ort mag? Hier werden nicht viele Fragen gestellt und ich kann mich in Ruhe in meinem eigenen Elend suhlen. Eigentlich bin ich nicht der Typ, der schnell Trübsal bläst, aber nach der Standpauke von Earl und dem Team heute?

Ja, da möchte ich Trübsal blasen.

Ein Bier wird vor mir abgestellt, und ich kippe die eiskalte Flüssigkeit hinunter. Es trägt viel dazu bei, meine angespannten Nerven zu beruhigen.

Was für ein Glück, dass es diese kleine Bar in der Nähe meines Zuhauses gibt, wo ich ein wenig Ruhe und Frieden finden kann.

Zumindest bis eine vertraute Stimme hinter mir ertönt.

»Welchen Teil von ›Bleib zu Hause‹ hast du bitte nicht verstanden?« Die Wut, die aus ihren Worten trieft, lässt mich auf meinem Barhocker herumwirbeln.

Ich glaube nicht, dass ich Peyton jemals so wütend gesehen habe. Oder so schön. In einem schlichten weißen T-Shirt und Leggings, ohne Make-up, dafür aber mit einem kompliziert aussehenden Dutt im Haar, erinnert sie mich an das Mädchen, das sie damals im College war.

Was mich nur noch wütender macht.

»Was zum Teufel machst du hier?«, frage ich sie, wende mich allerdings gleich darauf wieder meinem Bier zu und fahre mit einem Finger das eiskalte Glas entlang.

»Earl hat mich angerufen. Meine Aufgabe besteht jetzt wohl darin, darauf aufzupassen, dass du nicht aus der Reihe tanzt.«

»Wie schön für dich«, erwidere ich tonlos.

»Du sagst es. Genau so wollte ich meinen Donnerstagabend verbringen. In irgendeine Bar spazierend, um dich zurück nach Hause zu schleppen.«

»Pass bloß auf. Die Leute könnten sonst noch denken, du willst was von mir.«

Sie lacht höhnisch auf. »Ja klar. Ich werde mich dir an den Hals werfen wie jede andere Frau in Denver auch. Woher wusstest du, dass ich dir nicht widerstehen kann?«

Der Sarkasmus in ihrer Stimme trifft mich tief.

»Scheiß drauf. Ich musste mal von zu Hause raus. Niemand hat gesagt, dass du mich holen kommen sollst.«

Peyton hält einen Finger hoch, während sie ihr Handy entsperrt und mir kurz darauf eine Twitter-Benachrichtigung von vor einer Stunde unter die Nase hält.

MtnLionsFan87: Colin James scheint den Abend allein in einer örtlichen Bar zu verbringen. Beeilt euch, Ladys!

Unter dem Tweet ist ein Bild von mir zu sehen, wie ich allein am Tresen sitze.

Verdammte. Scheiße.

»Es ist ja nicht so, als hätte ich darum gebeten, dass jemand dieses Bild macht.«

Peyton schüttelt den Kopf. »Das ist vollkommen irrelevant. Du bist ein Footballstar und somit eine Figur des öffentlichen Lebens, ob du das nun willst oder nicht.«

»Glaubst du etwa, das wüsste ich nicht?«, murre ich und kippe den Rest meines Bieres in einem Zug hinunter.

Peyton verschränkt die Arme und blickt mich weiterhin mit strengen Augen an. »Und warum stehe ich dann jetzt um Mitternacht hier?«

Ich werfe ein paar Zwanziger auf die Theke, um meine Rechnung zu begleichen, und schleiche mich durch den

Hintereingang hinaus, durch den ich auch gekommen bin. »Ich kann so einen Scheiß jetzt echt nicht gebrauchen.«

Schnelle Schritte folgen mir durch die Tür auf die leere Seitenstraße. »Denkst du etwa, *ich* kann so was gebrauchen?«, ruft Peyton mir hinterher, und ihre Stimme hallt durch die Gassen.

Bevor ich die drei Schritte zu meinem Auto zurücklegen kann, ergreift Peyton meinen Arm und dreht mich zu sich herum. Die schummrigen Lichter erhellen ihre Gesichtszüge.

Früher hatte ich jeden einzelnen davon in meinem Kopf abgespeichert.

Ihre samtenen Haarsträhnen, die ihr Gesicht umrahmen.

Ihre Wimpern, die den oberen Rand ihrer Wangen küssen.

Die Art, wie ihre Oberlippe über ihre Unterlippe hinausragt.

Ich schüttle den Kopf und versuche zu ignorieren, wie sich ihre Finger anfühlen, während sie sich in meinen Bizeps krallen.

»Colin. Das ist mein Traumjob. Glaubst du wirklich, es macht mir Spaß, deinen Babysitter zu spielen?«

»Tut mir leid, dass ich es dir so schwer mache.« Ich verdrehe die Augen und ziehe meinen Arm aus ihrem Griff. Ich kann es jetzt nicht auch noch gebrauchen, dass ihre Berührung mein Gehirn so vernebelt.

»Ich könnte eine Million anderer Dinge tun, aber stattdessen muss ich aufpassen, dass du dich unter Kontrolle hast.«

»Dann wirst du dir diesen Job wohl verdienen müssen.« In diesem engen Raum gibt es keinen Platz zum Atmen. Egal, wohin ich mich drehe, kann ich den schwachen Duft nach Jasmin von Peytons Parfüm riechen.

Ich würde diesen Geruch überall wiedererkennen. Weil ich ihn ihr immer geschenkt habe.

Ich hasse es, dass all diese Erinnerungen wieder auf mich einströmen. Das ist das Letzte, was ich im Moment gebrauchen kann.

»Verdammt noch mal, Colin! Kannst du es mir nicht ein wenig einfacher machen?«, ruft sie frustriert aus.

»Es dir ein wenig einfacher machen? Na, das sagt ja genau die Richtige«, erwidere ich höhnisch.

»Hast du eigentlich eine Vorstellung davon, wie das ist? Jeden Artikel über dich und jedes Fangirl, mit dem du je zusammen warst, durcharbeiten zu müssen?« Ich kann den Schmerz in ihren Augen sehen. Aber ihr verurteilender Tonfall bringt mich zum Ausrasten.

»Verdammt noch mal, Peyton! Du hast nicht das Recht, mich für Entscheidungen zu verurteilen, die ich getroffen habe, nachdem *du* gegangen bist.«

Peyton holt tief Luft und richtet sich vor mir auf. »Nachdem *ich* gegangen bin? Fick dich, Colin! Du wurdest gedraftet und hattest keinerlei Interesse mehr an deiner College-Liebe.«

Das ist das Letzte, was wir in dieser Gasse tun sollten. Den Frust der letzten fünf Jahre aneinander auszulassen.

Aber das ist genau das, was das hier ist.

Frustration. Wut. Herzschmerz.

Sie ist gegangen, ohne zurückzublicken, und das war die verdammt härteste Sache, mit der ich in meinem Leben bisher fertig werden musste – über die Frau hinwegzukommen, von der ich dachte, dass ich mein Leben mit ihr verbringen würde.

Zum Glück wurde ich gedraftet und kam nach Denver. Das war mein einziger Lichtblick gewesen.

Ich gehe einen Schritt auf Peyton zu. »Wenn es so

schwer für dich ist, warum bittest du dann nicht um eine andere Aufgabe?«

Wir stehen so dicht beieinander, dass sich unsere Oberkörper fast berühren, und die Wut, die von uns beiden ausgeht, ist beinahe spürbar.

»Na klar, ich sage einfach zu Earl: Danke für diese Möglichkeit, aber ich kann nicht mit meinem Ex zusammenarbeiten? Das würde dir mit Sicherheit gefallen, oder?«

»Wenn das bedeutet, dass wir uns nicht mehr in finsteren Seitengassen treffen müssen, dann ja.«

Peyton hebt ihr Kinn und funkelt mich wütend an. Warum stehen wir eigentlich auf einmal so dicht voreinander?

»Tja, Pech für dich. Ich werde mich nicht von dir vergraulen lassen.«

»Und dabei dachte ich, dass es nicht viel braucht, bis du wegläufst.«

»Leck mich, Colin.« Peyton stößt mich weg, aber ich erwische ihre Hand auf meiner Brust.

Die Stimmung zwischen uns beiden ist zum Zerreißen gespannt. Peyton macht keine Anstalten, ihre Hand von mir wegzuziehen. Unsere Augen kleben förmlich aneinander.

Ich bin mir nicht sicher, wer zuerst einknickt, aber das Nächste, was ich weiß, ist, dass unsere Lippen aufeinanderprallen. Wir versuchen beide, die Kontrolle zu behalten, als sich unsere Münder zum ersten Mal seit Jahren wieder begegnen.

Es ist neu und vertraut zugleich.

Ich knabbere mit den Zähnen an ihrer Unterlippe. Das leise Keuchen, das ihr daraufhin entweicht, lässt meinen Schwanz in meiner Hose hart werden, bevor ich mich wieder auf ihren Mund stürze.

Fuck. Ich hatte vergessen, wie gut sie küssen kann. Sie krallt sich mit den Händen in mein Haar und zieht so daran, wie sie es schon immer gemocht hat.

Ich drücke sie mit dem Rücken gegen die Backsteinmauer und vertiefe den Kuss. Ich brauche mehr. Ich sollte das nicht wollen. Ich sollte das nicht einmal tun, aber scheiß drauf.

Ich bin vollkommen machtlos.

Diese Frau hat mich vor Verlangen nach ihr schon immer verrückt gemacht. Selbst jetzt, mit so vielen wirren Gefühlen ihr gegenüber, falle ich ihr zu Füßen.

Meine Lippen gleiten knabbernd und saugend an ihrem Kiefer hinunter. Alles, woran ich denken kann, ist, sie mit zu mir nach Hause zu nehmen, als ich plötzlich nach hinten geschubst werde.

Peytons Lippen sind geschwollen und ihr Blick vor Lust vernebelt.

Fuck.

Fuck.

Das hätten wir nicht tun sollen. Jetzt, wo die Begierde nachlässt, füllt Wut die entstandene Leere aus. Ich sollte sie nicht wollen. Nicht, wenn alles auf dem Spiel steht.

»Das darf nie wieder passieren«, flüstert Peyton.

»Das war ein Fehler«, stimme ich zu.

»Gut. Dann sehen wir uns morgen?«

»Schätze schon.«

Ich sehe Peyton nach, wie sie zu ihrem Auto zurückkehrt. Und alles, woran ich denken kann, ist dieser Kuss.

Fuck.

Das werden die härtesten Wochen meines Lebens werden.

Kapitel Sieben

COLIN

»Weißt du noch alles, was wir besprochen haben?« Peyton blickt auf etwas in ihrer Hand und schenkt mir keinerlei Beachtung. Anstatt mich ins Büro zu bestellen, um die Veranstaltung von heute Abend zu besprechen, hat sie mir die Einzelheiten per E-Mail zukommen lassen.

Mit genauen Anweisungen, was ich nicht tun soll.

»Entspann dich.« Instinktiv lege ich eine Hand auf ihre Schulter. »Ich schaff das schon.«

Sie schüttelt meine Hand ab und dreht sich zu mir um. »Alle scheinen zu glauben, dass das eine gute Idee ist – deine Teilnahme bei dieser Veranstaltung. Aber ich bin immer noch skeptisch. Also frage ich dich noch einmal: Weißt du noch alles, was wir besprochen haben?«

Peyton zieht verächtlich die Stirn in Falten. Ich glaube nicht, dass ich sie jemals so gesehen habe. Zumindest nicht mir gegenüber.

»Die Gespräche locker halten, kein Wort über den Artikel verlieren und Autogramme geben und Selfies machen, wenn ich danach gefragt werde.«

Peyton atmet laut hörbar aus und murmelt etwas, das ich nicht verstehe.

»Sorry, Rocky, was hast du gesagt?«

»Bitte mach uns diesen Abend nicht schwerer als nötig. Diese Frauen da drin sind einige der größten Unterstützerinnen des Teams, und ich möchte, dass das hier gut läuft. Sei herzlich und freundlich, aber nicht aufdringlich.«

»Ich schaff das schon, Peyton. Du wirst sehen.«

Ich lege mehr Selbstvertrauen in meine Worte, als ich tatsächlich fühle. Es ist nicht unbedingt das angenehmste Gefühl auf der Welt, wenn jeder einzelne deiner vergangenen Fehltritte in der Öffentlichkeit breitgetreten wird. Vor allem nicht, wenn es auch noch deine Ex ist, die sie dir unter die Nase reibt.

Als ich die Türen zum Besprechungsraum öffne, richten sich alle Augen auf mich. Während ich die Mountain Lions Women's Group vor mir betrachte, fällt es mir schwer, nicht ihre verurteilenden Blicke auf mir zu spüren. In früheren Seasons habe ich ab und zu einige ihrer Veranstaltungen besucht, aber das ist jetzt schon eine ganze Weile her.

»Colin. Wie schön, dich zu sehen«, begrüßt mich Maryanne, die Leiterin der Gruppe.

»Wenn das nicht eine meiner Lieblingsdamen ist.« Ich ergreife ihre ausgestreckte Hand und werde ein bisschen ruhiger. Sie war mir schon immer eine der Liebsten.

»Ich wette, das sagst du zu jeder.«

Ich zwinkere ihr zu. »Nur, wenn es der Wahrheit entspricht.«

Sie schlägt mir mit einer perfekt manikürten Hand auf die Schulter. »Wir haben ein paar neue Mitglieder, die ich dir gerne vorstellen würde.«

»Nur zu.«

Ich kann Peytons Anwesenheit hinter mir spüren.

Selbst wenn ich es versuchen würde, könnte ich sie nicht ignorieren, so viel Anspannung strahlt sie aus. Ich wusste, dass es schwierig werden würde, mit ihr zusammenzuarbeiten, aber sie ist wie ein Gummiband, das bis zum Anschlag gespannt ist. So straff, dass es gleich reißt.

»Meine Damen, ich möchte euch gerne unseren Star-Wide-Receiver Colin James vorstellen.«

»Sie sehen in natura ja noch viel schnuckliger aus.« Eine Frau mit blondem, extrem auftoupiertem Haar mustert mich von oben bis unten. Ich habe mich noch nie so zur Schau gestellt gefühlt.

»Wie geht es Ihnen allen heute Abend? Sind Sie zum ersten Mal hier?«, frage ich in dem Versuch, freundlich zu sein.

»Lara ist neu«, erklärt Maryanne und zeigt auf die Frau, die gerade gesprochen hat. »Sie möchte sich mehr an den Gemeindeveranstaltungen beteiligen, die die Mountain Lions jedes Jahr ausrichten.«

»Das klingt großartig. Davon haben wir in diesem Jahr eine Menge geplant.«

Das ist tatsächlich einer der Gründe, warum ich Denver so liebe. Das Engagement in der Gemeinde ist etwas, das man nicht bei vielen Teams sieht. Ich finde es super, dass die Frauengruppe Veranstaltungen organisiert und Geld für die verschiedenen Wohltätigkeitsorganisationen sammelt, die von den Mountain Lions unterstützt werden.

»Wenn es Ihnen nichts ausmacht«, meint Lara und hakt sich bei mir ein, »würde ich mit Ihnen gerne über ein paar Ideen sprechen, die ich habe.«

Der widerlich süße Tonfall in ihrer Stimme macht mich nervös. Ich will fast schon ablehnen, doch Peytons Worte von vorhin hallen in meinem Kopf wider. *Sei herzlich und freundlich.*

»Sind Sie schon lange ein Mountain-Lions-Fan?« Das ist meine Standardfrage in solchen Situationen.

»Mein *Ex*-Mann war ein Fan. Und so bin auch ich dazugekommen«, antwortet Lara.

Gott, ich wünschte, bei diesen Veranstaltungen würde es Alkohol geben. Mir entgeht nicht, wie sehr sie das Wort ›Ex‹ betont. Das ist das Letzte, was ich im Moment gebrauchen kann.

»Hoffentlich werden wir euch in dieser Season Grund zum Jubeln geben.«

Lara stößt ein schrilles Lachen aus, bei dem mir beinahe das Trommelfell platzt. »Na da ist aber jemand bescheiden. Natürlich wird es eine tolle Season werden. Mit solchen Armen«, sie drückt meinen Bizeps, »werden Sie links und rechts Bälle für einen Touchdown fangen.«

»Alex ist ein großartiger Quarterback.« Ich trete einen Schritt zurück und versuche, etwas Abstand zwischen uns zu bringen. »Einer der besten.«

»Warum ist er heute Abend eigentlich nicht mitgekommen?« Sie sieht sich um, so als würde sie hoffen, dass er einfach aus dem Nichts auftaucht.

»Enttäuscht, dass nur ich da bin?«

Das lenkt ihren Blick zurück auf meinen Körper. Mist. Charmant zu sein ist ein Reflex, den ich nur zu gerne abstellen könnte.

»Ich bin alles andere als enttäuscht, Schätzchen.« Lara sieht sich kurz um, bevor sie einen Schritt auf mich zugeht und mir ihre riesigen Titten unter die Nase hält. Die ohne Zweifel ihr Ex bezahlt hat. »Vielleicht könnten Sie mich heute Abend ja mit zu sich nach Hause nehmen. Dann könnte ich mir selbst ein Bild davon machen, ob die ganzen Artikel über Sie der Wahrheit entsprechen.«

»Entschuldigen Sie bitte. Würde es Ihnen etwas ausmachen, wenn ich Colin für eine Minute entführe?« Peyton erscheint an meiner Seite und legt ihre Hand auf meinen Arm. Gott sei Dank.

»Oh, natürlich nicht. Wir waren nur gerade dabei, uns ein wenig besser kennenzulernen.« Lara fährt mit einem roten Fingernagel über meinen Arm. »Kommen Sie einfach noch mal zu mir, bevor Sie gehen. Mein Angebot steht«, sagt sie und zwinkert mir zu.

Peytons Griff um meinen Arm ist wie ein Schraubstock. Er ist das Einzige, was mich davon abhält, wie ein Hund mit eingezogener Rute von hier abzuhauen.

»Du musst mit dem Flirten aufhören«, flüstert mir Peyton mit zusammengebissenen Zähnen zu, während sie mich in eine Ecke des Raumes zieht, wo uns die anderen Gäste nicht sehen.

»Ich weiß nicht, wie viel du von diesem Gespräch mitbekommen hast, aber das war definitiv nicht ich, der hier geflirtet hat.«

»Für mich hat es sich aber ganz so angehört«, erwidert Peyton und verschränkt ihre Arme.

Ich weiß ganz genau, wie ich mich heute Abend verhalten muss, aber jetzt im Moment? Da will ich einfach nur mit Peyton auf Konfrontationskurs gehen. Ich habe diese eiskalte Seite von ihr satt, vor allem, wenn sie mich zu Unrecht bezichtigt, irgendetwas falsch gemacht zu haben.

»Ich kann mich diesen Leuten gegenüber aber doch auch nicht wie ein Arsch aufführen. Manchmal ist ein kleiner, harmloser Flirt in Ordnung.« Da bemerke ich ihre defensive Körperhaltung. »Oder stört es dich etwa, dass ich nicht mit *dir* flirte?«

Peyton stößt ein sarkastisches Lachen aus. »Oh, bitte. Als ob ich auf sie eifersüchtig wäre.«

Meine Lippen zucken ganz leicht nach oben. Ob Peyton sich dessen nun bewusst ist oder nicht: Sie lässt sich in die Karten schauen. Seit dem Moment, wo wir beide hier eingetroffen sind, hat sie ihre Schutzmauer hochgezogen. Es ist, als hätte es unsere Begegnung in der Bar nie gegeben. »Ich habe nie von eifersüchtig gesprochen.«

Mir entgeht nicht, wie sich ihre Augen weiten und ihre Wangen langsam rot werden. Erwischt.

»Wolltest du diejenige sein, die mir anbietet, mit mir nach Hause zu gehen?« Ich sollte ihr das nicht so vor den Kopf knallen, aber mir reicht es für heute Abend einfach.

»Du kannst doch nicht ernsthaft mit dieser Frau nach Hause gehen!« Peyton drückt mir einen Finger gegen die Brust. »Weißt du, wie das aussehen würde?«

»In etwa genauso schlimm, wie mit dir diese Veranstaltung zu verlassen?«

»Verdammt noch mal, Colin!« Diesmal verpasst sie mir sogar einen leichten Stoß. »Warum bist du nur so? Siehst du wirklich nicht, dass dein Verhalten Konsequenzen hat?«

»Ich habe es langsam satt, dass mich alle immer wieder darauf hinweisen, was für ein schrecklicher Mensch ich doch bin.« Ich dränge Peyton gegen die Wand und versuche gar nicht erst, die Wut zu verbergen, die in mir brodelt.

»Ich habe nie behauptet, dass du ein schrecklicher Mensch bist.«

Ich verdrehe die Augen. »Du drückst es nur anders aus, Rocky.«

»Nenn mich nicht so.« Das Feuer in ihrem Blick lodert genauso hell wie das in meinem. Ihre braunen Augen funkeln wütend.

Oh, Mann. Das erinnert mich an das erste Mal, als wir während eines Streits miteinander Sex hatten. Das ständige Hin und Her. Damals hatte sie denselben feurigen Blick wie den, mit dem sie mich jetzt ansieht. Am liebsten würde ich sie in ein Zimmer zerren und ihre enge Hitze um mich herum spüren.

Diese Gedanken reichen beinahe aus, um mich von ihren Worten abzulenken.

Beinahe.

»Dann sag du mir nicht dauernd, was für ein schrecklicher Mensch ich bin«, knurre ich. Ich rücke noch näher an sie heran, was Peyton dazu bringt, ihr Kinn zu heben.

»Wie gesagt, ich habe nie behauptet, dass du ein schrecklicher Mensch bist.« Ihre Hand wandert auf meine Brust. Zweifellos kann sie meinen rasenden Herzschlag spüren. »Aber deine Handlungen sind es. Kannst du wirklich nur noch mit deinem Schwanz denken?«

»Und doch scheint es, dass du meinem Schwanz dankbar sein solltest.«

Peyton stößt ein höhnisches Lachen aus. Ihr Atem fühlt sich heiß auf meiner Haut an. »Können wir bitte damit aufhören, über deinen Schwanz zu sprechen? Gott, wie oft der jetzt schon Thema bei uns war!«

»*Du* hast ihn doch erwähnt.«

»Aber nur, weil er uns in diesen Schlamassel gebracht hat!«, zischt Peyton. »Wenn du nicht das Bedürfnis hättest, mit jeder Frau zu schlafen, die dir über den Weg läuft, stünden wir jetzt nicht hier!«

Ein Gefühl, das verdammt stark nach Traurigkeit aussieht, gleitet durch ihren Blick. Das ist eines der Dinge, die ich immer an Peyton geliebt habe. Ich konnte in ihr lesen wie in einem Buch.

»Ist das der Grund, warum du mich so sehr hasst? Weil es nicht du bist, mit der ich schlafe?«

»Es wäre einfacher, wenn ich dich wirklich hassen würde.«

Ihr Geständnis trifft mich mitten ins Herz.

»Colin. Miss …« Maryanne taucht plötzlich neben uns auf.

»Thompson.« Peyton wendet ihren Blick nicht von mir

ab. Ihr Gesicht ist feuerrot. Es würde mich nicht wundern, wenn jetzt auch noch Dampf aus ihren Ohren käme. Ich trete zwei Schritte zurück und bringe so den dringend nötigen Abstand zwischen uns.

»Sie erregen allmählich ungewollte Aufmerksamkeit. Könnten Sie dieses Gespräch ein anderes Mal fortsetzen?«

»Es tut mir so leid, Maryanne. Verzeihen Sie bitte.« Peyton streicht sich mit der Hand das Kleid glatt. Der Schalter ist umgelegt, und sie ist wieder im Profimodus.

Bei mir geht das nicht so schnell. In meiner Brust toben immer noch die Emotionen.

Begierde. Wut.

Wir waren uns einig, dass dieser eine Kuss ein Fehler gewesen war, aber im Moment möchte ich nichts mehr als eine Wiederholung davon. Aber das kann ich nicht zulassen.

Das werde ich nicht zulassen.

Ich atme tief durch und mische mich erneut unter die Damen, wobei ich mich wie ein Gentleman verhalte und einen sicheren Abstand zu Lara halte.

Und zu Peyton.

Denn sie ist die gefährlichste Frau von allen hier.

Kapitel Acht

»**U**nd, wie läuft es mit Colin?«, fragt Grier und kippt den von ihr bestellten Schnaps hinunter. »Wir dürfen doch jetzt seinen Namen sagen, oder? Jetzt, wo du mit ihm zusammenarbeitest?«

Ich gönne mir ebenfalls einen Drink und genieße unseren gemeinsamen Abend. »Ja. Du darfst seinen Namen sagen. Und es läuft.«

»Klingt interessant.« Sie reibt ihre Handflächen aneinander und ist offensichtlich begierig auf mehr Details.

Ich sauge an der Limettenscheibe, die den Geschmack des Tequilas ein wenig abschwächt. »Es war ein Auf und Ab der Gefühle. Ich habe keine Ahnung, woran ich bei ihm bin. Ich möchte das Ganze auf einer rein professionellen Ebene halten, aber er sieht mich ständig so an.«

»Gott bewahre, er sieht dich an?« Grier stößt ein übertriebenes Keuchen aus. »Wie kann er es nur wagen!«

»Ach, halt die Klappe!«, erwidere ich und lache. »Du weißt schon, was ich meine.«

»Sind seine Blicke vielsagend und bedeutungsvoll?«

»Ja! Ich will alles professionell halten, aber das ist ganz schön hart.«

»Ich wette, *du* machst ihn auch ganz schön hart«, witzelt Grier und wackelt mit den Augenbrauen.

Ich werfe mit der Limettenscheibe nach ihr. »Dich kann man wirklich nirgendwohin mitnehmen!«

»Bei so einer Steilvorlage konnte ich einfach nicht widerstehen.« Sie lacht.

»Vielleicht musst du einfach nur mal wieder flachgelegt werden.«

»Kennst du vielleicht den einen oder anderen heißen Footballspieler?«

Sofort durchfährt mich glühende Eifersucht. Grier würde sich niemals an Colin ranmachen, aber allein schon der Gedanke entfacht in mir das Bedürfnis, um meinen Mann zu kämpfen.

Nur, dass er nicht mal mein Mann ist. Nicht mehr.

»Immer mit der Ruhe, Süße. Ich habe nicht Colin gemeint.«

»Siehst du? Genau das meine ich!« Ich schlage mir die Hände vor die Augen. »Ich will ihn, aber ich darf ihn nicht wollen. Warum ist erwachsen sein nur so kompliziert?«

»Ich denke, du machst dir das Leben nur selbst schwer.« Grier gibt dem Barkeeper ein Zeichen für eine weitere Runde, diesmal mit Margaritas.

»Ich könnte meinen Job verlieren, wenn ich etwas mit Colin anfange. Ich darf diese Chance nicht einfach aufs Spiel setzen.«

»Da gibt es eine ganz einfache Lösung: Fang nichts mit ihm an.« Grier nimmt einen der Drinks, die vor ihr abgestellt wurden, und reicht ihn an mich weiter. »Oder fängt etwa schon irgendwas an? Habe ich etwas verpasst?«

Meine Wangen glühen, und als Grier das bemerkt, schaut sie mich mit großen Augen an.

»Spuck's aus, Süße.«

»Wir haben uns geküsst.«

»Ihr habt euch geküsst?«, kreischt sie und lässt somit auch alle um uns herum in der Bar wissen, was passiert ist.

»Oh mein Gott. Könntest du vielleicht noch ein wenig lauter sein?«

»Tut mir leid.« Sie hält eine Hand hoch, um sich selbst zu stoppen. »Du hast den Mann geküsst, der dir auf dem College das Herz gebrochen hat. Wie sonst hätte ich reagieren sollen?«

»Das war eine einmalige Sache und darf nie wieder vorkommen.«

»Aber du möchtest, dass es wieder vorkommt.« Grier fährt mit einem Finger über das Salz am Rand ihrer Margarita.

»Ja. Nein. Ach, keine Ahnung! Gott, dieser Typ macht mich fertig.«

»Dann vögel doch einfach mal mit ihm und gut ist.« Sie klatscht in die Hände, als wäre das Problem damit nun gelöst.

»Danke, dass du mir jetzt so was in den Kopf gesetzt hast.«

»Ihr zwei würdet so hübsche Kinder machen.«

Ich stöhne bei ihren Worten auf. Grier weiß zwar über viele Dinge, die zwischen Colin und mir auf dem College passiert sind, Bescheid, aber etwas weiß sie nicht. Weil ich es ihr nie erzählen wollte.

»Du bist wirklich keine große Hilfe. Warum bin ich noch mal mit dir befreundet?« Ich lache und lenke meine Gedanken wieder auf einen sichereren Pfad.

»Weil dein Leben ohne mich wahnsinnig langweilig wäre.«

»Ich würde mein momentanes Leben sofort gegen so ein ruhiges Dasein eintauschen. Kein Colin, um den man sich Gedanken machen muss, und kein Job, in den man sich reinstresst, weil man ihn unbedingt haben will.«

Colin und ich sind in der Zwischenzeit praktisch zwei Fremde, die versuchen, durch das Minenfeld zu rangieren, das sie selbst zwischen sich geschaffen haben. Denn genau das ist es auch. Schon der kleinste Fehltritt könnte weitreichende Folgen für jeden von uns beiden haben.

Colin könnte getradet und meine zukünftige Karriere im Sportbereich im Keim erstickt werden, noch bevor ich überhaupt eine Chance hätte, mich zu beweisen.

»Erde an Peyton.« Grier schnippst mit ihren Fingern.

»Tut mir leid.« Ich schüttle den Kopf und versuche, wieder in die Gegenwart zurückzufinden.

»Oh, Mann. Diese ganze Sache macht dich wirklich fertig, hm?«

Ich stütze mein Kinn auf meine Hand. »Vielleicht muss ich nur noch ein paar Drinks mit dir kippen und dann wird alles besser.«

Ihr Lachen löst das Engegefühl in meiner Brust ein wenig. »Ich weiß nicht, ob du dich durch die Drinks besser fühlen wirst. Aber sie werden dir sicherlich dabei helfen, deine Probleme für einen Moment zu vergessen.«

»Aber lass uns nicht übertreiben.« Ich hebe mein Glas und stoße mit Grier an, bevor ich die eiskalte Flüssigkeit hinunterkippe.

»Du hältst das noch die paar Monate durch. Denk einfach an dein Endziel. Ein Job bei einem der besten Teams in der NFL. Oder in Earls Unternehmen.«

»Gott. Das ist alles, was ich je wollte.«

»Und du wärst dumm, das für irgendeinen Typen aufzugeben«, meint Grier.

Ich straffe meine Schultern. »Du hast recht. Colin hat mich im College ohne mit der Wimper zu zucken abserviert. Warum sollte ich mir jetzt also Gedanken über ihn machen?«

Grier hebt ihre Hand für einen High Five, in den ich mit Begeisterung einschlage. »Verdammt richtig, Süße. Kein Mann, der dich abserviert, ist so einen Kummer wert.«

»Ich bin unglaublich. Jeder Mann könnte sich glücklich schätzen, mich zu haben.«

»Und mich!«, wirft Grier ein. »Wir sind schon ein verdammt guter Fang.«

»Das sind wir. Wir sollten nur nach vorn blicken und nicht zurück.«

»Du wirst dieses Praktikum rocken, einen fantastischen Job bekommen und dir jeden Kerl da draußen angeln können.«

Ich weiß, dass Colin nicht derjenige sein sollte, der vor meinem geistigen Auge erscheint, aber er ist es nun mal. Und es kostet mich all meine Willenskraft, das Verlangen nach ihm zu unterdrücken. Denn ich brauche all meine Energie, um mich auf mein Praktikum zu konzentrieren, meinen Abschluss zu machen und meinen Traumjob zu bekommen.

Von meinem Traummann habe ich mich schon lange verabschiedet. In den vergangenen Jahren lag mein einziger Fokus darauf, das zu erreichen, was ich schon immer wollte. Sicher, ein paar Männer waren auch ab und zu mit im Spiel, aber keiner von ihnen hat mich dazu gebracht, mein Ziel aus den Augen zu verlieren.

Dass Colin wieder in Bahn Leben getreten ist, sollte daran nichts ändern. Es *darf* daran nichts ändern.

»Du hast recht. Diese nächsten paar Monate werden unglaublich. Ich kann es spüren.«

Grier strahlt mich an. »Und nur noch mal zur Erinnerung: Schlaf bloß nicht mit Colin.«

Leichter gesagt als getan.

Kapitel Neun

COLIN

»Muss ich das wirklich machen?« Ich richte die Manschetten an meinem Hemd zum gefühlt achten Mal an diesem Abend.

»Die Frage, die du dir eigentlich stellen solltest, ist, warum du uns alle in diese Scheiße mit hineingezogen hast«, knurrt Knox.

»Hey!« Ich hebe verteidigend die Hände. »Damals hat es sich für mich wie eine gute Idee angehört.«

»Na klar. Ich glaube mich zu erinnern, dass du gesagt hast, es wäre eine gute Gelegenheit, um ›heiße Bräute kennenzulernen‹.« Knox zieht eine Augenbraue hoch, als wolle er mich herausfordern, ihm zu widersprechen.

»Das … ist völlig korrekt. Fuck.« Ich fahre mir mit einer Hand übers Gesicht und wünschte, die Zeit würde schneller vergehen.

»Du brauchst nur einen Drink. Das wird der Hammer!« Logan reicht mir ein Glas Bourbon, den ich mit einem Schluck hinunterkippe.

»Du weißt schon, dass du mit deinem Date für den

heutigen Abend nicht ins Bett springen darfst, oder?« Alex schaut ihn streng an. »Wir sammeln hier Geld für die neue Krebsstation des Kinderkrankenhauses.«

»Entspann dich. Das weiß er«, mischt sich Knox ein.

»Ja, sicher doch.« Doch Logans Blick verrät ihn: Er hofft, dass er diejenige, die ihn heute Abend gewinnt, auch vögeln darf.

»Ich bin überrascht, dass es immer noch Versteigerungen von Dates für Wohltätigkeitsveranstaltungen gibt.« Ich halte Jackson mein Glas hin, damit er mir nachschenkt.

»Offenbar kennt der Social-Media-Koordinator unseres Teams jemanden vom Krankenhaus. Und weil du deinen Schwanz nicht in der Hose behalten kannst«, Knox sieht mich böse an, »darfst du dir keine schlechte Presse erlauben, indem du einem Kinderkrankenhaus absagst. Also ja, du musst das wirklich machen, und ja, du hast dir das ganz allein eingebrockt.«

»Wie bist *du* eigentlich mit in die Sache hineingeraten, Fields?«, frage ich Jackson. Seitdem er geheiratet hat, bekommen wir ihn kaum noch zu Gesicht.

»Ein Abend mit Tenley, und dann auch noch für einen guten Zweck? Da war sie gleich dabei.« Dieses verklärte Lächeln, das nur sie in sein Gesicht zaubern kann, erscheint auf seinen Lippen.

»Seid ihr bereit, Jungs?« Peyton taucht im Wartebereich hinter der Bühne auf. Sie war zwar nicht begeistert, dass ich bei dieser Veranstaltung mitmache, aber Knox hat recht: Ich hätte meine Zusage nicht einfach zurückziehen können. Deshalb hat sie darauf bestanden, bei der Auktion mitzumachen, damit ich nicht in Schwierigkeiten gerate.

»Bringen wir's hinter uns.« Alex klingt genauso begeistert, heute Abend hier zu sein, wie ich mich fühle.

»Ihr werdet das toll machen. Ein paar der anderen

Jungs sind schon für große Summen weggegangen. Ihr leistet hier etwas Großartiges. Denkt einfach daran, zu lächeln.«

Peyton richtet diese letzten Worte direkt an mich.

»Was? Die Leute lieben mich!«

Der Blick, den sie mir zuwirft, könnte Glas zum Schmelzen bringen. »Ja genau, und deshalb bin ich auch hier: weil die Leute dich so sehr lieben.«

»Fuck. Colins Kindermädchen ist zum Spielen gekommen!« Knox packt mich an den Schultern. »Mit der legst du dich besser nicht an.«

Ihre großen braunen Augen sind fest auf meine gerichtet, und auch Knox' Worte scheinen sie kein bisschen aus der Fassung zu bringen. »Kann ich bitte mal mit Colin unter vier Augen sprechen?«

»Da ist jemand in Schwierigkeiten«, flüstert einer der Jungs, während alle den Raum verlassen.

Kaum ist die Tür ins Schloss gefallen, geht Peyton schon auf mich los. »Kannst du nicht einmal etwas in deinem Leben ernst nehmen? Nur einmal?«

»Ich bin doch hier, oder nicht?«, verteidige ich mich und breite meine Arme aus.

Sie macht einen Schritt auf mich zu. Mit ihren Absatzschuhen ist sie fast auf Augenhöhe mit mir. Ihre Arme streifen meine Brust, und Hitze durchfährt meinen gesamten Körper. Ich weiß, dass ich das nicht sollte, aber ich mag diese temperamentvolle Seite an Peyton. Auf dem College hat sie mir immer nur die fürsorgliche, liebevolle Seite gezeigt. Diese hier ist neu.

Und ich finde sie gar nicht mal so übel.

»Du bist hier, weil du eine Verpflichtung eingegangen bist und weil du alles dafür tun wirst, um dein Image im Team wieder zu verbessern.«

Ich will sie unterbrechen, doch sie hält einen Finger hoch.

»Ich will nichts davon hören. Du musst der nette Junge von nebenan sein, nicht der Typ, der sich einfach nachts aus dem Fenster schleicht. Wenn du da draußen nicht wenigstens der charmante Mann bist, von dem ich weiß, dass du so einer sein kannst, wird das nicht gut für dich ausgehen.«

Autsch. Peytons Worte treffen mich hart. Aber sie hat nicht unrecht.

»Okay …« Sie unterbricht mich, indem sie einen Finger auf meine Lippen legt.

»Diskutier nicht mit mir.«

Ich ergreife ihr Handgelenk und ziehe ihre Hand an meine Brust. In diesem kleinen Raum brodelt die Hitze zwischen uns förmlich. Ich spüre den Puls in ihrem Handgelenk pochen. Ihre Pupillen weiten sich, als ihr Blick kurz zu meinen Lippen huscht. Ihr Gesicht ist nur wenige Zentimeter von meinem entfernt.

Es wäre so einfach. Meine Lippen auf ihre zu senken und ihr einen Kuss zu geben, von dem ich jetzt weiß, dass sie ihn auch will. Sie an die Wand zu drücken und meine Erinnerungen daran aufzufrischen, wie sich ihre Rundungen unter meinen Fingern anfühlen.

Es wäre so einfach.

Ich habe das schon einmal in einem hitzigen Moment getan. Einem ähnlichen wie diesem.

Doch sosehr ich diesem plötzlichen Verlangen auch nachgeben möchte: Sie würde mir schneller ihr Knie in die Eier rammen, als ich blinzeln könnte.

Also trete ich einen Schritt zurück. Und dann noch einen.

»Ich hatte nicht vor, zu diskutieren.«

»Gut.« Peyton löst ihre Hand aus meinem Griff und

streicht ihren Rock glatt. Als ihre Augen wieder auf meine treffen, strahlen diese nur noch Professionalität aus. Jegliche Emotionen sind wieder unter Verschluss und gut versteckt. »Und jetzt geh da raus und bezaubere die Leute so sehr, dass sie einen Abend mit dir verbringen möchten.«

»Wird gemacht, Rocky.«

***

»Höre ich fünftausend Dollar?«, brüllt der Auktionator in sein Mikrofon, woraufhin eine Frau in der ersten Reihe ihre Karte hebt.

Peyton hat nicht gescherzt, als sie meinte, die Leute würden viel Geld für ein Date mit dem Team heute Abend ausgeben.

»Wie sieht es mit sechstausend aus?« Ich schirme meine Augen vor dem grellen Licht der Scheinwerfer ab, die auf die Bühne gerichtet sind, um besser sehen zu können, ob noch jemand mitbietet.

»Zum Ersten, zum Zweiten, verkauft!« Er schlägt mit dem Hammer auf den Tisch und ein Freudenschrei ist in der Menge zu hören.

Ich stürme von der Bühne und sehe Peyton mit den Jungs und ein paar anderen Mitgliedern des Teams zusammenstehen.

»Du musst das rückgängig machen!«, knurrt Knox.

»Warum? Das war das beste Gebot des ganzen Abends.« Peyton wirkt geradezu ausgelassen, als ich mich in das Gespräch einklinke. Als sie mich sieht, schenkt sie mir ausnahmsweise mal ein freundliches Lächeln.

»Was ist denn los?«, frage ich.

»Meine Großmutter hat auf dich geboten«, beklagt sich Knox.

»Und hat sie den Zuschlag bekommen?«, frage ich.

Gott sei Dank habe ich nicht gerade einen Schluck von meinem Getränk genommen; das hätte ich sonst vor Schock direkt wieder ausgespuckt.

»Warum sollte ich mich sonst so aufregen? Du kannst nicht mit meiner Oma ausgehen!«, faucht er mich an.

»Ist sie etwa unanständig?«

»Ich schwöre bei Gott, Colin …« Knox kocht vor Wut.

»Na da schau einer an. Wenn das nicht mein Preis für den heutigen Abend ist.« Eine Frau mit Falten im Gesicht und verstrubbeltem grauem Haar begrüßt uns. »Knox, sei so lieb und stell uns vor.«

Ich liebe diese Frau schon jetzt.

»Colin, das ist meine Großmutter Darlene.« Ich kann hören, wie er vor Wut darüber, dass er uns einander vorstellen muss, mit den Zähnen knirscht. »Darlene, das ist Colin. Dein heutiges Date, wie es scheint.«

»Was für ein stattlicher junger Mann Sie doch sind«, raunt mir Darlene zu.

»Nicht stattlich genug, um jemanden wie Sie für sich zu gewinnen«, erwidere ich und lasse all meinen Charme spielen.

»Oh, Sie Charmeur! Knox, warum hast du uns nicht schon früher einander vorgestellt?« Sie wendet ihren neckischen Blick nicht von mir ab.

»Das ist alles deine Schuld. Du hättest ihn hieran nicht teilnehmen lassen dürfen.« Knox wirft Peyton einen verächtlichen Blick zu.

»Colin hatte der Teilnahme bereits zugestimmt, also ist es auch *seine* Schuld.« Doch das Lächeln, das ihr Gesicht erhellt, verrät mir, dass ihr die Sache hier gerade fast genauso viel Spaß macht wie mir.

Knox fährt sich mit einer Hand übers Gesicht. »Benimm dich bitte, Oma.«

»Sich zu benehmen, macht aber keinen Spaß.«, entgegnet sie und zieht einen Schmollmund. »Also, Colin. Wie stehst du zu Bingo?«

»Sich zu benehmen, macht aber keinen Spaß.«, entgegnet sie und zieht einen Schmollmund. »Also, Colin. Wie stehst du zu Bingo?«

Kapitel Zehn

COLIN

»Lass mich das bloß nicht bereuen.« Knox wirft mir einen bösen Blick zu, den ich inzwischen gewohnt bin. Wenn Knox der Bad Boy des Teams sein möchte, dann soll er es sein.

»Deine Oma hat mich als ihr Date eingeladen. Offensichtlich mag sie mich genug, um mit mir Bingo zu spielen.«

Knox schnaubt verärgert, als er die Tür des Altersheims aufzieht, in dem seine Großmutter lebt. »Und ich fange langsam an, ihre geistigen Fähigkeiten infrage zu stellen.«

»Sie hat eben eine Schwäche für Star-Receiver.« Ich schenke ihm mein charmantestes Lächeln. »Vielleicht braucht sie ja einen Sugardaddy.«

»Ich schwöre bei Gott, Colin …« Der Blick, den Knox mir zuwirft, würde so manchen in die Knie zwingen, aber besagte Oma wartet bereits auf uns.

»Knox. Was hast du denn wieder für einen Blick drauf? Du siehst aus, als hättest du Verstopfung.«

»Verdammt noch mal, Oma!«

»Hi, Darlene. Ich freue mich riesig, dass Sie mich heute eingeladen haben.« Ich laufe den offenen Armen entgegen, die sie mir entgegenstreckt, und bekomme das Grinsen gar nicht mehr aus dem Gesicht.

»Ich bereue das Ganze schon jetzt«, jammert Knox.

Darlene winkt nur ab, hakt sich bei mir unter und zieht mich mit sich. »Ignorieren Sie meinen Enkel einfach. Er kann manchmal ganz schön launisch sein.«

»Oh, ich ignoriere ihn meistens.«

»Sehr gut. Also, sind Sie bereit fürs Bingo spielen?«

»Ob ich bereit bin? Ich habe meine Bingo-Kenntnisse extra für Sie noch einmal aufgefrischt.« Ich trage ziemlich dick auf, aber das ist mir egal. Darlene redet, wie ihr der Schnabel gewachsen ist, und das ist sehr erfrischend.

»Bingo ist ein reines Glücksspiel«, brummt Knox.

Ich ziehe für Darlene einen Stuhl am Tisch zurück und beuge mich zu ihr hinunter. »War er als Kind auch schon so?«

Ein Schlag auf den Hinterkopf sagt mir, dass ich vielleicht einen Schritt zu weit gegangen bin.

»Heute werden keine peinlichen Geschichten aus meiner Kindheit erzählt.« Knox zeigt mit dem Finger auf seine Großmutter. »Ich meine es ernst.«

Sie winkt ab. »Na gut. Dann schwing deinen süßen Hintern her, damit wir mit dem Spiel beginnen können.«

Knox, der nun etwas zufriedener aussieht, setzt sich neben Darlene. »Wird Betty auch mitspielen?«

Darlene kichert. »Oh, nein. Sie und Roy hatten einen kleinen Unfall, wenn du verstehst, was ich meine.«

»Was meinen Sie denn?«, frage ich naiv.

»Um Himmels willen.«

»Sie hatten ein bisschen zu viel Spaß im Bett, und Betty hat sich die Hüfte ausgekugelt.«

Ich muss laut loslachen. »Knox, ich liebe deine Oma!«

Als ich noch ein Kind war, standen meine Eltern ihren Eltern nicht sehr nahe, und nach ihrer Scheidung habe ich meine Großeltern nur noch selten gesehen. Heute mit Darlene Zeit zu verbringen, ist etwas, von dem ich bisher nicht einmal wusste, dass ich es als Kind vermisst habe. Und auch wenn es nur dieser eine Tag heute ist, genieße ich diese Erfahrung in vollen Zügen.

»Oma! Jetzt mal im Ernst: Kannst du dich nicht einmal deinem Alter entsprechend verhalten?« Knox' Gesicht ist knallrot, während die Bingokarten ausgeteilt werden.

»Schätzchen, wann habe ich das letzte Mal ein Blatt vor den Mund genommen?«

Knox murmelt etwas vor sich hin, und das Spiel beginnt.

»I-27.«

»Colin. Erzählen Sie mir doch mal ein bisschen von Ihrer Freundin.« Darlene sieht mich nicht an, als sie mir diese Frage stellt.

»Freundin?«

»Ja. Die Hübsche von der Veranstaltung. Sie hat Sie angesehen, als wären Sie der ganz große Fang – der Sie vermutlich ja auch sind.«

Das wäre mir neu. Wenn Peyton mich dieser Tage mal mit etwas anderem als nur Verachtung ansehen würde, würde ich wahrscheinlich vor Überraschung tot umfallen.

»Ähm, sie ist ganz nett, denke ich.«

»Ganz nett? Herr im Himmel! Kein Wunder, dass ihr zwei Jungs noch alleinstehend seid.«

»Hey, wir reden hier über ihn, nicht über mich«, verteidigt sich Knox.

»Glaub bloß nicht, dass ich nicht aufpasse, Knox.« Darlene macht eine drohende Geste mit dem Finger. »Ich warte auf Urenkel von dir. Aber Colin hier scheint ein wenig in der Klemme zu stecken.«

»Es könnte besser laufen, ja.«

»B-7.«

»Hat dir Knox schon ein paar Tipps gegeben? Früher war er ein richtiger Frauenheld.«

»Was meinst du denn mit ›früher‹?« Knox zieht eine Augenbraue hoch und legt einen Bingo-Chip auf seine Karte.

»Wie ich schon sagte, ich sehe hier keine Urenkelchen herumlaufen, oder?«

Ich kann das Lachen in Gegenwart dieser Frau einfach nicht zurückhalten, was die Aufmerksamkeit der Leute um uns herum auf sich zieht. »Darlene, du bist mir wirklich die Liebste.«

»Mehr als verständlich.« Sie stupst mich mit einem knochigen Finger an. »Und ich wette, mit diesem hübschen Gesicht kommst *du* auch ziemlich weit im Leben.«

»Das kann man wohl sagen, schätze ich.« Ich zucke mit den Schultern und decke ein weiteres Kästchen ab, während immer neue Zahlen vorgelesen werden.

»Das ist alles, was ich für meinen Knoxy hier will.« Sie tätschelt seine Wange. »Ich weiß, dass er Football liebt, aber ich hätte auch nichts dagegen, wenn er mal eine nette junge Dame mitbringen würde.«

»Ich werde daran arbeiten. Nur für dich, Oma«, erwidert Knox und drückt ihr einen Kuss auf die Wange.

Ich spüre ein Ziehen in meiner Brust, wenn ich die beiden so zusammen sehe. Das, was in meinem Leben einer solchen Familie am nächsten gekommen war, war Peytons Familie gewesen, die mich immer mit offenen Armen empfangen hat.

Aber als ich das College verließ, nachdem ich gedraftet

wurde, war – wie Peyton selbst – jedes Gefühl von Familie verschwunden. Und dabei ist das etwas, was ich mir immer gewünscht habe. Ich sehne mich voller Neid nach dieser Art von Liebe von einem anderen Menschen. Denn wenn ich Knox mit seiner Großmutter sehe, wünsche ich mir so etwas auch.

Während meiner Kindheit war ich meistens bei meinem Vater. Den Sommer habe ich in Footballcamps verbracht und den Rest des Jahres mit den besten Trainern, die man für Geld kaufen konnte. Ich bekam nicht viel Liebe von meinem Erzeuger. Die einzige Aufmerksamkeit, die er mir schenkte, war, wenn mein Spiel mal schlecht lief.

»Du achtest ja gar nicht auf deine Karte. Glaub bloß nicht, dass ich dir noch mal alle Zahlen sagen werde«, unterbricht Darlene meine Gedanken.

Ich lache. »Das würde ich niemals zu denken wagen.«

»Und jetzt zurück zu deiner Lady.«

»Warum wollen sich eigentlich alle in mein Liebesleben einmischen?«

»Weil du es falsch angehst«, sagen Darlene und Knox gleichzeitig.

Knox, ganz der Mistkerl, der er eben ist, verschränkt die Arme und lehnt sich in seinem Stuhl zurück. Seine Belustigung ist ihm deutlich ins Gesicht geschrieben.

Ich lasse Darlene über all die Möglichkeiten philosophieren, wie ich jemanden am besten für mich gewinnen könnte.

»G-53!«

»Ha! Bingo!«, ruft sie.

»Du schummelst doch! Du kannst unmöglich schon Bingo haben!«, ruft jemand hinter uns.

»Oh, oh«, murmelt Knox, als Darlene sich auf ihrem Stuhl umdreht.

»Wie soll man denn bitte beim Bingo schummeln? Ich habe alle Zahlen, die genannt wurden. Stimmt's, Colin?« Sie dreht sich wieder um und sieht mich mit einem Blick an, der sagt: *Wage es ja nicht, mir zu widersprechen.*

»Ja, stimmt.« Ich nicke. »Sie hat alle Zahlen, die genannt wurden.«

»Guter Junge«, erwidert Darlene und tätschelt meine Wange. »Knox, du kannst ihn jederzeit wieder mitbringen.«

»Liebend gerne.«

Darlene nimmt ihren Gewinn vom Spielleiter entgegen, nachdem er ihre Karte kontrolliert hat.

»Und wer weiß, vielleicht habt ihr beide ja beim nächsten Mal eure Freundinnen mit dabei.«

Kapitel Elf

COLIN

»Warum dachtest du noch mal, dass das hier eine gute Idee wäre?«

Peyton verdreht die Augen. »Das sind nur Kinder, Colin. Das schaffst du schon.«

Sie hat leicht reden. Sie muss ja auch nicht gleich gefühlt fünfzig Kindern ein Buch vorlesen.

»Hey Colin. Bist du bereit?« Tenley erscheint neben uns, mit Jackson an ihrer Seite.

»Ich denke schon, schätze ich.«

Tenley schenkt mir ein strahlendes Lächeln, was meine Nervosität allerdings auch nicht lindert. »Du wirst schon sehen, du wirst das toll machen. Sie lieben es, wenn Footballspieler vorbeikommen und ihnen etwas vorlesen.«

»Sie lieben es, wenn *ich* vorbeikomme und ihnen etwas vorlese«, witzelt Jackson.

»Echt jetzt, Jackson?« Tenley sieht aus, als wolle sie ihm eine kleben. »Colin, wenn diese Kinder so einen Griesgram in ihr Herz schließen können«, sie verpasst Jackson einen leichten Schubs, »dann werden sie auch dich lieben. Außerdem habe ich ihr Lieblingsbuch rausgesucht.«

»Okay. Dann legen wir mal los.«

Tenley beginnt damit, ihre Schüler einzusammeln, die durch das Zimmer wuseln. »Bist du wirklich sicher, dass ich das kann, Peyton?«

Ich glaube nicht, dass ich in meinem Leben schon einmal so nervös war. Nicht einmal vor meinem ersten NFL-Spiel. Bei einem Footballspiel weiß man immer, was auf einen zukommt. Aber bei Vorschulkindern? Nicht einmal annähernd.

Peyton sieht mich mit ihren braunen Augen durchdringend an. »Colin, ich würde dich nicht für so etwas vorschlagen, wenn ich nicht glauben würde, dass du es schaffst. Du hast die Persönlichkeit und den Charme, um diese Kinder für dich zu gewinnen. Rede mit ihnen. Beantworte ihre Fragen. Und du wirst sehen, sie werden dich lieben.« Peyton schenkt mir ein ermutigendes Lächeln und drückt leicht meinen Arm.

Das ist genau das, was ich brauche und was meine angespannten Nerven ein wenig beruhigt.

Peyton war immer die einzige Person, die diesen Effekt auf mich hatte. Sie war mein Glücksbringer bei jedem Spiel im College. Ohne sie wäre ich ein nervliches Wrack gewesen.

»Also, Kinder. Ich weiß, dass Mr. Jackson euch freitags normalerweise vorliest, aber heute hat er einen Freund von sich mitgebracht. Sagt bitte Hallo zu Mr. Colin.«

»Hallo, Mr. Colin«, hallt es durch den Raum, während mich zwanzig Augenpaare anstarren.

Ich schaffe das schon.

»Hallo, alle zusammen.« Ich winke nervös und kämpfe gegen den Drang an, einen Schritt zurück zu machen. Da fällt mein Blick auf Peyton, die in der Zwischenzeit im hinteren Teil des Zimmers steht. Sie streckt ermutigend ihre Daumen nach oben.

Ich schaffe das schon.

»Also, was lesen wir heute?«

Ich setze mich auf den Platz, den Tenley mir bereits vorn im Raum vorbereitet hat. Eifrige Hände schießen in die Höhe und ich zeige auf einen kleinen Jungen in der ersten Reihe.

»Wolkig mit Aussicht auf Fleischbällchen!«

»Ganz genau!« Ich versuche, begeisterter zu klingen, als ich es tatsächlich bin. Ich will die Kinder nicht schon verschrecken, bevor ich überhaupt angefangen habe.

Ich schlage die erste Seite des Buches auf und beginne zu lesen, während die Kinder wie gebannt jedem meiner Worte lauschen. Ihr Kichern an bestimmten Stellen der Geschichte zaubert ein aufrichtiges Lächeln auf mein Gesicht. Als ich zu der Stelle komme, an der ein Pfannkuchen auf die Schule fällt, schnellen erneut Hände in die Luft. Ich habe nicht einmal die Chance, jemanden von ihnen aufzurufen, bevor ich schon mit Fragen bombardiert werde.

»Was würde passieren, wenn wirklich ein Pfannkuchen auf unsere Schule fällt und wir noch drin wären?«

»Wie groß müsste ein Pfannkuchen sein, damit er die ganze Schule bedeckt?«

»Können wir Pfannkuchen zu Mittag essen?«

Scheiße, sind diese Kinder goldig. Ich kann verstehen, warum Jackson das hier so gerne macht. Nicht nur, weil seine Frau die Lehrerin ist, sondern auch, weil es wirklich Spaß macht.

»Nun, was denkt ihr denn, wie wir aus der Schule kommen würden, wenn ein Pfannkuchen auf sie fällt?«, frage ich in die Runde.

Ich kann praktisch sehen, wie es in ihren kleinen Köpfen rattert.

»Könnten wir uns vielleicht hinausessen?«, meldet sich

eine kleine Stimme von ganz hinten. »Aber davon könnten wir Bauchweh bekommen.«

»Wenn wir alle nur ein bisschen essen, glaubt ihr, dass wir dann ein Loch hinbekommen würden, das groß genug ist, um uns hindurchzuzwängen?«, frage ich.

»Du bist doch schon groß. Kannst du dich nicht einfach durchdrücken?«, fragt jemand in der ersten Reihe.

Ich muss lachen und zeige meinen Bizeps. »Meinst du wirklich, ich könnte einen Pfannkuchen durchstoßen?«

Peyton steht im hinteren Teil des Zimmers und macht Fotos, während die Kinder vor Freude kreischen.

»Mrs. Fields! Können wir einen Pfannkuchen machen und schauen, ob Mr. Colin ihn durchstoßen kann?«

»Ich weiß nicht, dafür würden wir wahrscheinlich einen furchtbar großen Pfannkuchen brauchen«, meint Tenley. »Wie könnten wir so einen denn hinbekommen?«

Sofort lassen die Kinder ihre Vorschläge hören. Jackson hört ihnen lachend zu, während ich einen verstohlenen Blick auf Peyton werfe. Ihre Augen sind auf mich gerichtet, und es liegt eine Zärtlichkeit darin, die ich schon lange nicht mehr gesehen habe.

In den letzten Wochen war es hauptsächlich Verärgerung, die ich wahrgenommen habe. Ich bin kein Idiot. Ich weiß, dass diese Aufgabe nicht das ist, was sie wollte. Ich stehe zwischen ihr und ihrem Traumjob.

Aber dieser Blick, den sie mir gerade zuwirft? Den erkenne ich wieder. Wenn ich ein schlechtes Spiel hatte, war das der Blick, mit dem sie mir gesagt hat, dass alles in Ordnung ist und ich mich auf sie verlassen kann. Peyton war mein sicherer Hafen. Ein College-Football-Star zu sein, war nicht unbedingt einfach. Jeder hat ständig um deine Aufmerksamkeit gebuhlt, und an manchen Tagen war das schlicht überwältigend.

Jetzt wird mir klar, dass ich gerade nirgendwo anders lieber wäre als hier bei ihr – und bei etwa zwanzig Vorschulkindern.

Kapitel Zwölf

COLIN

»Warum mussten wir uns eigentlich hier in diese Provinz schleppen?« Logan sieht sich ehrfürchtig in meinem Haus um, als er durch die Eingangstür tritt. Die offene Raumaufteilung bietet viel Platz, die Parkettböden sind neu verlegt und die Küche ist ein Traum für jeden Hobbykoch.

»Weil man mir gesagt hat, dass ich mich draußen nicht blicken lassen sollte, nicht einmal mit euch.« Ich schließe die Tür hinter meinen Kumpels. Angesichts der negativen Schlagzeilen über mich hielt Earl es für das Beste, wenn ich mich abseits der geplanten Veranstaltungen ein wenig bedeckt halte. Anstatt also unserer üblichen Preseason-Bar einen Besuch abzustatten, sind die Jungs auf einen Drink zu mir rübergekommen.

»Hoffen wir einfach mal, dass es uns kein Pech bringt, wenn wir nicht in die Book Bar gehen.« Alex klopft mir im Vorbeigehen nach draußen auf die Schulter. Er war schon ein paar Mal hier bei mir. Wir haben uns damals recht schnell angefreundet und sind im Laufe der Jahre immer enger zusammengewachsen.

»Alter. Verschrei es bloß nicht.« Ich verdränge seinen Gedanken und folge ihm. Knox und Jackson haben es sich bereits draußen auf der Couch vor der Feuerstelle bequem gemacht.

Es ist ziemlich kühl für eine Sommernacht. Der perfekte Abend, bevor diese Woche die neue Season beginnt. Bei allem, was momentan bei mir los ist, war ich beinahe überrascht, dass sie schon wieder losgeht.

»Sogar *ich* weiß, dass man so was nicht laut ausspricht!«, meint Logan und holt sich ein Bier aus dem Kühlschrank auf meiner Terrasse. Das war eines der Verkaufsargumente für dieses Haus. Und dass es in einer bewachten Wohngegend liegt. Perfekt, um Frauen fern-zuhalten.

»Ich bin in diesem Jahr zurück und fühle mich besser denn je, es wird also alles gut gehen«, meint Jackson und zeigt mit seiner Bierflasche auf mich.

»Oh, Mann. In einer Beziehung zu sein, hat dich wirk-lich gefühlsduselig gemacht.«

Ein verschmitztes Lächeln huscht über sein Gesicht. »Ihr solltet das auch mal ausprobieren. Fühlt sich verdammt gut an.«

Wäre er nicht einer meiner besten Freunde, würde ich ihn hassen. Letztes Jahr war er ohne Tenley ein richtiger Jammerlappen – wenn auch nur für ein paar Wochen – und jetzt sind sie verheiratet.

»Was, wenn ich euch sagen würde, dass es da jemanden gibt? Möglicherweise.«

»Was? Seit wann denn das?«, fragt Knox, schiebt sich eine Brezel in den Mund und lehnt sich in seinem Stuhl zurück. Die Sonne geht gerade über den Bergen in der Ferne unter. Diese Aussicht ist einfach unvergleichlich.

Ich überlege, wie viel ich ihnen sagen will. Denn es ist ja nicht so, als ob Peyton und ich unsere etwaigen Gefühle füreinander ausleben könnten. Zumindest ich nicht. Doch nachdem ich mit ihr Tenleys Schule besucht habe, glaube ich, dass ihre Mauer aus Eis langsam zu tauen beginnt.

»Sie kannte mich schon vor all dem hier«, erkläre ich und deute um mich herum. »Wir waren auf dem College ein Paar. Damals dachte ich, dass wir einmal heiraten würden.«

»Ohne Scheiß jetzt?«, fragt Alex und schüttelt den Kopf. »Was ist passiert?«

»Es ist ziemlich ernst geworden, doch dann habe ich vor dem Draft einen Brief von ihr bekommen, in dem stand, dass sie mich nicht mehr sehen könne. Dass alles in meinem Leben zu verrückt wäre und sie damit nicht zurechtkäme.«

Heiße Wut brennt in meiner Brust. Ich bin nie darüber hinweggekommen, was sie mir angetan hat. Doch auf dem Footballfeld konnte ich meine Emotionen zumindest in Energie umwandeln.

»Und du willst noch mal was mit ihr anfangen?«, fragt Alex.

Ich zucke mit den Schultern. »Es ist nicht so, als ob ich je aufgehört hätte, sie zu lieben.«

»Ihr Jungs seid ja schlimmere Tratschtanten als meine Schwestern«, meint Logan und schüttelt den Kopf.

»Niemand hat gesagt, dass du weiterhin an unseren Treffen teilnehmen musst«, erwidert Knox und kickt Logans Füße vom Rand der Feuerstelle.

Logans Gesicht verliert jegliche Farbe. »Nein!« Er räuspert sich. »Ich meine, ich komme sehr gerne mit zu euren Treffen.«

»Sei doch nicht so streng mit ihm, Fisher.« Alex verpasst Knox einen kumpelhaften Stoß. »Vielleicht wäre es ja wirklich gar keine so schlechte Idee, es noch mal mit ihr zu versuchen?«

»Ich kann nicht.«

»Och, kriegt der arme Junge ihn etwa nicht mehr hoch?«, fragt Knox und grinst mich selbstgefällig an. »Kein Wunder, dass sie dich verlassen hat.«

»Du bist so ein Arsch.« Ich werfe eine Brezel nach ihm, die er mühelos auffängt und in seinen Mund steckt. »Sagen wir es mal so: Es würde nicht unbedingt gut aussehen, wenn wir zusammen wären.«

»Bei dir kann aber auch nie mal etwas einfach sein, oder?«, fragt Alex. Logan, Jackson und Knox sind in der Zwischenzeit in ihr eigenes Gespräch vertieft.

»Wo bliebe denn da der Spaß?«, erwidere ich ironisch lächelnd, bevor ich einen Schluck von meinem Bier nehme. Zusammen mit dem Feuer ist es wirklich ein perfekter Abend für die Preseason. Auch wenn wir nicht in unserem Stammlokal sein können: Einfach hier zusammen mit den Jungs zu sein, die in der Zwischenzeit wie Brüder für mich geworden sind, macht das wieder wett.

»Besteht denn überhaupt die Möglichkeit, dass ihr wieder zusammenkommen könntet?« Alex beugt sich nach vorn, stützt seine Unterarme auf die Knie und lässt seine Bierflasche zwischen seinen Beinen herunterhängen.

Peyton ist auf die wohl unerwartetste Weise in mein Leben zurückgekehrt. Tatsächlich hätte ich nicht einmal gedacht, dass ich sie überhaupt jemals wiedersehen würde. Innerhalb weniger Wochen bin ich vom College zum Draft und dann nach Denver gegangen. Ich habe nie meinen Abschluss nachgeholt. Mein Leben hat sich nur noch um Football gedreht.

Und um Frauen. Alles, was den Schmerz über Peytons Verlust ein wenig betäuben konnte.

»Ganz ehrlich? Keine Ahnung.« Ich zupfe an dem zerknitterten Etikett meiner Bierflasche herum. »Wir waren alles füreinander, und jetzt kann sie es nicht einmal mehr ertragen, mit mir im selben Raum zu sein.«

»Kannst du ihr das wirklich verübeln? Schließlich tauchst du öfter bei TMZ auf als jeder andere Promi auf der Welt.«

»Hey!« Ich schlage ihm auf den Arm. »Ich bin schon seit Wochen in keinem Klatschblog mehr aufgetaucht.«

»Soll ich dir dafür jetzt auf die Schulter klopfen?«, scherzt Alex.

»Du mich auch!«, erwidere ich und hebe meinen Mittelfinger.

»Zeig ihr einfach, dass du dich geändert hast. Warum sollte sie wieder mit dir zusammenkommen wollen, wenn sie immer nur sieht, wie du jeder anderen Frau da draußen hinterherjagst?«

»Und wie soll ich das bitte anstellen, o weiser Mann?« Ich verdrehe die Augen und lehne mich auf dem Sofa zurück.

»Fields. Dein Kumpel braucht Hilfe«, sagt Alex in seinem Befehlston und bezieht Jackson wieder ins Gespräch mit ein.

»Was gibt's denn?«, fragt dieser und wendet sich uns zu, während alle anderen still werden. Alex hat einfach diese gewisse Art an sich.

»Colin braucht Hilfe dabei, jemanden zu umwerben.«

»Zu umwerben?« Jackson bricht in Gelächter aus, doch Alex muss nur eine Augenbraue hochziehen und schon hält er wieder den Mund. »Okay. Wobei brauchst du denn Hilfe?«

Ich überlege, wie ich es formulieren kann, ohne zu verraten, um wen es sich handelt. Denn wenn die Jungs wüssten, dass ich versuche, genau die Frau für mich zu gewinnen, die mich gerade aus der Scheiße ziehen soll, in die ich mich selbst manövriert habe, würden sie mich wohl nicht so ermutigen.

»Im Gegensatz zu dem, was die Medien glauben, war ich nicht immer so ein Frauenheld.«

»Du meinst so ein Hurenbock«, wirft Knox vollkommen emotionslos ein.

»Glaub bloß nicht, dass ich ein Problem damit hätte, dich aus meinem Haus zu werfen.«

Knox zeigt auf Alex. »Und genau deshalb ist die Bar auch so heilig. Weil niemand dort die Macht hat, irgendjemand anderen rauszuschmeißen.«

»Um zurück zum eigentlichen Thema zu kommen: Was mag dein Mädchen denn so?«, fragt Jackson ernst.

»Football. Camping. Mexikanisches Essen.« Ich lächle über das Bild, das ich von Peyton in meinem Kopf habe. Im College war sie immer die Erste, die für ein Abenteuer zu haben war.

Wandern in den Smoky Mountains? Sie war dabei.

Football auf dem Campus um Mitternacht? Jederzeit.

»Zeig ihr, dass du immer noch weißt, was sie mag. Und verhalte dich vor allem nicht wie ein Arsch.«

»Leichter gesagt als getan«, witzelt Logan und lacht vor sich hin.

»Hey.« Jackson ist voll bei der Sache. »Ich mein's ernst. Wenn du kein Interesse an dem zeigst, was sie mag, wie groß ist dann wohl die Chance, dass aus eurer Beziehung etwas wird?«

»Ich wusste, dass er eine Antwort parat haben würde«, flüstert Alex mir zu.

»Dann geh doch mit ihr nach einem Footballspiel wandern und zum Abendessen gibt es dann Tacos«, meint Knox kichernd.

»Du bist so ein Trottel.« Jackson verpasst ihm einen Schlag auf den Hinterkopf.

»Wie kann es eigentlich sein, dass ich mich erwachsener verhalte als er?«, fragt Logan und zeigt auf Knox.

»Das hat nie jemand behauptet«, antwortet Alex. »Vielleicht solltest du besser nicht auf die beiden hören.«

»Es wird nicht einfach werden, jetzt, wo die neue Season beginnt, aber du wirst dir schon etwas einfallen lassen«, meint Jackson.

»Verdammt, Mann, wann bist du nur so klug geworden?« Ich nehme einen großen Schluck von meinem Bier.

»Etwa zu der Zeit, als ich mein Bein verletzt habe und auf Tenley angewiesen war. Wenn ich mich nicht in den Griff bekommen hätte, glaubst du, wir würden dann jetzt ein Baby bekommen?«

Bei Jacksons Worten klappt uns allen überrascht die Kinnlade herunter.

Ich fange mich als Erster wieder. »Meinst du das ernst?«

Ein breites Grinsen ziert sein Gesicht. »Ja. Aber ihr dürft es niemandem verraten! Tenley würde mich umbringen, wenn sie wüsste, dass ich es jemandem erzählt habe. Sie ist noch nicht sehr weit.«

Wir springen von unseren Plätzen auf und ziehen Jackson laut grölend in eine Gruppenumarmung.

»Das ist ja fantastisch!«

»Glückwunsch!«

»Kannst du überhaupt ein Elternteil sein, wenn du noch nicht mal selbst erwachsen bist?«

Jackson verpasst Logan bei seinen Worten einen Schlag auf den Hinterkopf. »Ich bin jedenfalls qualifizierter dafür als du.«

Einst dachte ich auch, dass meine Zukunft so aussehen könnte, aber das war ein Irrtum. Jetzt befinden sich Peyton und ich in dieser schrägen Situation. Mir entgehen die Seitenblicke, die sie mir zuwirft, keinesfalls. Und jedes Mal, wenn wir zusammenarbeiten, sehe ich, wie ihre Fassade etwas mehr bröckelt.

Anstatt weiter darüber zu sinnieren, was aus Peyton und mir hätte werden können, holt mich ein Räuspern von Alex zurück in die Gegenwart. »Nun, ich denke, jetzt ist ein guter Zeitpunkt für meine Ansprache, Jungs«, sagt er, woraufhin wir alle unsere Getränke erheben.

»Zunächst einmal möchte ich dir gratulieren, Jackson. Du und Tenley werdet die besten Eltern werden, die man sich vorstellen kann, und hoffentlich bessere Menschen großziehen, als wir Footballspieler sind.«

Jackson lächelt ihn aufrichtig an. »Gott, das hoffe ich auch.«

»Und ich weiß: Letztes Jahr war die Season nicht so, wie wir sie uns gewünscht haben. Aber dieses Mal? Ich kann es spüren. Jackson ist zurück.«

Die Jungs brechen in Jubel aus.

»Wir spielen jetzt schon seit ein paar Jahren zusammen und kennen das Playbook besser als irgendjemand sonst. Wir sind nicht ohne Grund Kapitäne.«

Alex bedenkt jeden von uns mit einem ernsten Blick. Es ist sein Quarterback-Blick. Der Blick, mit dem er die gegnerische Defense in Angst und Schrecken versetzen und sie anschließend präzise auseinandernehmen kann.

»Wir haben das Zeug dazu. Es wird nicht einfach werden. Das wissen wir. Aber wir können es schaffen. Wir kämpfen um jedes Yard. Um jeden Punkt. Um jeden Sieg.« In seiner Rede liegt ein Feuer, das sich auf mich ausbreitet und in mir eine ebenso große Leidenschaft für das Spiel entfacht. »Ich will im Januar nicht wieder nur an der Seitenlinie sitzen.«

Alle richten sich bei Alex' Worten ein wenig mehr auf. Wir wissen, was auf dem Spiel steht. Jeder Footballspieler da draußen will in die Play-offs kommen. Es tut verdammt weh, wenn man es nicht schafft. Vor allem, wenn man eigentlich das nötige Talent dafür hat.

»Ich würde mit niemand anderem als euch in die Schlacht ziehen wollen. Wir halten zusammen, ob wir nun gewinnen oder verlieren.«

Alex erhebt seine Flasche. »Auf die Mountain Lions und auf die bestmögliche Season, die wir haben können.«

Ich schaue jeden der hier Anwesenden an. Diese Jungs sind mehr als nur meine Teamkollegen. Sie sind meine besten Freunde. Meine Brüder. Meine Wahlfamilie. Wir haben alle das gleiche ehrgeizige Funkeln in unseren Augen.

Wir wollen es nicht nur in die Play-offs schaffen. Wir wollen bis zum großen Spiel kommen. Zum Super Bowl. Davon träumen wir schon, seit wir als Kinder zum ersten Mal einen Football in den Händen hielten.

Denver hat das beste Team seit Jahren zusammengestellt. Jeder von uns hier, und alle anderen in der Mannschaft, sind bereit. Bereit für den ersten Snap des Balls. Den ersten Pfiff, während wir über das Feld stürmen. Den Dreck unter unseren Fingernägeln, wenn wir auf dem Boden landen.

Wir stoßen mit Alex an.

»Auf die Mountain Lions!«

Kapitel Dreizehn

»Miss Myers! Es ist so schön, dass Sie heute kommen konnten.«

»Nennen Sie mich doch Audrey«, erwidert die blonde Sexbombe vor mir und lächelt mich an. Ihre Zähne sind so strahlend weiß, dass ich beinahe geblendet werde. »Es freut mich wirklich sehr, dass Earl und die Mountain Lions das organisiert haben.«

»Sie waren überaus erfreut, dass Sie es sich einrichten konnten.«

Als Earl mich angerufen und mir diese Aufgabe für den heutigen Tag übertragen hat, weil der Kommunikationsmanager von Denver verhindert war, habe ich sofort die Gelegenheit beim Schopf gepackt. Eine toughe Olympiateilnehmerin zu treffen, die Denver ihr Zuhause nennt?

Ich wäre schön blöd, mir diese Chance entgehen zu lassen.

»Es hört sich vielleicht seltsam an, aber irgendwie bin ich ein wenig aufgeregt«, meint sie, während sie nervös mit den Händen spielt.

»Sie fahren auf Skiern einige der weltweit höchsten

Berge hinunter, aber sechsundsiebzigtausend Fans machen Ihnen Angst?« Ich lache.

Sie hebt verteidigend die Hände. »Mit so einem Berg würde ich es jederzeit aufnehmen. Footballfans sind da schon ein anderes Kaliber.«

Hinter uns ist auf einmal lautes Getöse zu hören, was unsere Aufmerksamkeit voneinander ablenkt. Der Mannschaftsbus ist angekommen und die Spieler laufen nach und nach durch den Betongang in Richtung Umkleidekabine.

»Ist es verwerflich, dass ich sie alle abchecke?«, flüstert Audrey mir zu.

Ich nehme keinen einzigen Spieler wahr. Meine Augen versuchen nur, den einen zu finden, den ich wirklich sehen will, während die großen Jungs an uns vorbeilaufen. Ein paar winken Audrey zu, aber ich achte nur auf Colin.

Ein Lächeln umspielt seine Mundwinkel. Die ersten Schmetterlinge machen sich in meinem Bauch bemerkbar. Seit wir zusammen bei Tenleys Schulstunde waren, hat sich etwas zwischen uns verändert. Es ist, als wäre jegliche Spannung, die zwischen uns geherrscht hatte, einfach aus dem Zimmer gesogen worden.

Er würdigt Audrey keines Blickes. Seine Augen sind nur auf mich gerichtet, als er sich aus der Gruppe löst und zu uns läuft.

»Ich wusste gar nicht, dass du heute hier sein würdest.« Colins Lächeln hat sich zwischenzeitlich in ein Strahlen verwandelt.

»Earl hat mich gebeten, mit Audrey hier einzuspringen. Sie ist die Ehrenkapitänin, die die Münze werfen wird.«

»Hi Audrey. Colin James.« Colin streckt Audrey die Hand entgegen. Sie lässt ihren Blick über seinen Körper schweifen, und ich kämpfe gegen die Eifersucht an, die in mir wütet.

»Schön, Sie kennenzulernen. Es freut mich wirklich sehr, hier zu sein«, erwidert Audrey.

»Das Publikum wird Sie lieben«, sagt er mit einem aufrichtigen Lächeln. Es scheint fast, als würde er die Wirkung, die er auf sie hat, gar nicht bemerken. »Kann ich kurz mit dir sprechen?«

Colin nimmt meinen Ellbogen und zieht mich von Audrey weg.

»Was ist los?« Ich schüttle ihn ab und versuche, das Kribbeln zu ignorieren, das wegen dieser kleinen Berührung bereits durch meinen Arm strömt.

Die Chemie zwischen uns hat schon immer gestimmt. Sie glühte heiß und hell wie ein explodierender Stern. Bis wir von einem schwarzen Loch verschluckt wurden.

»Warum sollte etwas los sein?« Colin kommt einen Schritt auf mich zu und verschränkt die Arme vor seiner Brust.

»Du hast gesagt, dass du mit mir sprechen musst.«

»Darf man nicht mal eine Minute ohne Grund mit dir allein sein wollen?«

Knisternde Energie pulsiert zwischen uns. »Solltest du dich nicht auf das Spiel konzentrieren?«

Ein Lächeln erhellt sein Gesicht.

»Erinnerst du dich noch an unser Ritual vor einem Spiel?«

Ich kann mein Lachen nicht zurückhalten. »O mein Gott. Daran habe ich gar nicht mehr gedacht.«

»Wie konntest du nur unser eigenes A-und-O-Spiel vergessen?« Colin schüttelt den Kopf und sein braunes Haar fällt ihm in die Augen.

»Ich glaube, ich habe schon seit Jahren in kein Playbook mehr geschaut.«

Die Sanftheit, die sich in Colins Blick schleicht, sagt mir, dass wir beide ganz genau wissen, wann ich das letzte Mal in so ein Buch geschaut habe. Ich bin froh, dass wir unsere Gefühle im Moment im Zaum halten können und sich diese nicht in Form von frustrierter Wut entladen.

»Mit dir hat das Einstudieren von Spielzügen immer viel mehr Spaß gemacht, Rocky.«

Zum ersten Mal seit langer Zeit lächle ich über seinen Spitznamen für mich und taste nach der Halskette mit demselben Namen daran.

»Weil du für jeden richtigen Spielzug einen Kuss bekommen hast«, erwidere ich lachend.

Ich weiß es noch, als wäre es gestern gewesen. Es begann nach unserem ersten Date. Colin dachte, er würde das Playbook auswendig kennen. Wir sind zurück in sein Zimmer im Wohnheim gegangen und ich habe ihn zu jedem Spielzug befragt. Was als Spiel begann, wurde zu einer wilden Knutscherei.

Aber als die Mannschaft an jenem Wochenende gewann, meinte Colin, dass wir das wiederholen müssten.

Nicht, dass irgendjemand etwas dagegen hätte, solche Lippen auf sich zu spüren. Es war ein harter Job, aber irgendjemand musste ihn ja machen.

»Was bedeutete, dass ich jeden Spielzug in- und auswendig kannte.«

»Colin!«, brüllt jemand hinter uns seinen Namen. »Komm schon! Wir müssen zum Aufwärmen aufs Feld.«

Das Bedauern darüber, dass er gehen muss, ist ihm deutlich anzumerken. Er zieht seine Augenbrauen zusammen. »Sehen wir uns nach dem Spiel?«

Ich nicke. »Earl hat mir Karten für seine Suite besorgt. Ich werde das ganze Spiel über hier sein.«

»Super. Dann sehen wir uns später.« Colin macht sich auf den Weg, dreht sich dann aber noch einmal dorthin um, wo Audrey in der Nähe steht und mit einem anderen Spieler plaudert. »Logan, Mann, reiß dich endlich los und lass uns gehen!«

Ich beobachte, wie Colin langsam verschwindet, und versuche, mich zu beruhigen. Seit er wieder in mein Leben getreten ist, kämpfe ich gegen den Sog an, der mich zu ihm zieht.

Colin hat mich verlassen. Er wurde von Denver gedraftet und hat nie zurückgeblickt. Er hat mich allein auf dem College zurückgelassen, zusammen mit jedem Plan, den wir je geschmiedet und mit jeder Liebesbekundung, die wir uns je zugeflüstert hatten. Alles war zu Staub zerfallen.

Es hat mich all meine Kraft gekostet, wieder in mein Leben zurückzufinden, nachdem er gegangen war. Seitdem sind zwar immer mal wieder Jungs gekommen und gegangen, aber niemand von ihnen war Colin.

Und jetzt, wo wir uns auf einmal wieder nahe sind, empfinde ich Dinge für ihn, von denen ich dachte, dass sie längst begraben wären.

Dinge, die mich in Schwierigkeiten bringen könnten.

Ich versuche, diese aufkommenden Gefühle zu verdrängen und gehe zurück zu Audrey. Schließlich habe ich einen Job zu erledigen.

Solange ich mich auf meine Arbeit konzentriere, wird alles gut gehen.

Und ich kann nur hoffen, dass das nicht die größte Lüge ist, die ich jemals jemandem aufgetischt habe.

Kapitel Vierzehn

»Bist du bereit, Kumpel?« Ich klopfe Knox auf die Schulter.

»Aber so was von!« Er schlägt mit zwei Fäusten in meine Pads.

Das erste Spiel der Season ist da. Das ist es, wofür wir alle leben – der Nervenkitzel, wenn wir auf das Feld rennen und die Menge unsere Namen brüllt.

Und jetzt, wo ich weiß, dass Peyton hier ist, will ich das beste Spiel aller Zeiten abliefern.

Ich gebe es zu: Ich möchte sie beeindrucken. Jetzt, wo diese seltsame Spannung zwischen uns nicht mehr so groß ist, möchte ich sie daran erinnern, warum sie sich damals in mich verliebt hat.

»Glaubst du, ich kann heute die hundert Yards knacken?«, frage ich, während ich mir das Jersey über den Kopf ziehe.

»Alter, verschrei es nicht.« Logan wirft ein Handtuch in meine Richtung.

Ich schüttle den Kopf und lache über ihn. »Im ersten Spiel der letzten Season habe ich neunundneunzig Yards geschafft. In der Season davor waren es einundachtzig. Ich bin bereit, die Hundert zu knacken.«

»Ich wäre schon froh, wenn ich mal von Anfang an bei einem Spiel dabei sein dürfte«, jammert Logan.

»Das wirst du schon noch, Kumpel.« Alex klopft ihm auf die Schulter. »Ich war erst in meiner zweiten Season von Anfang an dabei, und das auch nur, weil unser Quarterback ausgefallen ist.«

Ich verziehe das Gesicht und erinnere mich nur zu gut an diesen Zusammenprall. Hat seine Karriere während eines einzigen Spielzugs beendet. Das ist etwas, was man nie miterleben möchte.

»Ich habe auch erst in meiner zweiten Season damit angefangen. Das muss man sich eben verdienen, Kleiner«, sage ich zu ihm.

»Ich weiß«, brummt Logan. »Ich darf mich ja auch nicht beschweren, schließlich war unser Running Back letztes Jahr einer der Besten der Liga.«

Coach Brooks kommt nach vorn gelaufen. »Okay, Jungs, es geht los.«

Sofort ist es mucksmäuschenstill. Wenn der Coach spricht, wird zugehört.

»Das erste Spiel der Season. Es gibt nichts Schöneres, als die Season vor heimischem Publikum zu beginnen. Chicago ist eine gute Mannschaft. Es wird nicht einfach werden, aber wenn wir uns an unseren Spielplan halten, bin ich mir sicher, dass wir heute einen Sieg einfahren können.«

Die Atmosphäre im Raum ist lebendig. Die Energie ist spürbar. Adrenalin pumpt durch meine Adern. Und ich weiß, dass ich damit nicht allein bin. Als ich mich umsehe, bemerke ich, dass auch die anderen Jungs hibbelig sind und nervös von einem Fuß auf den anderen treten.

»Aber da dürfen wir nicht aufhören. Wir müssen uns

immer weiter verbessern. Wir haben ein tolles Team. Ich weiß, dass wir es bis zum Ende schaffen können. Also haltet zusammen. Blendet den Lärm von außen aus und fokussiert euch aufeinander. Darauf, ein Team zu sein. Eine Familie. Denn das wird uns zu unserem ultimativen Ziel führen.«

Der Coach nickt Alex zu.

»Ihr habt den Coach gehört!«, ruft er und tritt in die Mitte des Raums. Die Mannschaft drängt sich nach vorn. »Lasst uns da rausgehen und Chicago zeigen, was in uns steckt. Und vor allem: Lasst uns den Sieg nach Hause bringen. Familie auf drei. Eins, zwei, drei …«

»Familie!«, schreien alle zusammen.

Einer nach dem anderen verlässt die Umkleidekabine und macht sich auf den Weg Richtung Spielfeld.

Das Stadion rockt. Dieser Ort ist wie ein zweites Zuhause – die schwarz-gelben Teamfarben heißen uns hier immer willkommen. Ich liebe das einfach.

Wir haben heute beschlossen, dass nicht die beginnende Offensive Line einzeln einlaufen wird, sondern die komplette Mannschaft zusammen. Wir wollen diese Season gemeinsam beginnen.

Alle sind Feuer und Flamme, als wir auf das Spielfeld rennen. Über uns explodieren Feuerwerkskörper, während die Menge uns lautstark zujubelt.

Das ist es, wofür ich lebe.

Alex beginnt mit dem Aufwärmen und wirft mir den Ball zu, als das Feld für den Münzwurf geräumt wird. »Bist du bereit?«

»Aber so was von!« Ich gebe den Ball an den Ersatz-Quarterback, der ihn zurück zu Alex wirft.

Der Coach ruft, dass es Zeit für den Münzwurf ist, aber Alex zieht mich zurück.

»Knox und Jackson begleiten Audrey.«

Die Jungs lachen mit ihr, während sie aufs Feld hinaus zu den Kapitänen der gegnerischen Mannschaft laufen. Alle schütteln sich die Hände, bevor die Münze geworfen wird. Die Menge jubelt Audrey zu, als Chicago sich für eine Seite entscheidet.

Sie gewinnen und entscheiden sich dafür, in der zweiten Halbzeit mit dem Ball zu starten.

Perfekt.

Ich will da rausgehen und allen zeigen, dass ich immer noch der Alte bin. Derjenige, der den perfekten Wurf für einen Touchdown fangen kann.

Nicht der Typ, der jede Woche in Clubs geht und jede Frau abschleppt, die ihm über den Weg läuft.

»Alles klar, Offense. Los geht's. Wir eröffnen das Spiel mit einem guten, starken Drive.« Alex schlägt mir auf den Helm, als wir auf das Feld laufen.

Sofort verstummt der Lärm der Zuschauermenge. Alex hat die Fans gut im Griff. Wenn die Offense auf dem Feld ist, ist es so still, dass man eine Stecknadel auf der Tribüne fallen hören könnte.

Wir stellen uns nicht erst in einem Huddle zusammen, sondern begeben uns direkt auf unsere Positionen. Den ersten Spielzug der Season haben wir schon vor Wochen ausgearbeitet. Da während der Off-Season ein neuer Offensive Coordinator zum Team gestoßen ist, wollten wir uns ausreichend auf einen gelungenen Start vorbereiten.

»Black Fifty-two. Black Fifty-two. Set, hut!« Der Center schnappt sich den Ball und ich laufe eine Crossing Route. Ich umgehe den Safety, der mich ins Visier genommen hat, und rase horizontal übers Feld. Während die anderen Receiver die Safetys nach vorn locken, bin ich frei für Alex, der mir den Ball zuwirft.

Es ist ein schneller Pass. Ich renne los und auf das

offene Feld hinaus, bevor ich von einem Corner getroffen werde und im Dreck lande.

Aber nicht, bevor ich den First Down erzielt habe.

Die Menge ist außer sich.

Ich ziehe ein Büschel Gras aus meinem Helm und jogge zurück zur Linie.

»Super gefangen.« Alex schlägt mir auf den Helm, als ich meine Position einnehme.

Das ist es, wofür ich lebe. Das Gras unter meinen Füßen. Das Tosen der Menge, das mein Blut in Wallung bringt. Meine Mannschaftskameraden, die mir nach einem gelungenen Fang auf die Schulter klopfen.

Gott, ich liebe Football.

»Apple Eighty-five, break on one«, ruft Alex den Spielzug aus.

Ich setze mich in Bewegung und beobachte, wie sich der Running Back auf dem Feld freiläuft. Er kommt bis in die Red Zone, bevor er getackelt wird.

Alex lässt dem anderen Team keine Chance, sich zu koordinieren und bringt uns schnell an die Linie. Ich höre den Spielzug kaum, bevor der Ball auch schon gesnappt wird.

Ich renne in die Endzone und sehe, wie der Ball durch die Luft in meine Richtung fliegt. Der Corner ist genau hinter mir. Ich weiß jetzt schon, dass der Ball zu hoch geworfen ist.

Ich strecke mich und versuche, diesen halben Schritt mehr zu machen, den es braucht, um ihn doch noch zu fangen. Die Arme des Schiedsrichters gehen nach oben: Touchdown.

Alle Jungs springen schreiend um mich herum. Ein Touchdown zum Auftakt des ersten Spiels der Season?

Fuck, fühlt sich das gut an.

»Habt ihr das gesehen?«, brülle ich und umarme Alex, als er zu mir gelaufen kommt. »Verdammte Scheiße!«

»Du lässt mich hier draußen ganz schön gut aussehen«, meint er lachend.

»Irgendjemand muss es ja tun.« Ich werfe den Ball zurück zum Schiedsrichter, während Jackson aufs Feld rennt, um den Extrapunkt zu kicken.

»Spitzenleistung, Jungs!«, ruft er uns im Vorbeigehen zu.

»Gut gemacht, Männer«, gratuliert uns der Coach, als wir unsere Plätze auf der Bank einnehmen. »Macht einfach den restlichen Tag so weiter.«

Er gibt jedem von uns einen Fistbump, während wir dabei zusehen, wie die Defense das Feld betritt.

Die Fans sind völlig aus dem Häuschen und feuern uns jubelnd an.

Aber das Spiel ist noch lange nicht gewonnen. Chicago antwortet mit einem eigenen Touchdown.

So geht es den ganzen Nachmittag hin und her. Chicago geht noch vor der Halbzeit mit einem Field Goal in Führung, aber im dritten Quarter ist unsere Defense bereit für sie. Sie spielen wie im Rausch. Jeder Spieler aus jeder Position legt sich heute so richtig ins Zeug.

Und das zahlt sich aus.

Als der Schlusspfiff ertönt, haben wir mit siebenundzwanzig zu vierundzwanzig gewonnen.

In der Umkleidekabine herrscht helle Aufregung. Musik dröhnt aus einem Spind, während wir unseren Sieg feiern.

»Das war ein super Mannschaftssieg. Ich möchte, dass ihr alle den heutigen Abend und den morgigen Tag genießt. Nächste Woche werden wir uns dann anschauen, was wir noch verbessern können.« Die Worte des Coaches sind vor lauter Lärm kaum zu verstehen.

Es geht doch nichts über einen Sieg zu Beginn der Season.

Nachdem ich mich der Presse gestellt und Fragen zum Spiel – zum Glück nicht zu meinen jüngsten ›Heldentaten‹ – beantwortet habe, springe ich schnell unter die Dusche und mache mich auf den Weg nach draußen.

Wo Peyton bereits auf mich wartet.

»Was machst du denn hier unten?«

Ihr Lächeln löst etwas in mir aus, was kein Touchdown je könnte.

»Ich hatte noch meinen Pass«, sagt sie und zeigt auf den Ausweis, der um ihren Hals hängt. »Und da dachte ich mir, ich komme einfach mal runter und besuche dich.«

»War ein ziemlich gutes erstes Spiel.«

Peyton zuckt mit den Schultern. »Einhundertzwei Yards. Nicht schlecht.«

»Nicht schlecht, hm? Ich hatte auch zwei Touchdowns.«

Ich schließe den kleinen Abstand zwischen uns.

»Vielleicht solltest du dir das nächste Mal drei vornehmen.« Peyton lächelt mich verschmitzt an.

»Immer so schwer zu beeindrucken, Rocky.«

»Wenn ich etwas sehe, das mich beeindruckt, bin ich vielleicht beeindruckt.«

Ich lache laut auf. »Dann werde ich mir das nächste Mal drei Touchdowns vornehmen.«

»Dann werde ich auch beeindruckt sein.« Peyton stößt sich von der Wand ab. »Ich sollte jetzt gehen. Wir haben diese Woche die Adoptionsveranstaltung, und ich will sichergehen, dass wir gut vorbereitet sind.«

Und schon ist Peyton wieder im Businessmodus. Ich nicke. »Okay.«

»Du fährst jetzt direkt nach Hause, ja?«

Ich versuche, bei ihren Worten – die sie aus offensichtlichen Gründen gesagt hat – keine Miene zu verziehen. »Heute werde ich nicht alt. Zu Hause schaue ich mir noch ein paar der späteren Spiele an und werde zu einer anständigen Zeit ins Bett gehen.«

»Gut.«

Wir stehen uns gegenüber. Keiner von uns bewegt sich oder scheint zu wissen, was er als Nächstes tun soll. Als ich einen Schritt mache, setzt auch sie sich in Bewegung, und wir tänzeln unbeholfen voreinander her.

Eine ziemlich treffende Beschreibung dafür, wie es uns in letzter Zeit ergangen ist.

Ich lächle Peyton an, mache einen Schritt zur Seite und laufe um sie herum.

»Dann sehen wir uns wohl morgen.« Ich drehe mich um und will mich auf den Weg nach Hause machen, um nach dem Spiel ein wenig zu entspannen.

»Ich hatte ganz vergessen, wie sehr ich das immer geliebt habe.« Peytons Worte lassen mich innehalten.

Ich drehe mich zu ihr um und ziehe eine Augenbraue hoch. »Was geliebt?«

»Dich spielen zu sehen.«

Ihre Worte strömen durch meinen Körper und setzen sich in einem Teil von mir fest, von dem ich vergessen hatte, dass es ihn noch gibt. In dem Teil, der ihr gehört. Der schon immer ihr gehört hat.

Und wenn ich nicht aufpasse, werde ich mein Herz erneut an sie verlieren.

»Gute Nacht, Peyton.«

Kapitel Fünfzehn

»Peyton. Haben Sie vielen Dank, dass Sie beide heute hier sind. Wir freuen uns wirklich sehr, dass Colin uns dabei helfen möchte, diese Hunde zu vermitteln.« Nicole, die Leiterin der Labrador-Rettungsstation in Denver, schüttelt mir die Hand.

»Er freut sich schon die ganze Woche darauf.«

Besagter Mann sitzt gerade auf dem Boden und wird von Hunden belagert. Jeder einzelne versucht, sein Gesicht abzuschlecken und ein paar Streicheleinheiten abzubekommen. Und Colin genießt jedes Quäntchen Aufmerksamkeit. Ich bin mir sicher, dass das viel dazu beitragen wird, dass heute einige dieser Hunde ein Zuhause finden werden.

»Sie sagten, Sie wollten noch ein paar Fotos machen, bevor wir loslegen?«

Ich nicke. »Ja. Das wird hoffentlich dabei helfen, noch mehr Leute anzulocken.«

Ein paar der Hunde sitzen ruhig in der provisorischen Einzäunung, die extra für diese Veranstaltung im City Park errichtet wurde. Es bricht mir das Herz, sie alle hier zu sehen, doch ich hoffe, dass dieses Event mit Colins Hilfe zu einem Erfolg wird. Ich habe ihm nicht gesagt, dass ich es aus einem ganz bestimmten Grund ausgewählt habe.

»Welchen Hund soll ich denn nehmen?« Colins Lächeln in der frühen Nachmittagssonne ist einfach umwerfend.

»Wie wäre es denn mit Waffles hier?«, schlage ich vor und deute auf einen cremefarbenen Labradorwelpen, der nicht mit den anderen Hunden herumtollt, sondern lieber die Gegend um Colin herum beschnüffelt.

»Waffles? Was ist das denn für ein Name für einen Hund?«

Der Kleine dreht sich zu Colin um und wirft ihm einen fast genauso empörten Blick zu wie ich.

»Was stört dich denn an ›Waffles‹?«

»Wenn du jetzt noch einen ›Pancake‹ für mich findest, habe ich meine Frühstückskumpels beisammen«, meint Colin und lacht.

»O Gott, war der schlecht«, erwidere ich, während ich versuche, mein Lachen zu unterdrücken.

»Und trotzdem hast du gelacht«, sagt Colin, ohne mich anzusehen. Er hebt Waffles hoch, der ihm gleich darauf das Kinn abschleckt. »Hey Kumpel. Hoffst du, heute adoptiert zu werden?«

Der Welpe in Colins Armen löst seltsame Dinge in meinem Inneren aus. Die beiden sehen sich an, als wären sie das Beste, was sie je gesehen haben. Ich mache ein Foto, bevor ich zu lange darüber nachdenke.

»Das wird großartig werden.« Ich kümmere mich um seine Social-Media-Kanäle, da Earl nicht wollte, dass er selbst die Kontrolle darüber hat, und ignoriere währenddessen den heißblütigen Mann, der nun hinter mir steht.

»Sieht so aus, als würde der Kleine mich mögen.«

Colin wirft einen Blick über meine Schulter, während ich den Beitrag poste.

»Zumindest einen Vierbeiner haben wir schon mal rumgekriegt.« Ich streichle Waffles liebevoll über den Kopf, bevor ich mich aufmache, um das Event zu dokumentieren.

Es ist der perfekte Spätsommertag dafür. Die Sonne scheint warm von einem wolkenlosen Himmel, was viele Menschen in den Park lockt.

Familien mit kleinen Kindern rennen herum und spielen mit den Hunden. Einige sind auf Colin zugegangen, um ihm zu seinem Sieg am vergangenen Wochenende zu gratulieren.

Er schenkt den Leuten seine Aufmerksamkeit und ist dabei unbekümmert und herzlich. Manche der Hunde, die nicht mit den anderen spielen, nimmt er auf den Arm und stellt sie einigen der Familien vor.

Colin hat wirklich ein Händchen für so etwas.

Das ist der Colin, an den ich mich erinnere. Der Junge vom College, der mit seiner Liebe und Aufmerksamkeit nie gegeizt hat. Nicht der Playboy, zu dem er wurde, nachdem er der Liga beigetreten ist.

Als würde Colin spüren, dass ich gerade an ihn denke, finden seine Augen die meinen.

Kleine Grübchen erscheinen, als er mir ein Lächeln schenkt.

Bei diesem Anblick schmelze ich beinahe dahin. Es ist ein Gefühl, das schon seit Langem in mir schlummert. Niemand außer Colin könnte jemals dieses Gefühl wieder wachrufen. Es brauchte nur ein Lächeln von ihm, um zu erkennen, dass er langsam die Mauern um mein Herz herum einreißt.

Ich wünschte, ich könnte die Hitze in meinen Wangen

auf die Sonne schieben. Aber der wahre Grund dafür ist der Mann, der mich gerade ansieht.

COLIN

Es WAR ein wirklich anstrengender Nachmittag. Von den siebzehn Hunden, die heute hierhergebracht wurden, konnten fünfzehn vermittelt werden. Einer ist noch zu jung, lebt aber momentan bei der Leiterin der Rettungsstation. Und dann wäre da noch mein Kumpel Waffles, der mir den ganzen Tag über nicht von der Seite gewichen ist. Und ich kann nicht behaupten, dass mich das gestört hätte.

»Sie scheinen da ja einen Fan zu haben«, meint Nicole und deutet auf den Hund neben mir. »Er wird nicht oft mit Leuten warm.«

»Ich schätze, wir verstehen uns einfach gut.« Ich knie mich hin und streichle Waffles Kopf, woraufhin er sich in meine Hand lehnt, um an meiner Uhr zu kauen.

»Könnten *Sie* sich nicht vielleicht vorstellen, ihn mit nach Hause zu nehmen?«

»Ich?« Ich setze mich auf den Boden und Waffles krabbelt sofort in meinen Schoß. »Ich hatte noch nie einen eigenen Hund. Und mein Terminkalender ist viel zu voll mit Reisen zu Auswärtsspielen.«

Nicole verdreht die Augen, als Peyton zu uns herüberschlendert. »Peyton, sagen Sie Colin bitte, dass er Waffles adoptieren soll.«

»Waffles ist nicht vermittelt worden?«

Die Enttäuschung in Peytons Augen ist nicht zu übersehen und lässt mich antworten, bevor ich richtig darüber nachdenken kann. »Ich werde ihn nehmen.«

»Wirklich?«, fragt Nicole begeistert und ich nicke.

»Falls ich das Verfahren bestehe, das zeigt, ob ich ein geeigneter Besitzer bin, versteht sich.« Ich schenke ihr ein strahlend weißes Lächeln.

»Wenn Peyton hier für Sie bürgt, genügt mir das vollkommen.«

»Was sagst du dazu, Rocky? Du willst doch nicht, dass der arme Kerl wieder auf dem Boden schlafen muss, oder?«

»Du weißt aber schon, wo Hunde normalerweise schlafen, oder?«, fragt sie und sieht mich an, als ob ich nicht ganz bei Trost wäre.

»Waffles schläft bei mir. Nur das Beste für meinen Kumpel.« Als wüsste er, dass ich ein wenig Unterstützung brauche, bellt er zustimmend. »Siehst du? Er mag mich.«

»Also gut, ich bürge für dich. Aber nur, weil ich dir sehr wehtun werde, falls er nicht wie ein kleiner Prinz behandelt wird.«

»Waffles, ich glaube, das ist der Beginn einer wunderbaren Freundschaft.« Ich küsse sein weiches Fell und setze ihn wieder auf meinen Schoß.

»Super! Ich werde die Papiere holen gehen. Er hat morgen noch einen Termin beim Tierarzt und danach kann ich ihn dann zu Ihnen bringen.« Nicole gibt Peyton noch eine Umarmung und macht sich dann weiter ans Aufräumen.

»Willst du heute Abend vielleicht ausgehen und das feiern?«, frage ich.

»Musst du nicht noch Sachen für Waffles besorgen?«, erwidert Peyton, während sie sich nach unten beugt und ihn an den Ohren krault.

»Das kann ich morgen machen. Ich bin jetzt ein

Hundepapa. Mit so einem kleinen Kerl zu Hause kann ich nicht mehr ständig um die Häuser ziehen.«

»Du weißt ganz genau, wann du diese Grübchen einsetzen musst, nicht wahr?«, fragt Peyton und versucht, ihr eigenes Lächeln zu verstecken.

»Was soll ich sagen? Dadurch habe ich dich bekommen.«

Kapitel Sechzehn

COLIN

Es war nicht schwer, Peyton davon zu überzeugen, mit mir auszugehen. Schließlich habe ich sie mit dem Versprechen auf mexikanisches Essen geködert.

Mein Mädchen hat einfach eine Schwäche für Tortilla-Chips und Guacamole.

Und das habe ich zu meinem Vorteil genutzt.

»Warst du schon mal hier?«, frage ich, während ich ihr die Tür aufhalte.

Es ist eine winzige Kellerbar in meiner alten Nachbarschaft, wo ich gewohnt habe, bevor ich in eine etwas privatere Gegend gezogen bin.

»Nein, war ich nicht. Die meiste Zeit verbringe ich draußen in Boulder. Oder habe ich draußen in Boulder verbracht.«

Ich lege ihr eine Hand auf den Rücken und führe sie zur Bar.

»Colin! Lange nicht mehr gesehen.« Der Barkeeper winkt uns zu und deutet auf ein paar leere Hocker.

»Hey, Mann! Wie geht's dir?« Ich ziehe den Besitzer, Rodrigo, in eine Umarmung. Da ich oft hierhergekommen bin, wenn ich mal ein wenig abschalten musste, sind wir über die Zeit zu so was wie Freunden geworden. Er stand schon immer gerne hinter der Bar, um sich mit Leuten zu unterhalten und sie besser kennenzulernen.

»Wo bist du gewesen?« Er greift nach meinem Stammgetränk – einem Pacifico – und stellt zwei Flaschen vor uns ab. »Das war ein super Spiel letzte Woche. Denver wird schwer zu schlagen sein, wenn ihr so weitermacht.«

»Es ist schön zu sehen, dass sich das ganze Training bezahlt macht.« Ich schiebe eines der Biere zu Peyton rüber. »Können wir etwas Guacamole bekommen, wenn du mal Luft hast?«

»Klar doch. Ich lasse dir und deiner Begleitung noch ein wenig Zeit und nehme dann eure Bestellung auf.« Er zwinkert Peyton zu, bevor er zu anderen Gästen hinübergeht.

»Bringst du öfter ›Begleitungen‹ mit hierher, Colin?« Peyton verdreht die Augen und nimmt einen großen Schluck von ihrem Bier. Wie gebannt beobachte ich, wie sich dabei ihre Lippen um die Flaschenöffnung legen. Es braucht nicht viel Fantasie, um sich diese Lippen um etwas anderes herum vorzustellen.

Fuck. Ich rutsche auf meinem Hocker herum und versuche, das Verlangen zu zügeln, das mich gerade durchströmt.

»Siehst du mich wirklich nur als das, Rocky? Als einen riesigen Playboy?« Das eiskalte Bier lindert die Hitze in meinen Adern. Peyton zu verschrecken ist das Letzte, was ich möchte. Sie wird gerade erst wieder warm mit mir und ich will sie auf keinen Fall in die entgegengesetzte Richtung scheuchen.

»Wäre ich hier, wenn du ein Unschuldslamm wärst?« Sie lehnt sich zurück und überkreuzt die Beine.

»Touché«, erwidere ich und lache. »Aber es muss doch noch Hoffnung für mich geben.«

Peytons Augen gleiten über jeden Zentimeter meines Körpers und erneut durchströmt mich eine glühende Hitze.

Ich habe mich seit dem College verändert. Der Colin, den sie damals kannte, ist nicht mehr der, den sie jetzt kennt. Ich habe eine Mauer um mich herum errichtet, um andere Menschen fernzuhalten. Denn ich konnte es mir nicht leisten, mein Herz noch einmal an jemanden zu verlieren. So wie ich es damals an sie verloren hatte.

»Du hast das heute wirklich gut gemacht«, meint sie. Danach wird sie still und nippt an ihrem Bier. Die Neonlichter der Bar tauchen sie in ein nahezu sphärisches Licht.

»Wie viel Überwindung hat es dich jetzt gekostet, das zu sagen?«

Rodrigo stellt eine Schüssel mit Chips und Guacamole vor uns ab.

»Danke, Mann«, sage ich und nicke ihm zu, während Peyton sich einen Chip schnappt und ihn in den Dip taucht. »Du brauchst mich nicht, um dein Ego zu pushen, aber die Kommentare auf Social Media waren bisher durchweg positiv.«

»Hauptsache, alle vom Team nehmen davon Notiz.«

»Das tun sie. Die Bilder von heute haben ihnen sehr gefallen. Die Fans wollen dich mit Waffles sehen, sobald er bei dir eingezogen ist.«

Ein Lächeln schleicht sich auf mein Gesicht, wenn ich an das kleine Fellknäuel denke. »Ich kann es kaum erwarten, ihn bei mir zu Hause zu haben. Aber was, wenn es ihm da nicht gefällt? Oder wenn ich ihm das falsche Futter gebe? Shit, gibt es überhaupt falsches Futter?«

Peyton legt ihre warme Hand auf meinen Arm.

»Waffles ist dir heute nicht von der Seite gewichen. Ich glaube nicht, dass du dir Sorgen machen musst.«

»Wirst du mit da sein, wenn Nicole ihn mir nach Hause bringt?«

»Ich glaube, das schaffst du schon. Waffles ist ein Welpe. Du wirst das fantastisch machen.« Sie versenkt einen weiteren Chip in der Guacamole. »Ich denke nicht, dass ich mit anwesend sein muss, um etwas darüber in den sozialen Medien zu posten.«

»Peyton.« Ich umfasse ihr Handgelenk. »Ich will dich nicht mit dabeihaben, weil es gut für meinen Ruf wäre. Sondern weil ich dich einfach gerne dabeihätte.«

Die Worte rutschen mir einfach so heraus. Es wäre so viel einfacher, so zu tun, als würde ich sie brauchen, damit ich in der Öffentlichkeit wieder gut dastehe. Aber seit sie damals Earls Büro betreten hat, will ich der Mann sein, von dem sie weiß, dass ich er sein kann. Jemand, der sie verdient hat.

»Wann hast du dich verändert?«

»Was?« Ihre Frage trifft mich vollkommen unvorbereitet.

»Das«, sagt sie und fuchtelt mit ihrer Hand vor mir herum, nachdem sie den mit Dip beladenen Chip abgelegt hat, »bist du, so wie ich dich kenne. Wann hast du dich verändert?«

»An dem Tag, an dem ich von Denver gedraftet wurde.«

Peyton sieht mich mit verengten Augen an. »Das kam ja wie aus der Pistole geschossen.«

»Es ist die Wahrheit.«

»Dieses Playboy-Image, das du öffentlich zur Schau stellst, ist dir also einfach so zugeflogen?«

»Das war zumindest einfacher, als mein Herz aufs Spiel zu setzen.« Peyton war schon immer die einzige Person, die

die Ehrlichkeit in mir zum Vorschein bringen konnte. In den vergangenen Jahren war es einfacher gewesen, mich hinter dem Bild zu verstecken, das man von mir hatte, als mein wahres Ich zu zeigen. Den Mann, der nur eine einzige Person wollte.

Peyton.

Da ich das Bedürfnis habe, irgendetwas zu tun, greife ich nach ihrem Chip und beiße davon ab.

»Hey! Das war meiner!« Sie packt mich, bevor ich ihn zu Ende essen kann, und schließt ihren Mund um meine Finger, um sich den letzten Bissen zu schnappen.

Shit. Ihre Lippen um meine Finger sind nicht gut für meine Selbstbeherrschung. Die Art, wie sich ihre Augen weiten, zeigt mir, dass sie das Gleiche denkt.

Diese ganze Unterhaltung von heute Abend weckt alle möglichen Gefühle in mir. Auch solche, von denen ich eigentlich dachte, dass ich sie unter Kontrolle hätte.

»Wisst ihr schon, was ihr möchtet?« Rodrigo unterbricht den starren Blick zwischen uns beiden, und ich bestelle zweimal die Tacos nach Art des Hauses.

»Ganz schön mutig von dir, einfach anzunehmen, dass ich Tacos möchte.« Peyton kaut auf ihrem Chip herum und wirft mir einen neckischen Blick zu.

»Magst du etwa keine Tacos mehr?«

Sie verdreht die Augen. Genau das hier. Das funktioniert so gut zwischen uns. Lockere Konversationen. »Sollte ich jemals Tacos ablehnen, weißt du, dass etwas mit mir nicht stimmt.«

»Gut zu wissen.«

Der Rest des Abends vergeht wie im Flug – unsere Gespräche sind entspannt und ungezwungen. Als wir schließlich aufstehen, um uns auf den Heimweg zu machen, würde ich sie am liebsten wieder nach unten ziehen und sie auf dem Hocker festbinden.

Ich bin einfach noch nicht bereit dafür, dass der Abend schon vorbei sein soll.

Während ich Peyton zu ihrem Auto begleite, spiele ich mit den Schlüsseln in meiner Hand herum. »Um wie viel Uhr soll ich dich morgen abholen?«

»Schick mir einfach eine Nachricht, wenn du wach bist.« Sie lächelt mich an.

Als Peyton gerade ihre Autotür öffnen will, greife ich danach und stoppe sie. »Wie wäre es mit einer Umarmung zum Abschied?«

»Aber nur, weil du heute so einen tollen Job gemacht hast.«

Ich strecke meine Arme aus und Peyton kommt zu mir gelaufen.

In dem Moment, in dem ihre Hände meine Hüfte berühren und sich festhalten, macht es Klick. Ein tiefer Seufzer entweicht mir, als ich meinen Kopf auf ihren Scheitel lege.

Hitze lodert in mir auf, während sich jeder Zentimeter von Peyton an mich presst.

Sollte ich mir Sorgen machen, dass irgendjemand ein Foto von uns macht und somit alle Fortschritte zunichte wären, die ich bisher erzielt habe? Sicher. Aber nicht in meiner alten Nachbarschaft. Den Leuten hier ist es völlig egal, ob ich in der Nähe bin.

Peytons Finger spannen sich an und hinterlassen kleine Brandmale, wo sie mich berühren. Ich kann die Hitze durch mein dünnes T-Shirt spüren.

Wir passen zusammen wie zwei Teile eines Puzzles.

Als sie sich zurückzieht, bricht eisige Kälte über mich herein.

»Wir sehen uns dann morgen.« Dann steigt sie in ihr Auto, und ich sehe ihr hinterher, als sie davonfährt.

Der Gedanke, morgen einen weiteren Tag mit ihr zu verbringen, zaubert ein Lächeln auf mein Gesicht.

Es fühlt sich an, als ob ich Peyton endlich zurückhätte. Und vielleicht, nur ganz vielleicht, könnte es zwischen uns beiden ja doch funktionieren.

Kapitel Siebzehn

PEYTON

»Colin. Du brauchst nicht noch mehr Beschäftigungs-material.«

»Aber was, wenn er den Dinosaurier nicht mag?« Colin wirft zwei weitere Tau-Spielzeuge in den Einkaufs-wagen, während wir uns durch die Gänge der Tierhand-lung schlängeln.

Als er mich darum gebeten hat, mit dabei zu sein, wenn Nicole Waffles zu ihm nach Hause bringt, dachte ich nicht, dass dazu auch ein Ausflug in die Zoohandlung gehören würde.

»Waffles wird sich einfach darüber freuen, dass er sein Spielzeug mit niemandem mehr teilen muss.«

»Mit wie vielen anderen Hunden war er denn zusammen?«, fragt Colin, während er den Wagen um die Ecke lenkt. Wir haben ein paar vereinzelte Blicke geerntet, aber niemand ist auf uns zugekommen, um nach einem Foto zu fragen.

»Nicole hat im Moment drei Pflegehunde.« Ich bleibe stehen und greife nach einer Tüte Kauknochen für Waffles.

»Ich kann nicht glauben, dass ihn niemand haben wollte. Ich werde ihm das beste Leben bieten, das sich ein Hund nur wünschen kann.«

Colin zieht konzentriert die Augenbrauen zusammen. Seine Fürsorge lässt mein Herz in meiner Brust anschwellen. Seit wir uns gestern Abend mit dieser innigen Umarmung verabschiedet haben, flattert es immer wieder unkontrolliert herum.

Wie kann eine simple Umarmung nur so elektrisierend sein?

In jedem Teil meines Körpers habe ich sie gespürt. Auch in Teilen von mir, die ich danach entsprechend befriedigen musste.

Ich schüttle den Kopf und will nicht mehr darüber nachdenken.

»Peyton, schau doch mal, wie süß das ist!« Colin sieht aus wie ein Kind an Weihnachten, während er einen winzigen Football hochhält. »Können wir den mitnehmen?«

Ich lache. »Würdest du auf mich hören, wenn ich Nein sage?«

»Wahrscheinlich nicht.« Er wirft ihn in den Einkaufswagen, während wir die letzten noch nötigen Dinge besorgen.

»Ich werde das schon hinkriegen, oder?«, fragt Colin, nachdem wir nach dem Bezahlen die Sachen in den Kofferraum seines Autos laden. Er wirkt ziemlich nervös. So kenne ich ihn gar nicht.

»Du wirst das super machen, glaub mir. Hunde sind unkompliziert. Und Waffles mag dich ja jetzt schon.«

»Gott, das ist noch schlimmer als die Vorlesestunde für die Kinder!«

»Und wie ist *die* letztendlich für dich gelaufen?«

»Ganz gut, denke ich«, brummt Colin.

»Siehst du? Du wirst das schon hinkriegen.«

Colin fährt uns den kurzen Weg zu seinem Haus in einer der schöneren Gegenden von Cherry Creek.

Als wir dort ankommen, wartet bereits ein Auto auf uns.

Kaum sind wir aus dem Wagen gestiegen, öffnet sich auch die Tür des anderen Fahrzeugs und Nicole kommt herausgestürmt. »Entschuldigung. Ich weiß, ich bin zu früh, aber ich musste heute Morgen noch einen der anderen Welpen zum Tierarzt bringen.«

Kurz nach ihr springt auch Waffles heraus und fängt sofort an, seine Umgebung zu beschnüffeln.

»Das ist dein neues Zuhause, Waffles!« Colin öffnet das Tor, um ihn in seinen Vorgarten zu lassen. Besagter Hund schnüffelt sich den Gehweg entlang, während Colin ihn beobachtet. Ich kann die Nervosität, die von ihm ausgeht, förmlich spüren.

»Entspann dich, Colin. Es wird alles gut.« Ich schenke ihm ein ermutigendes Lächeln.

Ich glaube nicht, dass ich ihn jemals so nervös erlebt habe. Waffles schnüffelt in den Gartenbeeten herum, bevor er wieder zurückkehrt, sich vor Colin hinsetzt und sein Köpfchen schief legt.

»Hey, Kumpel. Ich werde dein neuer Dad sein«, sagt Colin und geht vor ihm in die Hocke. Er hält das Football-spielzeug in der einen Hand und streckt die andere aus, um Waffles daran schnuppern zu lassen.

Dieser steckt zuerst seine Nase in Colins Hand und springt ihm anschließend direkt in die Arme. Colin fällt nach hinten um, während der quirlige Welpe sein Gesicht mit Küsschen überhäuft.

»Ganz genau. Ich werde dein bester Freund sein.« Colins Stimme hebt sich um eine Oktave, während er den Hund in seine Arme schließt.

Und schon ist es um mich geschehen und ich schmelze förmlich dahin für diesen Kerl, der gerade mit einem Football-Hundespielzeug in seiner Hand quietscht.

»Ich glaube, Waffles wird es hier ganz gut haben.« Nicole stupst mich mit ihrer Schulter an, bevor sie sich leise aus dem Tor schleicht. Sie legt keinen Wert auf eine große Verabschiedung und möchte einfach nur, dass sich diese neue Familie in Ruhe beschnuppern kann.

COLIN

»ICH SOLLTE JETZT WOHL BESSER GEHEN«, meint Peyton und steht von der Couch auf. Waffles kuschelt sich tiefer in den Platz, den sie gerade verlassen hat. Er hat sie schon jetzt in sein Herz geschlossen.

Mein Hund hat einen guten Geschmack.

»Bleib doch noch ein wenig. Ich bestelle uns was zu essen.«

Peyton macht sich auf den Weg, ihre Jacke aus der Küche zu holen. »Ich muss wirklich los. Ich habe noch einen langen Nachhauseweg vor mir.«

»Du kannst hierbleiben. Ich habe genug Platz«, höre ich mich sagen.

»Ich glaube nicht, dass das eine gute Idee wäre.« Peyton schlüpft in ihren Mantel und lehnt sich an die Küchenzeile.

»Ich hatte schon schlechtere Ideen. Komm schon, du weißt doch selbst, dass du gerne noch hierbleiben würdest.« Ich mache einen zaghaften Schritt auf sie zu. »Wir können uns noch ein wenig unterhalten.«

»Worüber?«

»Willst du gar nicht wissen, wie es mir ergangen ist?«

Peyton verdreht die Augen. »Ich weiß, wie es dir ergangen ist. Ich muss jetzt wirklich los.«

Ich zermartere mir das Hirn, um einen Grund zu finden, warum sie noch bleiben sollte. Mir war gar nicht bewusst, wie sehr ich das wollte, bis sie jetzt kurz vorm Gehen war. Ich mag es, sie hier in meinen vier Wänden zu haben.

»Willst du gar nicht wissen, wie ich gespielt habe?« Mir ist bewusst, dass ich mich gerade sehr weit aus dem Fenster lehne, aber das ist mir egal.

»Sprich wieder mit mir, wenn du eine Zweitausend-Yard-Season hattest«, flüstert Peyton, aber nicht leise genug.

Das ist es.

Ich schließe den Abstand zwischen uns, stelle mich mit meinem Oberkörper an ihren Rücken und kessle sie ein.

»Was war das? Ich hab dich nicht richtig verstanden.« Ich streiche ihr Haar zur Seite und flüstere die Worte erneut. Mein Atem, der über ihren Nacken streift, verursacht ihr eine Gänsehaut. »Was hast du gesagt?«

»Es ist ja nicht so, als ob du eine Zweitausend-Yard-Season gehabt hättest«, antwortet sie mit einem Seufzen.

»Und woher willst du das wissen?« Ich drücke mich an sie und lasse sie jeden harten Zentimeter von mir spüren. Und ich meine wirklich *jeden* harten Zentimeter.

»Ich habe vielleicht ein oder zwei Spiele gesehen.«

»Oder zwei.« Ich versuche, mein Lachen zu unterdrücken, doch jetzt, wo ich diese Information habe, lasse ich nicht mehr locker. »Wie viele hast du denn gesehen, Rocky?«

Sie wirbelt in meinen Armen herum und verschränkt ihre eigenen vor ihrem Körper, wie bei einer Art Schutzschild. »Na schön: alle. Ist es das, was du hören wolltest?«

Ein zufriedenes Grinsen schleicht sich auf mein Gesicht.

»Du musst nicht so selbstzufrieden schauen. Das steht dir nicht gut.«

»Ich stelle mir nur gerade vor, wie du mein Trikot trägst und dabei alle meine Spiele anschaust.«

»Niemand hat gesagt, dass ich dein Trikot anhatte.«

Ich beuge mich weiter vor und atme ihren süßen Duft ein. »In meiner Fantasie war das so.«

»Gott, Colin.«

Ich komme noch näher und schiebe ein Knie zwischen ihre Beine. »Also sag mir: Habe ich Peytons Maßstäben entsprochen?«

»Du warst okay.«

»Nur okay?« Ich ziehe eine Augenbraue hoch. Meine Rookie-Season war mehr als nur okay. Wäre da nicht der überragende Quarterback im Team von Indianapolis gewesen, hätte ich den Titel ›Rookie of the Year‹ bekommen.

»Nur sechs Touchdowns. Ich weiß, dass du das besser hättest machen können.« Ihr Ton ist eisig, doch ich erkenne das Lächeln, das sie zu verstecken versucht.

»Autsch.«

»Durchschnittlich neun Komma acht Yards pro Reception? Ehrlich, Colin? Du konntest nicht noch diesen extra Schritt machen, um auf zehn zu kommen?«

Gott, dieser Frau beim Aufzählen meiner Statistiken zuzuhören, ist besser als jedes Vorspiel.

»Trotzdem war ich in dieser Season der beste Rookie von allen.« Ich beuge mich noch weiter vor, bis mein Mund nur noch wenige Zentimeter von ihrem entfernt ist.

»Wenigstens hast du einhundert Receptions geknackt.«

Als Peytons Blick auf meine Lippen fällt, zögere ich nicht länger. Ich erobere ihren Mund mit einem leidenschaftlichen Kuss, ersticke ihr Keuchen und vereine unsere Zungen miteinander.

Fuck, ich liebe es, sie zu küssen.

Ich versinke in diesem Kuss, während ich meine Zunge gegen ihre schmiege. Bei jeder Berührung zieht sich mein Inneres vor Lust zusammen. Ich möchte so viel mehr tun, als sie nur zu küssen.

Ihre Fäuste krallen sich in mein Shirt, als wäre sie sich unschlüssig, ob sie mich nun wegstoßen oder näher an sich ziehen möchte. Meine Hände sind da nicht so unentschlossen: Sie wandern an ihren Seiten hinunter und legen sich auf ihre Hüfte.

Nur ein kleiner Vorgeschmack und ich bin bereits süchtig. Und wie ein Süchtiger weiß ich, dass diese Kostprobe von Peytons Lippen nicht genug sein wird. Es wird nie genug sein.

Aber viel zu schnell ist es wieder vorbei.

»O Gott.« Peyton bedeckt ihre geschwollenen Lippen mit ihren Fingern und drückt mich mit der anderen Hand weg. »Ich muss gehen.«

Damit dreht sie sich auf dem Absatz um und ist im Handumdrehen verschwunden.

Peyton mag ängstlich davonlaufen, aber dieser Kuss?

Scheiße, dieser Kuss hat mich wieder an alles erinnert, was ich einst je in meinem Leben gewollt hatte.

Peyton.

Nur Peyton.

Kapitel Achtzehn

COLIN

»Und, was ist das für ein Gefühl, wieder gegen L. A. zu spielen, Jackson?«, fragt Alex, während er sich auf dem iPad in seiner Hand einen weiteren Defensivspielzug ansieht.

»Solange sie mir vom Hals bleiben, ist alles okay«, antwortet er mit einem wütenden Blick.

»Andernfalls bekommen sie es mit mir zu tun«, knurrt Knox und das Knacken seiner Fingerknöchel zeigt mir, dass er es ernst meint.

»Tu bloß nichts, wofür du aus dem Spiel geworfen wirst«, meint Alex nüchtern. Obwohl auch wir Kapitäne sind, ist er der Anführer unserer Mannschaft, und wir alle blicken zu ihm auf. »Das wird ein hartes Spiel werden.«

»Wir sind bereit, Alex. Irgendwann muss es dann auch mal gut sein mit den Vorbereitungen«, sage ich zu ihm.

Alex klappt die Hülle seines iPads zu und sieht mich an. »Alles klar. Dann könnten wir ja stattdessen über dich sprechen, oder?«

»Warum willst du denn über mich sprechen?«, frage

ich und fummle am Verschluss meiner Wasserflasche herum.

»Bei einem unserer letzten Gespräche hattest du angedeutet, dich wieder bei jemandem beliebt machen zu wollen.«

Shit. »Das ist nichts, worüber wir sprechen müssten.«

Ein verschmitztes Lächeln erscheint auf seinem Gesicht. »Oh, ich glaube schon. Soweit ich gesehen habe, wurdest du in letzter Zeit in keiner Klatschpresse mehr erwähnt. Scheint so, als wärst du wieder auf dem aufsteigenden Ast.«

»Laut Tenley konnte sie ihren Blick gar nicht von dir lassen«, meint Jackson und wackelt mit den Augenbrauen.

»Warte, du weißt, um wen es hier geht?« Alex schlägt sich auf die Brust. »Warum hast du uns nichts gesagt?«

Jackson zuckt mit den Schultern. »Ich dachte, ihr wüsstest das schon alle.«

Knox verdreht die Augen. »Du hättest keine Ahnung, wenn Tenley es dir nicht erzählt hätte. Ich bezweifle, dass du neben ihr sonst noch irgendwas mitbekommst.«

Ein glücklicher Ausdruck huscht über sein Gesicht.

»Sehe ich auch so aus, wenn ich über sie spreche?«, frage ich und zeige auf Jackson.

Alex nickt. »Absolut. Jackson ist das nur nie aufgefallen, weil er selbst so glücklich ist.«

Dieser lehnt sich in seinem Stuhl zurück und verschränkt die Arme. »Kann ich nur jedem empfehlen.«

Alex winkt ab und wendet sich wieder mir zu. »Zurück zu deinem Mädchen. Es ist Peyton, richtig?«

»Sch!«, raune ich ihm zu, obwohl wir die einzigen vier hier im Raum sind. Was als Kapitänsbesprechung begann, ist nun zu einer Besprechung über mein Liebesleben ausgeartet. »Wir dürfen eigentlich nicht zusammen sein.

Obwohl ich uns im Moment noch nicht einmal als zusammen bezeichnen würde.«

»Ach, Scheiße«, flüstert Knox und sein gequälter Gesichtsausdruck verrät mir, dass sich mehr hinter seinen Worten verbirgt, als er durchblicken lässt.

»Lass mich dich Folgendes fragen: Ist sie es wert, deine Karriere aufs Spiel zu setzen?« Sowohl Alex' Stimme als auch sein Blick sind todernst.

Ich zögere. Zum ersten Mal halte ich kurz inne und denke darüber nach, was Peyton und ich hier eigentlich machen. Nach unserem Kuss habe ich mir keine weiteren Gedanken darüber gemacht. Die ganze Frustration, die sich in den letzten Jahren, in denen wir getrennt waren, bei uns aufgestaut hat, hat sich in diesem verdammt heißen Kuss entladen.

Ein Kuss sollte nicht so heiß sein. Aber verdammt noch mal, er war es.

»Es ist nicht *meine* Karriere, um die ich mir Sorgen mache.«

»Das war keine Antwort auf meine Frage.« Alex legt seine Arme auf den Tisch. »Es steht nicht nur ihre Karriere auf dem Spiel. Was passiert, wenn du getradet wirst? Was passiert dann mit uns allen?«

Ich schaue in die drei Gesichter, die mich nun anstarren. »Glaubst du wirklich, dass ich darüber noch nicht nachgedacht habe? Scheiße, an manchen Tagen denke ich an nichts anderes. Ich weiß, dass mein Verhalten in der Vergangenheit ein schlechtes Licht auf das Team geworfen hat …«

Knox schnaubt. »So kann man es auch ausdrücken.«

Ich zeige ihm den Mittelfinger. »Aber ich gebe mein Bestes, okay? Ich will mit ihr zusammen sein. Das ist schon mal sicher.«

Jackson klopft mir auf die Schulter. »Dann pass bitte

gut auf. Wir lieben dich, Colin, und wir wollen nicht, dass dir etwas passiert.«

Ich wische mir eine imaginäre Träne aus den Augen und lockere damit die wachsende Anspannung im Raum ein wenig. »Oh, na sieh sich das mal einer an. Der Griesgram hat ein Herz aus Gold.«

»Fick dich, Mann.«

»Glücklich zu sein, steht dir gut. Ich meine es ernst.«

Mit seinen Knieproblemen war Jackson letztes Jahr ein richtig mürrisches Arschloch gewesen. Wie sich herausgestellt hat, brauchte es nur Tenley, um das zu ändern.

Bin ich etwa wie Jackson? Mit dem Unterschied, dass die Jungs in mir nur einen Playboy sehen, der keine Verpflichtungen eingehen will? Aber so will ich mein Leben nicht weiterführen.

Dieser letzte Kuss mit Peyton hat mich in die Knie gezwungen. Ich möchte ihr den Himmel zu Füßen legen, so wie sie es verdient. Aber die Frage lautet: Ist sie bereit für mehr?

»Ihr macht mich wirklich fertig, Jungs«, sagt Knox lachend. »Ihr seid schlimmer als meine Oma und ihre Freundinnen.«

»Das kann ich nur bestätigen. Mit denen sollte man es sich wirklich nicht verscherzen.« Ich verziehe das Gesicht. »Ich hätte nie gedacht, dass es beim Bingo spielen so heiß hergehen könnte.«

Knox zeigt auf mich. »Und sie spielen um Lottoscheine. Komm bloß nicht zwischen sie und ihre Rubbellose.«

»Knox! Ich muss noch ein paar neue Pläne mit dir durchgehen. Wir treffen uns in zehn Minuten im Besprechungsraum.« Frankie steckt ihren Kopf durch die Tür, bevor sie kurz darauf auch schon wieder verschwunden ist.

»Mein Gott. Wie oft müssen wir uns deren Offense

denn noch ansehen?« Er kippt den Rest seines Wassers hinunter und steht auf.

»Was hast du denn angestellt, um dich so unbeliebt bei ihr zu machen?«, frage ich.

Knox knackt mit dem Nacken, während er sich auf den Weg nach draußen macht. »Wenn ich das nur wüsste.«

»Na dann geh mal und studiere die Offense, damit du den Quarterback sacken kannst, wie wir es von dir gewohnt sind«, sage ich und grinse Knox an.

Als Antwort darauf erhalte ich ein zuckersüßes Lächeln von Knox zurück. »Und du studierst besser deine Passwege, damit dir nicht jemand den Ball vor der Nase wegschnappt.«

»Hey! Das war ein Seitenhieb gegen mich«, schimpft Alex. »Schau, dass du hier rauskommst! Und mach bloß deinen Coach nicht wütend.«

Auf dem Weg nach draußen legt Knox salutierend seine Hand an den Kopf. »Jawohl, Kapitän.«

Ich kann nicht anders, als zu lachen. Diese Jungs sind mehr wie eine Familie für mich als meine eigentliche Familie. Und ich würde alles dafür tun, meine gesamte Karriere lang an ihrer Seite zu spielen.

Aber bedeutet das gleichzeitig, dass ich mein Privatleben dafür auf Eis legen muss? Dass ich nicht herausfinden darf, ob aus der Sache mit Peyton mehr werden könnte?

Zu einem bestimmten Zeitpunkt in meinem Leben war sie die einzige Zukunft, die ich je wollte.

Ist das etwas, was ich mir auch jetzt noch für die Zukunft wünschen darf?

Ich kann es nur hoffen.

Kapitel Neunzehn

PEYTON

Es ist schon spät. Ich sollte vermutlich nicht hier sein, aber dennoch bin ich es. Für Colin stehen diese Woche einige Veranstaltungen an, und ich möchte sie mit ihm besprechen, bevor er zu sehr ins Grübeln kommt.

Es war ein erbittertes Spiel gegen L. A., aber am Ende hat Denver mit vierundzwanzig zu einundzwanzig verloren. Es gibt nichts Schlimmeres als eine Niederlage durch ein Field Goal in der letzten Minute.

Nervosität macht sich in mir breit. Ich war nicht mehr bei Colin zu Hause gewesen, seit er mich geküsst hat. Ich wollte nicht mit ihm allein sein, denn ich war zu besorgt, dass ich eine Wiederholung wollen würde. Und dass eine Wiederholung zu mehr führen würde.

»Peyton, was machst du denn hier?« Colin sieht erschöpft aus, als er die Tür öffnet, während Waffles schwanzwedelnd neben ihm steht.

»Wir hatten noch keine Gelegenheit, deinen Terminplan für diese Woche durchzugehen.«

»Hat das nicht Zeit bis morgen?«

»Nein. Earl hat morgen für dich ein Benefiz-Dinner organisiert, weshalb wir es jetzt durchgehen müssen.«

»O Mann.« Er öffnet die Tür noch ein Stück mehr und bittet mich herein. »Na komm, Waffles.«

Ich folge ihm in die Küche, während er mit hängenden Schultern vorausläuft.

»Können wir es schnell hinter uns bringen?« Colin lässt sich auf einen Barhocker sinken und sieht mich mit einem drängenden Blick an.

»Es war nicht deine Schuld heute, weißt du«, sage ich und lege meine Handtasche auf dem Tresen vor mir ab, der sich in Kombination mit Colins steifer Körperhaltung wie eine Insel zwischen uns anfühlt.

»Ich habe nicht so gut gespielt wie sonst. Wie sollte es also nicht meine Schuld sein?«, murrt er. »Aber das habe ich bereits von meinem Vater gehört. Dass ich besser spielen muss.«

Sportler. Sie sind doch wirklich alle gleich. Nehmen die Schuld auf sich, auch wenn die Niederlage nicht auf eine einzelne Person zurückzuführen ist.

»Du warst bei deinem letzten Fang im Spielfeld, obwohl die Schiedsrichter gesagt haben, du wärst Out of Bounds. Und dann haben sie ihre Entscheidung nicht mehr revidiert. Du konntest nichts dagegen tun.«

»So wie ich gegen viele Dinge nichts tun konnte«, flüstert Colin.

»Bitte?« Bei seinen Worten werde ich hellhörig.

»Du sagst, dass es nicht meine Schuld ist, aber es scheint so, als ob viele Dinge tatsächlich meine Schuld wären.«

»Und was hat das mit dem heutigen Spiel zu tun?«

Colin schüttelt den Kopf und steht auf, wobei er mich um einen ganzen Kopf überragt. »Es hat etwas mit *uns* zu tun. Ich bin es leid, ständig um den heißen Brei herumzureden.«

Colin verpasst mir mit diesem Gespräch ein regelrechtes Schleudertrauma. »Ich bin gekommen, um über deinen Terminplan für diese Woche zu sprechen. Wieso sprechen wir jetzt auf einmal über uns?«

»Weil ich über uns sprechen will und du das nie zu wollen scheinst.« Colin wendet mir den Rücken zu. Die Anspannung, die von ihm ausgeht, ist beinahe greifbar.

»Du willst über uns sprechen? Also schön.« Ich habe keine Ahnung, warum dieser Mann es schafft, mich innerhalb kürzester Zeit zur Weißglut zu bringen. Aber er schafft es. »Sag mir, warum du gegangen bist.«

Er wirbelt herum und sieht mich mit todernster Miene an. »Warum *ich* gegangen bin? Du meinst wohl, warum *du* gegangen bist!«

»Du hast mich einfach weggeworfen, als ob ich dir absolut nichts bedeuten würde!« Die Wut, die sich nun Bahn bricht, ist nicht mehr aufzuhalten. »Du warst alles für mich, Colin! Und du hast mich behandelt, als wäre ich nichts.«

»Ich? Und was ist mit dir? Du warst diejenige, die mir einen Abschiedsbrief geschrieben hat. Und das war's dann.«

»Wovon zum Teufel sprichst du da?«

»Davon, dass du mir einen Brief geschrieben hast. In dem stand, dass die Dinge nach diesem Schockmoment damals zu intensiv für dich wurden und du damit nicht umgehen kannst. Du hast mir viel Glück beim Draft gewünscht und mir gesagt, dass ich dich nicht mehr kontaktieren soll.« Sein Brustkorb hebt sich mit jedem Atemzug, den er nimmt.

»Ich habe dir nie einen Brief geschrieben. Du hast mir einen geschrieben.«

»Nein, habe ich nicht.«

Ich schüttle den Kopf. »Doch, hast du. Und du hast mir das Herz damit herausgerissen.«

»Nein, habe ich nicht«, behauptet Colin eisern. »Du hast mir einen geschrieben.«

»Diese Unterhaltung ist absolut lächerlich.« Ich will nach meiner Tasche greifen, doch Colin hält mich auf.

»Lauf nicht von mir weg, Peyton. Nicht schon wieder. Nicht dieses Mal.«

Die Intensität, die von seinen Worten ausgeht, lässt mich innehalten.

Die Luft knistert. Wie kurz vor einem Gewitter. Ein Funke und wir werden in Flammen aufgehen. Colin macht einen Schritt auf mich zu. In seinem Blick lodert ein Feuer.

Ein weiterer Schritt.

Er ist mir so nah, dass ich das Funkeln in seinen Augen sehen kann. Es war immer da, auch kurz bevor er mich damals verlassen hat. Fünf Jahre später und es ist nichts davon verloren gegangen.

Und es löst eine Feuersbrunst in meinem Inneren aus. Ich möchte es verabscheuen, dass Colin immer noch solche Gefühle in mir auslöst. Dass er der einzige Mann ist, der solche Gefühle in mir auslöst. Aber ich kann es nicht. Nicht, wenn er mich ansieht, als würde er gleich über mich herfallen wollen.

Er zieht eine Augenbraue minimal nach oben, als würde er mich um Erlaubnis fragen. Meine einzige Reaktion darauf ist, meinen Körper an seinen zu pressen.

Nichts hat sich jemals so gut angefühlt, wie seine Lippen auf meinen. Colin übernimmt die Führung bei diesem Kuss. Ich hatte vergessen, was seine Küsse immer in mir ausgelöst haben. Wie gut es sich angefühlt hat, seine Zunge an meiner zu spüren.

Mir entweicht ein Wimmern, das in seinem Mund

verhallt. Seine Zunge tanzt mit meiner. Das lässt ein Inferno durch meinen Körper jagen, welches sich in meiner Mitte sammelt.

»Fuck, Peyton.« Colin lehnt sich zurück und streicht mit seinen Händen über mein Gesicht. »Fuck.«

Sein Atem fühlt sich heiß an auf meiner Haut. Das gedimmte Licht in seinem Wohnzimmer taucht ihn in ein himmlisch anmutendes Licht. Ich hatte verdrängt, wie sexy er ist.

Aber dieser Colin ist anders als der, den ich vom College kenne.

Seine Schultern sind breiter. Sein Bizeps hat an Größe zugenommen. Ich lege eine Hand auf seinen Bauch und kann mir nur vorstellen, wie die definierten Muskeln darunter aussehen. Das ist mein Colin und gleichzeitig auch nicht mein Colin, und beide sind sie in einem Mann vereint.

Dem Mann, von dem ich mir geschworen habe, dass ich mich nicht noch einmal verführen lassen würde.

Aber hier sind wir nun.

»Woran denkst du gerade?« Colin nähert sich meinem Mund mit dem seinen und fährt mit seiner Zunge über meine Unterlippe.

»Nur daran, wie sehr ich dich will«, erwidere ich mit einem Verlangen in der Stimme, das ich nicht länger verstecken möchte.

Colin hebt mich mühelos in seine Arme. Ich fahre mit den Fingern durch die weichen Strähnen seines Haares, während er mich mit einem Kuss verschlingt. Er ist sanfter, aber nicht weniger leidenschaftlich. Ich klammere mich an Colin, so als ob er verschwinden könnte, wenn ich mich nicht fest genug halte.

Er trägt mich durch sein Haus ins Schlafzimmer und schließt die Tür, damit nicht plötzlich unser vierbeiniger

Freund hereinspaziert kommt. Colin kniet sich mit einem Bein aufs Bett und legt mich vor sich ab. Seine Erektion zeichnet sich deutlich unter seinen Trainingsshorts ab.

Sosehr es hier auch darum geht, wieder zueinanderzufinden, so sehr will ich gerade auch seinen Körper spüren. Ich greife nach dem Saum meines Shirts, ziehe es aus und werfe es hinter mich.

»Niemand ist je an dich herangekommen«, murmelt er.

»Was?«

Colin streicht mit einem Finger zuerst an meinem Hals und dann zwischen meinen Brüsten entlang. Als er den Bund meiner Hose erreicht und daran entlangfährt, bekomme ich am ganzen Körper eine Gänsehaut.

»Ganz egal, was ich getan habe: Niemand hat dich je ersetzen können.« Seine geflüsterten Worte öffnen den Teil meines Herzens, den ich eigentlich vor der Liebe verschlossen hatte. Vor jedem, der nicht er war.

Der aufrichtige Schmerz in seinen Augen lässt das Eis um mein Herz herum schmelzen. Ich packe mir sein Shirt, ziehe ihn zu mir herunter und lasse all meine Emotionen in diesen Kuss fließen. Keinen einzigen Moment möchte ich mehr mit ihm verlieren und klammere mich deshalb wie eine Ertrinkende an ihm fest.

Denn in den dunklen Tiefen meines Verstandes weiß ich, dass das hier nicht passieren dürfte. Earl hat sehr deutlich gemacht, dass ein intimes Verhältnis zu Klienten nicht erlaubt ist. Aber es fällt mir schwer, mir darüber Gedanken zu machen, während Colin sich über mich beugt. Ich sehne mich danach, ihn an meiner Haut zu spüren.

»Colin«, bettle ich. »Ich will dich spüren.«

Ich bin nicht auf den Anblick vorbereitet, der sich mir bietet, als Colin sein Shirt auszieht. Er hat zu viele Bauchmuskeln, um sie zu zählen. Seine Brustmuskeln könnten

Inseln sein, so definiert sind sie. Vereinzelte Haare bedecken seinen Oberkörper; das hat sich nicht geändert.

»Gefällt dir, was du siehst?«

Ich lecke mir über die Lippen. »Ich denke, das weißt du.«

»Fuck. Ich kann immer noch nicht glauben, dass du hier bist.« Seine geflüsterten Worte durchfluten mich. Es ist in der Tat kaum zu glauben, dass ich hier bin.

»Ich habe oft davon geträumt. Dass wir wieder zueinanderfinden würden.«

»Wirklich? Was genau hast du geträumt?« Colin legt eine warme Hand auf meinen Bauch, was die Schmetterlinge darin darum kämpfen lässt, wer seiner Berührung am nächsten sein darf.

»Etwas ziemlich Ähnliches wie das hier. Nur dass dein Mund auf mir war.«

Colin grinst. »Ich glaube, das lässt sich einrichten.«

Er hakt seine Finger unter den Bund meiner Hose und entzündet ein neues Feuerwerk, als er sich mit seiner Zunge an meinem Bauch entlang einen Weg nach oben leckt.

»Ich hatte ganz vergessen, wie sehr ich deine Brüste mag.« Meine Augen sind auf seine gerichtet, als er mit seinem Mund an den Körbchen meines Satin-BHs knabbert. »Die perfekte Größe für meine Hände. Wie für mich gemacht.«

Colin zieht das Körbchen meines BHs herunter und entblößt meine bereits steife Brustwarze. Er fährt mit seiner Zunge ganz sanft darüber, doch ich spüre diese Berührung überall in meinem Körper. Ich wölbe meinen Rücken und strecke mich ihm entgegen. Ich brauche mehr von ihm.

»Mehr«, wimmere ich.

»Mehr wovon?« Mit seiner anderen Hand öffnet Colin

den Knopf meiner Hose und zieht den Reißverschluss herunter.

»Von allem. Einfach nur von dir.«

Mit diesen Worten offenbare ich mehr von meinen Gefühlen, als mir lieb ist, aber das ist mir gerade ziemlich egal.

Denn das hier ist Colin.

Mein Colin.

Der einst mein Ein und Alles war.

Und jetzt, wo ich ihn wiederhabe, will ich keine einzige Minute vergeuden.

»Dein Wunsch sei mir Befehl, Rocky.«

Colin knabbert sanft an meiner Brustwarze und ein Stöhnen entweicht mir. Die Aufmerksamkeit, die er mir entgegenbringt, ist unübertroffen. Er weiß genau, was ich brauche, ohne dass ich es ihm sage.

Als er sich mit seiner Zunge meiner anderen Brust widmet, streichen seine Finger über den dünnen Stoff, der meine Scham bedeckt.

»Da ist aber jemand feucht für mich.« Ich schlinge ein Bein um ihn und versuche, ihn noch näher an mich zu ziehen.

Eine gemurmelte Antwort ist das Beste, das ich herausbekomme, als er das bisschen Spitze beiseiteschiebt und einen Finger in meine enge Öffnung gleiten lässt.

»Kannst du so auch kommen?«, fragt Colin heiser, während er weiter meine Brustwarze mit seinem Mund liebkost und immer wieder mit einem Finger in mich stößt.

»Hör nicht auf!« Ich versenke meine Fingernägel in seinem Rücken, während ich mich an die letzten Reste meiner Vernunft klammere, bevor er meine Welt in Stücke reißt. Nach dieser Sache gibt es kein Zurück mehr. Aber das will ich auch gar nicht.

Colin krümmt seinen Finger in mir, während er an

meiner Brustwarze saugt. Ich bin so erregt, dass diese Kombination mich in eine Welt voller Sterne und Farben katapultiert. Jede Zelle meines Körpers steht in Flammen, als Colin mich durch einen der intensivsten Orgasmen führt, den ich je erlebt habe.

Als er seinen Finger aus mir zurückzieht, fühle ich mich, als würde ich auf Wolken schweben. Sein Gewicht auf mir ist das Einzige, was mich noch am Boden hält.

»Ich hatte ganz vergessen, wie schön du aussiehst, wenn du kommst.« Colin küsst die Stelle an meinem Hals, wo mein Puls rast.

Ein entspanntes Lächeln huscht über mein Gesicht, während ich das Gefühl seiner Lippen auf mir genieße. »Genau, wie ich es in Erinnerung hatte.«

»Wirklich?« Colin blickt auf und stützt sich mit seinen Händen links und rechts neben meinem Kopf ab. Seine Lippen sind feucht und geschwollen von den vielen Küssen.

»Ja, wirklich. Aber etwas würde ich schon gerne wissen.« Ich lege eine Hand in die Mitte seiner wohlgeformten Brust und drücke ihn aufs Bett.

»Was denn?«, fragt Colin.

»Siehst *du* auch noch so aus wie früher, wenn du kommst?«

Ich stehe auf, entledige mich der letzten Kleidungsstücke und klettere auf seinen Schoß.

»Das ist etwas, was es herauszufinden gilt.« Colin knabbert an meinem Unterkiefer und streicht mit seiner Hand meine Haare beiseite, damit er mehr Angriffsfläche für seine Küsse hat.

Seine warmen Lippen auf meiner Haut lassen mich dahinschmelzen. Seine Berührungen setzen mich in Brand. Mit Colin fühle ich gleichzeitig zu viel und doch nicht genug.

Ich gleite mit einer Hand über seine Brust und greife in den Bund seiner Shorts, wo bereits sein Schwanz auf mich wartet.

»Du trägst immer noch keine Unterwäsche, wie ich sehe.«

»Warum auch, wenn ich sowieso nur zu Hause abhänge.«

Ich streiche an seinem Glied entlang und liebe es, wie es in meiner Hand liegt. Seine Spitze glänzt, während ich ihm einen runterhole. Colin wirft seinen Kopf genüsslich zurück. Ich liebe es, zu sehen, was ich in ihm auslöse.

»Fuck. Du machst das so verdammt gut.«

Colin stößt in meine Hand und verteilt dabei immer mehr seiner Lusttropfen auf meiner Haut.

»Scheiße, Peyton. Das ist so gut, aber ich glaube nicht, dass ich das lange durchhalte.«

Er nimmt meine Hand von sich weg und sieht mich mit einer Intensität an, die mir beinahe die Luft raubt.

»Ich will dich in mir spüren.« Ich schlinge meine Arme um seinen Hals und lege meine Stirn an seine.

Colin schiebt seine Shorts nach unten und greift zum Nachttisch, um ein Kondom herauszuholen. Meine Augen folgen seinen Händen, als er es über seinen Schaft rollt. Es ist feuerrot. Und ich kann es kaum erwarten, ihn in mir zu spüren, wie er mich dehnt und eine Stelle tief in mir trifft, die bisher nur Colin erreichen konnte.

Ich setze mich auf und halte den Atem an, als Colin sich unter mir bereit macht und ich mich auf ihn sinken lasse.

»Verdammte Scheiße«, hauche ich. Dass Colin gut bestückt ist, das wusste ich noch, aber nicht mehr, wie sehr er mich immer gedehnt und ausgefüllt hat. Das raubt mir fast den Atem.

Colins Finger finden meine Klitoris und liebkosen sie, um das Stechen zu lindern. »Alles okay, Rocky?«

Ich nicke, während ich noch weiter nach unten sinke. Seine sanfte Berührung lenkt mich von dem Schmerz ab, als ich ihn ganz in mich aufnehme.

»Ich hatte nur vergessen, wie groß du bist.«

Colin packt mein Kinn mit seiner freien Hand und zieht mich zu sich herunter. »So was hört man doch immer gern.«

Und dann attackiert er meine Lippen mit einem stürmischen Kuss. Es fällt mir schwer, all meine Gefühle im Zaum zu halten, als ich anfange, mich über ihm zu bewegen und mich seinem Rhythmus anzupassen.

Dieses Geben und Nehmen zwischen uns funktioniert ganz natürlich. Es ist, als wären unsere Körper nur füreinander und für niemanden sonst geschaffen worden.

Meine Hände sind überall auf ihm und suchen nach Halt.

»O Gott, Colin. Ich bin so nah.«

»Ich bin schon da.« Sein Atem ist heiß an meinem Hals, während ich auf meinen zweiten Orgasmus an diesem Abend zusteuere. Ein Schwung meiner Hüften, Colins geschickte Finger an meiner Klitoris und es ist um mich geschehen. Starke Hände halten mich fest, während er weiter in mich stößt. Die Schwingungen an meiner Haut verraten mir, dass auch er kommt.

Zu spüren, wie Colin in mir pulsiert, wie er mich immer weiter pusht und das letzte Quäntchen Lust aus mir herausholt – das ist etwas, das nur er beherrscht.

Wir schweigen, während wir von unserem Hochgefühl wieder herunterkommen.

»Scheiße, Peyton. Ich hatte ganz vergessen, wie gut sich das anfühlt.«

»Ich auch.« Ich vergrabe meine Hände in seinem Haar und drücke ihn fest an mich.

Denn dieses Gefühl, ihm nahe zu sein?

Das möchte ich mit beiden Händen festhalten und nie wieder loslassen.

Kapitel Zwanzig

PEYTON

Ein Kratzen an der Tür reißt mich aus dem Schlaf. Colins schwerer Arm ist über meinen Bauch geschlungen und drückt mich fest an ihn. Ich lächle in mein Kissen hinein. Ich liebe es, in diesen Armen aufzuwachen.

Aber das Kratzen an der Tür hört nicht auf. Als ich auf die Uhr schaue, stelle ich fest, dass es schon sieben ist. Zum Glück erlaubt mir mein Praktikum, flexibel zu sein und nicht unbedingt im Büro sein zu müssen. Vor allem, wenn ich mit dem Mann zusammenarbeite, der gerade neben mir im Bett liegt.

Ich schnappe mir Colins T-Shirt vom Ende des Bettes und schleiche durch das Zimmer. Kaum habe ich die Tür geöffnet, begrüßt mich Waffles mit einem aufgeregten Bellen.

»Hi, Kumpel. Tut mir leid, dass du letzte Nacht nicht bei deinem Dad schlafen konntest.« Ich hebe ihn hoch und vergrabe mein Gesicht in seinem weichen Fell. Es gibt nichts Besseres als den Geruch eines Welpen.

Ich trage ihn die Treppe hinunter, und mich trifft fast

der Schlag. Der ganze Raum ist mit Kissenfüllmaterial übersät. Es sieht aus, als hätte hier eine Bombe eingeschlagen.

»Heilige Scheiße.«

Waffles zappelt in meinen Armen und möchte wohl in dem Chaos spielen, das nun in Colins Wohnzimmer herrscht.

»Was hast du gemacht?« Waffles rennt zur Couch und hüpft auf die Rückenlehne. Dabei wedelt er wie verrückt mit seiner Rute, so als wäre er stolz auf das, was er geleistet hat.

»Was zum Teufel?«, höre ich auf einmal Colin hinter mir. Waffles bellt ihn kurz an, bevor er wieder zu uns rennt. »Was hast du denn nur angestellt, Kumpel?«

Colin versucht, einen strengen Tonfall aufzusetzen, was ihm aber nicht gelingt. Waffles hat ihn bereits um sein kleines *Pfötchen* gewickelt.

»Ich schätze, er war sauer, weil er nicht auf seinem üblichen Platz schlafen durfte.«

Colin legt einen Arm um mich und zieht mich zu sich heran. Seine Haut ist noch warm vom Bett. »Daran wird er sich wohl gewöhnen müssen«, meint Colin und knabbert an meinem Hals.

»Da müssen wir wohl ein wenig mit ihm üben.«

Ich drehe mich in Colins Armen. Sein Haar ist zerzaust, weil ich mit meinen Händen die ganze Nacht darin herumgewühlt habe. Wir haben es nicht bei einem Mal belassen. Es ist, als hätten wir die verlorene Zeit nachholen und so viele Orgasmen, wie nur möglich, in diese eine Nacht stopfen wollen.

Nicht, dass es mich gestört hat, auch wenn ich heute Morgen ein wenig wund bin.

»Was höre ich denn da für ein ›Wir‹?«

Ich wandere mit meinen Händen seine Brustmuskeln

hinauf, lege sie um seinen Hals und ziehe ihn näher an mich heran. Sein Atem riecht minzig und frisch.

»Na ja, ich schätze einfach mal, dass du Hilfe mit dem kleinen Kerl brauchst, wenn du mal nicht in der Stadt bist.«

Colin schaut auf Waffles hinunter, der inzwischen zu unseren Füßen sitzt.

»Meinst du, du kannst artig für sie sein? Und sie nicht verschrecken?« Waffles starrt einfach nur zu Colin hoch.

»Ich glaube, er braucht etwas zu essen und muss danach mal raus.«

Colin bringt Waffles nach draußen und lässt die Tür für ihn offen, damit er später einfach wieder hereinkommen kann. Während er das Fressen für ihn herausholt, setze ich den Kaffee auf.

Als der Brühvorgang läuft, hüpfe ich auf den Tresen und schaue dabei zu, wie Waffles auf Colin zustürmt.

Man sieht sofort, wie sehr sich die beiden lieben, und ich könnte nicht einmal genau sagen, wer den jeweils anderen jetzt mit einem süßeren Hundeblick ansieht – Colin oder Waffles.

»Wie darf ich diesen Gesichtsausdruck deuten?« Colins Stimme reißt mich aus meinen Gedanken.

»Ich genieße nur diesen morgendlichen Anblick.«

»Ach ja?« Colin tritt zwischen meine Beine und drückt sie auseinander. Seine Hände legt er auf meine Knie.

»Meine Jungs sehen ziemlich süß zusammen aus.«

»Oh, wir sind jetzt also deine Jungs?«

Ich zucke mit den Schultern. »Natürlich nur, wenn ihr das wollt.«

Colins Blick wird leidenschaftlich. »Auf diese Frage gibt es nur eine Antwort.«

»Gut.« Ich beuge mich vor und nehme Colins Lippen

in einem Kuss gefangen. Seine morgendlichen Bartstoppeln kratzen an meinem Kinn.

»Musst du heute arbeiten?«, fragt Colin und lehnt seine Stirn gegen meine. Seine Finger wandern nach oben und spielen mit dem Saum meines Shirts.

»*Du* bist meine Arbeit.« Ich spreche die Worte aus, ohne groß über sie nachgedacht zu haben. Was für ein ernüchternder Gedanke. Earl hat sich klar ausgedrückt – keine Intimität mit Klienten.

»Was ist los?« Colin drückt mir einen Kuss auf die Stelle unterhalb meines Ohrs.

»Wir dürfen nicht zusammen gesehen werden.« Ich schiebe ihn von mir weg und schaue in seine tiefblauen Augen. Die Art und Weise, wie sein Haar in sein Gesicht fällt, lässt ihn wie den jungen, jugendlichen Typen aussehen, den ich damals im College kennengelernt habe.

»Wir werden uns etwas einfallen lassen.«

»Wenn es doch nur so einfach wäre.«

Colin ergreift mein Kinn und sieht mir fest in die Augen. »Ich habe dich gerade erst zurückbekommen. Glaubst du wirklich, dass ich dich so einfach wieder gehen lassen werde?«

Ich lächle. »Ich schätze nicht.«

»Gut. Wir werden jeden Tag nehmen, wie er kommt. Zusammen.« Ich wünschte, ich wäre genauso zuversichtlich wie Colin, aber er hat recht: Zusammen werden wir das schon schaffen.

»Zusammen.«

»Und du weißt, was zusammen bedeutet, oder?«

Ich stöhne. »Was denn?«

»Du hilfst mir dabei, im Wohnzimmer wieder klar Schiff zu machen.«

»Waffles sollte mit aufräumen müssen! Schließlich hat er das ganze Chaos verursacht.«

Wie auf Kommando kommt Waffles um den Tresen herumgelaufen und leckt sich nach dem Frühstück über sein Mäulchen.

»Er ist viel zu niedlich, um beim Aufräumen helfen zu müssen.«

»Also gut.« Ich gebe mich geschlagen, springe vom Tresen und mache mich auf den Weg ins Wohnzimmer. Waffles hat mindestens drei Kissen auf dem Gewissen.

»Alter. Hättest du nicht einfach auf der Couch schlafen können?«, flüstert Colin dem Hund zu seinen Füßen zu.

»Er muss nachts in seine Kiste«, erkläre ich und deute auf den Käfig, der in der Ecke steht.

»Aber da drinnen ist er einsam«, jammert Colin. Er hebt Waffles hoch und wirft mir einen mitleiderregenden Blick zu. »Und wir wollen doch nicht, dass Waffles traurig ist, oder?«

Ich stemme eine Faust in meine Hüfte und versuche, Colin streng anzusehen. »Entweder geht er in seine Kiste, oder du schläfst allein.«

»Tut mir leid, Kumpel. Aber mein Mädchen hat gesprochen.« Er drückt ihm einen Kuss auf den Kopf und setzt ihn ab.

Und bevor Colin sich versieht, schlage ich ihm mit einem Kissen gegen die Brust.

»Hey! Das ist unfair!« Die Füllung fliegt aus dem zerrissenen Kissen und verteilt sich sowohl über die Couch als auch über ein begeistertes Hündchen.

»Was? Dass du es nicht hast kommen sehen?« Ich verpasse ihm einen weiteren Schlag.

»Oh, du hast es so gewollt!« Colin schnappt sich eines der anderen Kissen und trifft meinen Rücken, den ich ihm bei meiner Flucht zugedreht habe. Federn und Füllmaterial fliegen umher. Waffles schnappt in die Luft und versucht, jedes Stückchen zu erwischen, das er kriegen kann.

Ich schlage wieder nach Colin, doch der weicht aus und trifft genau meinen Hintern.

Das Lachen sprudelt nur so aus mir heraus, während wir immer weiter machen mit unserer Kissenschlacht, bis wir schließlich nur noch mit leeren Kissen nach uns schlagen. Mir tut vor lauter Lachen schon der Bauch weh.

»Ich glaube, wir haben ein größeres Chaos verursacht als Waffles«, stellt Colin schwer atmend fest.

Das Wohnzimmer sieht aus, als wäre eine Bombe eingeschlagen. Waffles versucht, noch ein paar Federn aus der Luft zu fangen, bevor sie sich auf dem Boden oder irgendeiner anderen Oberfläche niederlassen.

»Das ist alles deine Schuld.« Ich schüttle den Kopf und lasse das Kissen fallen.

»Meine Schuld?«

Ich nicke. »Dein Hund, deine Schuld.«

Ein schelmisches Funkeln erscheint in Colins Augen. »Wenn das so ist …«

Colin hebt mich hoch und stürmt mit mir in seinen Armen die Treppe hinauf. »Dann muss es auch eine Bestrafung geben.«

»Dafür klingst du aber ganz schön enthusiastisch.«

»Wenn ich Aussicht auf eine Bestrafung von dir habe? Oh, ja!«

Kapitel Einundzwanzig

COLIN

»Fühlst du dich gut heute?« Alex schlägt mir auf die Schulterpolster, während ich den eng anliegenden Stoff meines Trikots herunterziehe.

»Aber so was von!«, antworte ich ihm und erwidere seinen Schlag. Die Energie, die in der Umkleidekabine herrscht, ist überwältigend. Das ist immer so, wenn wir gegen einen Divisionsgegner spielen. Vegas wird es auf uns abgesehen haben, weil wir an der Spitze unserer Division stehen. »Wir werden Vegas bereuen lassen, dass sie jemals einen Fuß in diese Stadt gesetzt haben.«

»Da hast du recht!« Knox lehnt sich gegen meinen Spind. »Mir juckt es in den Fingern, heute einen Sack zu machen. Ich will ihrer Offensive Line zeigen, wie es ist, mal gegen eine echte Defense zu spielen.«

»Das wird ein gutes Spiel werden. Ich spüre es.«

Peyton sitzt heute auf der Tribüne. Earl hat ihr ein Ticket für seine Suite besorgt, weil sie bisher so gute Arbeit mit mir geleistet hat. Wir haben viel Zeit miteinander verbracht, ganz gemütlich bei mir zu Hause. Im Moment kommt es mir sehr gelegen, dass ich mich nicht in der Öffentlichkeit blicken lassen soll. So haben wir mehr Zeit füreinander, nur wir beide. Ich habe vor, sie heute mächtig zu beeindrucken. Nach ihrem kleinen Geständnis nach dem ersten Spiel möchte ich wieder dasselbe Lächeln auf ihr Gesicht zaubern.

Und vielleicht wieder die Nacht in ihr verbringen.

»Oh-oh. Ich kenne diesen Blick«, meint Knox und blickt mit großen Augen auf mich herab. »Ist dein Mädchen heute hier?«

Ich nicke. »Ganz genau.«

»Dann werfe ich dir wohl besser ein paar Pässe zu«, meint Alex scherzhaft. »Nicht, dass du aussiehst wie ein Anfänger.«

»Werde ich nicht.«

Das Training in dieser Woche lief sehr gut. Es sind keine neuen Artikel über mein Image als Playboy erschienen, und die Trainer waren zufrieden mit den Spielzügen, die Alex und ich geübt haben. Das wird ein gutes Spiel werden.

Es dauert nicht lange, da trommeln die Coaches auch schon das Team zusammen und wir laufen unter tosendem Beifall aus dem Stadiontunnel.

Die Fans sind heute besonders gut drauf, weil Vegas in der Stadt ist. Laute Schreie und Jubelrufe sind zu hören, als die Flagge für die Nationalhymne auf dem Spielfeld ausgerollt wird.

Nachdem die letzten Töne erklungen sind, gehen Alex und ich für den Münzwurf zum Mittelfeld. Die beiden Kapitäne von Vegas warten bereits auf uns. Sie schauen todernst und haben nicht einmal den Ansatz eines Lächelns auf den Lippen, als sie sich für eine Seite der Münze entscheiden. Wir gewinnen den Wurf und starten in der zweiten Hälfte mit dem Ball.

»Bereit, zu verlieren?«, fragt mich Hollins, der Star-

Safety von Vegas, mit einem höhnischen Grinsen auf dem Gesicht.

»Heute nicht.«

Ich strecke ihm meine Hand entgegen, doch er ignoriert sie und joggt zurück auf seine Seite des Feldes. Das sollte mich nicht überraschen. Wenn es um Sportsgeist geht, ist Vegas eine der schlimmsten Mannschaften der Liga. Umso herrlicher wird es sich anfühlen, sie heute zu besiegen.

»Also Jungs, dann zeigen wir ihnen mal, wer hier die Hosen anhat. Spielt sauber, spielt clever, und lasst uns den Sieg nach Hause holen!«, ruft Knox der wartenden Defense zu, bevor das Spiel angepfiffen wird.

Ich trinke von meinem Wasser und schaue dabei zu, wie Knox und die Defense Vegas schon bei ihrem ersten Drive stoppen. Die beste Art und Weise, ein Spiel zu beginnen.

Als die Offense auf das Spielfeld läuft, herrscht Stille im Stadion. Alex hat das Kommando auf dem Feld. Er ist der Kapellmeister und wir spielen nach seinem Takt.

»Hook right, Forty-two break.« Wir klatschen in die Hände, lösen uns aus dem Huddle und stellen uns für den Passspielzug auf.

Ich brenne darauf, den Ball in die Hände zu bekommen und damit über das Feld zu stürmen. Unser Center wirft den Ball zurück zu Alex und alle setzen sich in Bewegung. Ich renne über das Feld in die Nähe der Außenlinie, wo ein perfekter Wurf direkt in meine geöffneten Hände segelt. Hollins ist an mir dran und stößt mich Out of Bounds.

First Down.

»Den habe ich dir gelassen«, knurrt Hollins mir ins Gesicht.

»Als ob du mich aufhalten könntest«, erwidere ich scherzhaft, während ich den Ball zum Schiedsrichter werfe.

»Wart's nur ab, James. Du bist nicht so gut, wie du denkst.«

Ich verdrehe die Augen und laufe zurück zur Linie. Alex nimmt Vegas regelrecht auseinander und erreicht mühelos die Red Zone, woraufhin Winchester einen Touchdown erzielt.

Die Menge tobt, als Jackson danach zum Kicken des Extrapunkts das Feld betritt.

»Toller Eröffnungsspielzug, Jungs. Beim nächsten Drive können wir noch das eine oder andere verbessern, aber wenn ihr so weitermacht, wird das ein gutes Spiel werden.«

Coach Brooks ist immer positiv, ganz egal, was auf dem Feld gerade passiert. Doch selbst wenn wir einen perfekten Drive hatten, will er nicht, dass wir uns auf unseren Lorbeeren ausruhen. Das Spiel kann sich im Handumdrehen wenden, weshalb wir uns unserer Sache nie zu sicher sein dürfen.

Vegas holt auf, aber die Defense lässt nur ein Field Goal zu.

Im weiteren Spielverlauf wird es etwas ruhiger. Vegas ist alles andere als nachsichtig und stoppt uns, bevor wir punkten können. Das hindert uns aber nicht daran, aggressiv weiterzuspielen. Unsere Offensive Line tut alles, was sie kann, um Alex auf den Beinen zu halten, aber es ist schwierig. Die Pocket um ihn herum ist mehr als einmal zerfallen, sodass er nicht mehr weitergekommen ist.

Hollins ist an mir dran und verhindert unseren geplanten Laufspielzug.

»Hab dir doch gesagt, dass du nicht weit kommen würdest«, meint Hollins, der mir dicht auf die Pelle rückt.

»Schau dir doch den Spielstand an.« Ich zeige auf die

Seitenlinie. Denver 14 - Vegas 10. »Wir sind kurz davor, zu gewinnen.«

Seine Lippen verziehen sich zu einem verstörenden Lächeln. »Nicht mehr lange, James. Du solltest besser aufpassen.«

»Verpiss dich, Hollins!« Er hat es schon den ganzen Tag auf mich abgesehen, und ich habe seine Aggressivität satt. In der Zwischenzeit würde ich sogar eine Strafe in Kauf nehmen, um ihn mir vom Hals zu schaffen.

Obwohl mir Hollins ständig im Nacken sitzt, hat Alex es geschafft, den Ball auf dem Feld nach vorn zu bringen. Jede Mannschaft kann das Spiel noch für sich entscheiden. Die Uhr läuft im zweiten Viertel herunter, als wir uns zum Third Down aufstellen.

Alex ändert den Spielzug an der Linie und fordert eine Out Route. Ich schiebe mich an Hollins vorbei und ein Lächeln breitet sich auf meinem Gesicht aus, während ich über das Feld rase. Ich drehe mich um und der Ball kommt direkt auf mich zu. Ich bemerke zunächst nicht, wie mein Gegner seinen Kopf senkt. Und dann ist es das Letzte, was ich sehe, bevor mir die Lichter ausgeknipst werden.

***

PEYTON

DAS GRÄSSLICHE KNIRSCHEN von zwei zusammenknallenden Helmen hallt durch das stille Stadion. Die Kamera schwenkt von der Szene auf dem Spielfeld weg, aber ich kann meinen Blick nicht von Colins reglosem Körper am Spielfeldrand abwenden.

Mir dreht sich beinahe der Magen um, als sowohl

Trainer als auch Sanitäter zu ihm rennen. Alle Spieler auf dem Feld gehen auf die Knie.

Ich kann nur hilflos dabei zusehen, wie Colin verarztet wird. Er bewegt sich nicht.

»Kann irgendjemand runter in die Umkleidekabine gehen, um nach ihm zu sehen?« Ein Teamsprecher, den Earl kennt, ist in unserer Suite und schreit in sein Telefon. »Sobald es etwas Neues von ihm gibt, müssen wir das sofort wissen!«

»Das ist ja wohl offensichtlich. Hollins ist ein mieser Spieler und hatte es das ganze Spiel über auf ihn abgesehen!«

Um mich herum brüllen die Leute durcheinander, doch für mich klingt alles nur nach einem Rauschen.

Ich versuche, nicht darüber nachzudenken, wie schlimm seine Verletzung sein könnte. Football ist ein brutaler Sport, aber das macht es auch nicht weniger schlimm, jemanden so zu Boden gehen zu sehen.

Colin wird auf eine Bahre gehievt und vom Spielfeld getragen. Es gibt keinen Daumen nach oben, um zu signalisieren, dass er bei Bewusstsein ist und es ihm gut geht. Ich glaube, ich habe seit dem Zusammenstoß die Luft angehalten. Die Menge jubelt Colin zu, als der Wagen mit ihm darin durch den Tunnel verschwindet.

Der Schiedsrichter hebt die Fahne auf und spricht die Strafe aus. »Pass Interference. Defense, Nummer zweiundzwanzig. Der Ball wird an der Stelle des Fouls platziert. Automatischer First Down.« Er hält wegen des Lärms im Stadion inne. »Nach weiterer Überprüfung wurde festgestellt, dass der Defense-Spieler mit dem Kopf gefoult hat. Deshalb wird er vom Spiel ausgeschlossen.«

Hollins rennt sofort zum Schiedsrichter und beschwert sich lautstark über dessen Entscheidung. Der Lärmpegel im Stadion steigt noch weiter, während er vom Spielfeld geführt wird. Die Leute schreien und buhen ihn aus, als er bei seinem Abgang noch einmal dem ganzen Stadion den Mittelfinger zeigt.

Was für ein charmanter Spieler.

»Peyton.« Eine warme Hand auf meiner Schulter lenkt meine Aufmerksamkeit vom Spielfeld ab.

Ich drehe mich um und blicke in Earls freundliche Augen. »Ich möchte, dass Sie mit dem Teamsprecher mitgehen und mich darüber auf dem Laufenden halten, wie es Colin geht.«

»Okay«, sage ich leise, wobei man mir meine Besorgnis um Colin deutlich anmerkt.

»So etwas passiert nun mal. Das gehört zu diesem Sport dazu.«

»Deshalb mache ich mir aber auch nicht weniger Sorgen«, antworte ich, ohne wirklich darüber nachzudenken.

»Wir haben die besten Ärzte hier. Sie werden sich gut um ihn kümmern. Geben Sie mir Bescheid, sobald Sie mehr wissen.«

Earl bringt mich zum Teamsprecher und bittet ihn, mich zu Colin zu führen. Ich folge ihm durch das Stadion. An den Wänden der Luxus-Suiten hängen Bilder des Teams. Eines von Colin, wie er gerade einen Touchdown erzielt, erregt meine Aufmerksamkeit und treibt mir die Tränen in die Augen.

Da ich in Begleitung von jemandem von den Mountain Lions unterwegs bin, werden wir direkt zu den Büros vor der Umkleidekabine gelassen. Hier unten herrscht das reinste Chaos und die Leute eilen wild umher.

»Was ist denn hier los?«

»Er wird gerade in den Krankenwagen verladen. Sie bringen ihn zur Untersuchung und Beobachtung ins Krankenhaus.«

O Gott. Keine Chance, jetzt noch professionell zu bleiben. Ich würde am liebsten direkt in mein Auto springen und ihm hinterherfahren.

So etwas ist während der Zeit im College nie passiert. Colin hat zwar hier und da ein paar Treffer eingesteckt, aber noch nie so etwas wie das hier. Auch wenn ich anfangs versucht habe, ihn zu ignorieren, habe ich dennoch immer seine NFL-Karriere verfolgt. Es ist schwierig, das nicht zu tun, wenn man Football so sehr liebt wie ich.

»Sind Sie startklar?« Die Person, mit der ich mitgelaufen bin, dreht sich um und spricht mich an.

»Startklar wofür?« Mein Gehirn kann noch nicht wirklich verarbeiten, was hier gerade passiert.

»Für die Fahrt ins Krankenhaus. Ich habe Earl gesagt, dass ich ein Auge auf Sie haben werde, und wir brauchen unbedingt ein Update.«

»Oh. Sicher.«

Gott sei Dank gibt es Earl.

***

COLIN

IST ES NORMAL, dass alles so verschwommen ist? Gott, warum ist das Licht nur so grell?

Und was ist das für ein verdammtes Geräusch? Es will einfach nicht aufhören.

Es fühlt sich an, als würde jemand in meinem Kopf auf eine Trommel schlagen.

Geflüster um mich herum erregt meine Aufmerksamkeit, aber der Versuch, das Gesagte zu verstehen, bereitet mir zu viele Schmerzen. Vielleicht sollte ich einfach wieder schlafen.

Doch da nehme ich etwas Vertrautes wahr.

Peyton?

Ich versuche, meine Augen zu öffnen, aber das tut genauso weh.

Und dann werde ich vom Schmerz übermannt.

***

»Wie lange wird er noch so sein?«

»Das ist schwer zu sagen bei einer Kopfverletzung.«

Als ich dieses Mal aufwache, sehe ich alles weniger verschwommen. Zwar immer noch unscharf, aber lange nicht mehr so schlimm wie zuvor. Die Lichter über mir sind mir allerdings immer noch zu hell.

»Und wann werden wir das wissen?«

Ich kenne dieses Mädchen. Ihre Anwesenheit beruhigt mich ein wenig, auch wenn ich keine Ahnung habe, was hier los ist oder wo ich bin.

»Sobald er entlassen wird, muss er sich bei den Team-ärzten melden. Er wird mindestens ein paar Wochen außer Gefecht gesetzt sein.«

Ein paar Wochen? Was zur Hölle ist hier los?

»Hat er jemanden, der sich in diesen ersten Wochen um ihn kümmern kann? Wir werden ihn nicht entlassen, wenn er niemanden hat, der ihn betreut.«

»Ich werde da sein.«

Ich blinzle und versuche, meine Sicht zu klären und das Zimmer um mich herum scharfzustellen. Es ist immer noch alles recht undeutlich, doch ich sehe zwei Menschen, die am Ende von etwas stehen, das ich nun als Kranken-hausbett identifizieren kann.

Ich weiß nicht, ob sie sehen können, dass ich meine Augen offen habe, aber als sich eine der beiden Personen auf mich zubewegt, bin ich mir ziemlich sicher, dass dem so ist.

»Colin! Gott sei Dank, du bist wach.«

Ich lehne mich in die warme Hand, die jetzt auf meinem Gesicht liegt. Es fühlt sich gut an. Und richtig.

»Colin. Wie geht es dir?« Jetzt erinnere ich mich langsam wieder daran, wer sie ist.

»Beschissen.« Mein Mund ist trocken wie Schleifpapier. Ein Strohhalm wird an meine Lippen geführt, und ich schlucke das wenige Wasser, das mir angeboten wird, hinunter.

»Was ist passiert?« Dieses Mal sind meine Worte deutlicher und klingen wieder mehr nach mir.

»Du erinnerst dich nicht? Ist das normal?« Die offenkundige Angst in Peytons Stimme entgeht mir nicht.

»Ziemlich normal sogar. Viele Patienten mit Gehirnerschütterung erinnern sich nicht an die letzten vierundzwanzig Stunden davor. Bei dem Stoß, den er abbekommen hat, wird er sich wahrscheinlich an überhaupt nichts mehr von dem Spiel erinnern können.«

Gehirnerschütterung?

»O Gott, Colin.«

Ich drehe mich um und versuche, Peyton durch die Nebelsuppe hindurch zu finden, aber mir wird schwindelig. »Fuck.«

»Sie werden in den nächsten Tagen ziemlich neben der Spur sein, Mr. James. Wir behalten Sie noch ein wenig hier und entlassen Sie anschließend in die Obhut von Ms. Thompson.«

»Danke.«

Die Matratze senkt sich neben mir, und warme Hände legen sich auf meine. Ich schließe die Augen und genieße das angenehme Gefühl, das sie auslösen.

»Ich hatte solche Angst um dich.« Ihre Finger zeichnen die Linien auf meiner Handfläche nach. »In all den Jahren, in denen ich dir schon beim Spielen zuschaue, hast du noch nie so einen Stoß abbekommen.«

»Was ist denn passiert?«

»Willst du das wirklich wissen?«

Ich öffne ein Auge ein wenig und sehe Peyton an. Jetzt, wo sie näher bei mir ist, kann ich mich auf sie fokussieren, ohne mich zu sehr anstrengen zu müssen.

»Scheiße, war es so schlimm?«

Sie nickt, und dieses Mal sehe ich, wie ihr Tränen übers Gesicht laufen.

»Es war Hollins. Er hatte es auf dich abgesehen. Er wurde vom Spiel ausgeschlossen.«

»Gut. Das hat das Arschloch auch verdient.«

Zumindest konnte ich ihr zwischen ihren Tränen ein Lachen entlocken. »Schön zu sehen, dass du immer noch du selbst bist.«

»Hattest du gehofft, dass stattdessen eine neue Persönlichkeit in mich hineingeprügelt worden ist?«

»So schlimm war der Zusammenstoß nun auch wieder nicht.« Peyton drückt meine Hand. Allein die Wärme, die sie ausstrahlt, lässt mich wieder schläfrig werden.

»Gott, ich glaube, ich war noch nie in meinem Leben so müde.« Ich schließe meine Augen und schaffe es einfach nicht, wach zu bleiben.

»Der Arzt hat gesagt, du sollst dich ausruhen.«

Ich murmle meine Zustimmung. »Wirst du hier sein, wenn ich aufwache?«

»Glaub mir, ich werde nirgendwo hingehen.«

Kapitel Zweiundzwanzig

COLIN

Mein Kopf dröhnt. Ich weiß nicht, ob ich mich jemals in meinem Leben schon einmal so beschissen gefühlt habe. Mir tun Stellen weh, von denen ich nie gedacht hätte, dass sie überhaupt wehtun können. Ich erinnere mich nicht an den Zusammenprall, aber nach dem, was Peyton mir erzählt hat, ist das auch gut so.

Auf der Heimfahrt war sie sehr still, hat auf ihrer Lippe herumgekaut und mir bei jeder Gelegenheit einen Seitenblick zugeworfen. Man merkt deutlich, wie besorgt sie ist, als sie mir aus dem Auto hilft.

»Entspann dich, Rocky.«

Während sie das Auto parkt, sieht sie mich mit ihren braunen Augen grimmig an. »Wenn ich nicht länger bei dir bleiben muss, um sicherzugehen, dass es dir gut geht, dann werde ich mich vielleicht auch wieder entspannen.«

Das leichte Zittern in ihren Worten verrät mir, dass es in nächster Zeit wohl keine Entspannung für sie geben wird. Sie senkt den Blick und versucht, die Gefühle zu verstecken, von denen ich ganz genau weiß, dass sie da sind.

»Sieh mich an«, sage ich mit möglichst fester Stimme. Ich bin erschöpft und würde mich gerade lieber in der Horizontalen befinden.

Ich lege einen Finger unter ihr Kinn und hebe ihren Kopf, damit sie mich ansieht. »Der Arzt hätte mich nicht entlassen, wenn ich dazu noch nicht fit genug gewesen wäre. Das Concussion Protocol schreibt vor, dass ich nicht zum Training zurückkehren darf, bevor ich nicht vollständig genesen bin. Ich verspreche dir, dass mit mir alles okay ist.«

Ich küsse sanft ihre Lippen und versuche, alle meine Gefühle darauf zu verwenden, ihr Trost zu spenden.

Dies ist kein leidenschaftlicher Kuss, aber er ist einer der intimsten, die wir je geteilt haben. Ich weiß nicht, wie ich so lange ohne ihre Küsse ausgekommen bin. Zum ersten Mal seit langer Zeit kann ich endlich wieder atmen. Als ob sie mir neues Leben eingehaucht hätte.

»Komm, lass uns reingehen.« Als sie mich dieses Mal ansieht, schenkt sie mir sogar ein kleines Lächeln.

Peyton legt einen Arm um meine Taille und führt mich ins Haus. Doch an der Tür werde ich nicht – wie ich es gehofft habe – voller Liebe und Zuneigung von Waffles empfangen, sondern von jemandem, der mich streng und abschätzig ansieht.

»Dad. Was machst du denn hier?« Ich sollte ihn wirklich von der Liste der zugelassenen Gäste streichen.

Er rückt die Manschetten seines Hemdes zurecht. »Ist es mir nicht erlaubt, meinen Sohn zu besuchen, nachdem er im Krankenhaus war?«

Seine Worte lassen mich verächtlich auflachen. »Und wen musstest du anrufen, um herauszufinden, dass ich heute nach Hause kommen würde?«

»Es war überall in den Medien zu lesen. Das war ja

offensichtlich auch die einzige Möglichkeit, mich über deinen Zustand zu informieren.«

»Wie du sehen kannst, geht es mir gut.«

Peyton neben mir spannt sich merklich an.

»Und wer ist diese Person, die du anscheinend auftreiben konntest, um sich um dich zu kümmern?« Sein Blick wechselt von mir zu Peyton. »Zweifellos hat er Ihnen eine Menge Geld gezahlt, damit Sie sein Kindermädchen spielen, aber Sie können jetzt gehen.«

»Verdammte Scheiße«, murmle ich. Das ist das Letzte, was ich jetzt gebrauchen kann. Meine Kopfschmerzen sind in der Zwischenzeit so stark, dass ich das Gefühl habe, mir würde der Schädel platzen. »Dad. Du erinnerst dich doch noch an Peyton, oder?«

Ein Anflug von Erkenntnis huscht über sein Gesicht, und mir entgeht weder, wie er mit den Zähnen knirscht, noch, wie er die Augen zusammenkneift.

»Miss Thompson. Wie könnte ich Sie vergessen.«

»Schön, Sie wiederzusehen, Mr. James.« Peytons Worte sind zwar höflich, aber ich bemerke trotzdem die unterschwellige Kälte, die ihnen innewohnt.

»Ich kann ab hier übernehmen. Ihre Dienste werden nicht länger benötigt.«

»Dad.«

»Du bist ganz offensichtlich momentan nicht in der Lage, klar zu denken, also werde ich dir bei allem Nötigen behilflich sein.«

Verflucht noch mal. »Dad, ich brauche deine Hilfe nicht. Peyton hat alles unter Kontrolle.«

»Ich kann ruhig gehen, wenn du möchtest.«

Sie will gerade einen Schritt zurück machen, doch ich ziehe sie näher zu mir. »Nein.« Ich wende meinen Blick wieder meinem Vater zu. »Peytons Anwesenheit hier ist vonnöten. Deine nicht. Ich schreibe dir, falls sich daran etwas ändern sollte, aber bis dahin kannst du wieder gehen.«

Er kommt auf mich zugelaufen. »Ich würde mir sehr gut überlegen, wen du jetzt gerade an deiner Seite haben möchtest, mein Sohn.«

Ich drücke mir auf den Nasenrücken und versuche, den tobenden Schmerz zu unterdrücken, der durch meinen Kopf rast.

»Dad. Geh«, erwidere ich, ohne zu zögern. Je eher er weg ist, desto eher kann ich mich hinlegen. Die paar Tage im Krankenhaus waren richtig ätzend. Ich habe nie richtig zur Ruhe gefunden, und ständig kam jemand rein, um nach mir zu sehen. Ich verstehe zwar durchaus den Grund dafür, aber eine erholsame Genesung war das nicht.

Mit einem letzten wütenden Blick geht er aus der Haustür und schlägt sie hinter sich zu.

»Ich hatte ganz vergessen, wie charmant dein Vater ist«, meint Peyton und löst sich aus meinem Griff.

Ich steuere auf die Couch zu und lasse mich auf sie fallen. »Fuck. Wie ich es vermisst habe, zu Hause zu sein.«

»Kann ich dir irgendetwas bringen?« Sie klingt jetzt schon ganz weit weg.

Dich, möchte ich ihr antworten, *nur dich.*

Aber stattdessen lasse ich mich vom Schlaf übermannen.

Geflüsterte Worte wecken mich. Alles ist verschwommen, aber das Pochen in meinem Kopf hat nachgelassen. Größtenteils.

Eine Gehirnerschütterung ist echt ätzend.

»Na komm, Waffles. Lass uns rausgehen.«

Das Getrappel von Welpenpfoten im Flur zaubert mir

ein Lächeln ins Gesicht. Früher wäre mein Haus jetzt leer gewesen. Und wenn Peyton nicht hier wäre, wäre es mein Vater. Und diese Stille wäre noch schlimmer, weil sie von missbilligenden Blicken erfüllt wäre.

Ich bin froh, dass ich keine Bildschirme verwenden soll, denn ich bin mir sicher, dass ich mehrere ungelesene Nachrichten von ihm auf meinem Handy vorfinden würde, in denen er mir zweifellos vorwirft, dass ich mich besser vor diesem Zusammenprall hätte schützen können.

Ich raffe mich von der Couch auf und gehe in den Garten.

Der Anblick von Peyton mit meinem Hund ist wirklich ein Bild für die Götter.

»Wer ist das beste Hündchen?« Peyton sitzt im Schneidersitz auf dem Boden, während Waffles ihr Gesicht mit Küsschen bedeckt. Ich sehe ihr zu, wie sie einen Ball für ihn wirft. Er hört noch nicht aufs Wort und schnüffelt immer wie wild in der Gegend herum, wenn etwas seine Aufmerksamkeit erregt.

»Hey.«

Peytons Kopf schnellt in meine Richtung und ihr braunes Haar leuchtet golden in den letzten Sonnenstrahlen des Spätnachmittags.

»Hey. Wie geht's dir?«

Ich gehe auf sie zu und setze mich neben sie. »Besser, jetzt wo ich geschlafen habe. Falls ich es noch nicht gesagt habe: Ich danke dir.«

»Wofür?«

Ich drücke ihr einen Kuss auf die Schulter. »Dafür, dass du hier bist. Ich weiß nicht, was ich jetzt tun würde, wenn mein Dad hier wäre.«

»In der Hinsicht hat sich anscheinend nicht viel geändert.«

Ich schüttle den Kopf und zupfe an ein paar Grashalmen. »Er ist immer noch ein Arschloch, weil er verbittert darüber ist, dass er in seinem Leben einfach nichts gerissen hat. Nicht alle von uns hatten so tolle Eltern wie du.«

Sie lächelt mich an und nimmt meine Hand. »Sie haben dich so vermisst. Du weißt ja, wie sehr mein Vater dich geliebt hat. Ganz unabhängig von deiner Footballkarriere.«

Peytons Familie hat mir immer das Gefühl gegeben, mehr als willkommen zu sein. Wäre mein Vater weniger auf Football fixiert gewesen, hätte ich mit ihm vielleicht auch eine Beziehung aufbauen können. Selbst an unseren besten Tagen konnte man diese nur als angespannt bezeichnen. Ganz im Gegenteil zu dem, was Peyton mit ihrer Familie hat. Darauf war ich immer neidisch.

Waffles hüpft über den Rasen, springt auf meinen Schoß und reißt mich so aus meiner Gedankenspirale. »Hey Kumpel. Ich habe dich vermisst«, sage ich, während er mir das Gesicht abschleckt. »Hat er dir Schwierigkeiten gemacht?«

»Dein Schnarchen bereitet mir größere Schwierigkeiten.« Peyton lacht. »Ich hatte ganz vergessen, wie laut du immer schläfst.«

Ich vergrabe mein Gesicht in Waffles' weichem Fell. »Ich glaube, sie verwechselt uns beide. Ich schnarche nicht.«

»Was immer du glauben willst, Colin«, sagt sie lächelnd.

»So willst du es jetzt also hinstellen?«

Sie zuckt unbekümmert mit den Schultern. »Ist ja nicht so, als würde es nicht stimmen.«

Ich schubse sie ins Gras und suche nach der kitzligen Stelle an ihrer Seite. Ihr Kreischen schlägt Waffles in die Flucht. »Nimm das zurück.«

Peytons schlanker Körper windet sich unter mir. Ich

habe mich kaum bewegt und liege nicht einmal auf ihr, und doch erinnert mich das an weniger unschuldige Dinge, die wir jetzt tun könnten, aber nicht dürfen.

»Ich kann doch nichts zurücknehmen, was wahr ist!«, sagt sie kichernd unter mir.

Gott, ich wusste gar nicht mehr, wie schön sie in solchen Situationen immer ausgesehen kann. Keine Ahnung, ob das nur daran liegt, dass mein Gehirn immer noch etwas vernebelt ist.

Peyton macht den Schmerz weniger heftig, fast so, als würde ihre Gegenwart jeden Teil von mir heilen, der in den letzten Jahren ohne sie leer gewesen war. Ich berühre ihre Halskette und fahre die Buchstaben nach, die ich so gut kenne.

»Du wirst mich nicht verlassen?«

Sie wuschelt mit ihren Fingern durch mein Haar. »Nicht vor dem nächsten Wochenende.«

»Was ist denn nächstes Wochenende?«

»Da gehe ich campen. Ich habe noch Herbstferien, also fahre ich in die Berge.«

»Und du gehst allein?« Ich stütze mich auf und schaue ihr in die Augen. »Ist das nicht zu gefährlich?«

Peyton setzt sich hin und zieht meinen Kopf in ihren Schoß. »Überhaupt nicht. Ich nehme ein Satellitentelefon mit, bleibe nur auf gut frequentierten Wegen und übernachte auf sicheren Campingplätzen.«

Ich verdrehe die Augen. »Du bist mitten im Wald. Wie ungefährlich kann das bitte sein?«

»Ooooh. Machst du dir etwa Sorgen um mich?« Peyton streicht mit einem Finger über mein Gesicht. Das ist wahnsinnig beruhigend.

»Wenn du so etwas Dummes tust? Natürlich.«

Mit demselben Finger fährt sie nun um meine Lippen,

mein Kinn hinunter und dann wieder hoch zu meiner Stirn. »Wann mache ich jemals etwas Dummes?«

»Okay, da ist was dran. Aber mir gefällt es trotzdem nicht.«

»Dann komm doch mit.«

»Wirklich?« Ich spitze die Ohren.

»Und Waffles kannst du auch mitnehmen. Ich bin mir sicher, dass er es lieben würde, campen zu gehen.«

»Mist. Er wird nächste Woche kastriert. Nicole wird ihn das Wochenende über haben, weil ich eigentlich zu einem Spiel nach Dallas gefahren wäre.«

»Dann planen wir doch einfach mal später etwas für uns alle drei, okay?«

Später. In der Zukunft. Ich mag es, mit dieser Frau Pläne zu schmieden.

»Hört sich super an.«

»Dann hol deinen Schlafsack aus der Versenkung, denn wir gehen campen.«

Shit. Ich weiß nicht, ob ich das wirklich zu Ende gedacht habe.

Kapitel Dreiundzwanzig

PEYTON

»Bist du dir sicher, dass du immer noch mitkommen willst?«

Colin hievt die letzten Taschen in den Kofferraum meines gemieteten Campers. »Mir geht's gut.«

Seit seiner Gehirnerschütterung sind nun schon zwei Wochen vergangen und ich bin ihm seitdem kaum von der Seite gewichen. Und ich habe Angst, dass etwas passieren könnte, wenn ich es tue. Er sagt mir ständig, dass ich zu überfürsorglich bin, aber das ist mir egal.

»Ich will nur nicht, dass dein Gehirn zu sehr stimuliert wird.«

»Ich glaube nicht, dass es die Stimulation des Gehirns ist, um die du dir Sorgen machen solltest.« Colin schmiegt sich von hinten an mich und drückt seine Lippen auf meinen Hals.

»Darfst du das überhaupt schon wieder?«

Warme Hände legen sich um meine Taille und schlüpfen unter den Bund meiner Leggings. »Der Arzt hat mir grünes Licht gegeben.«

Ich lehne mich zurück in seine Berührung. »Ich habe

so das Gefühl, dass ich mir das von ihm hätte bestätigen lassen sollen.«

»Du glaubst mir nicht?« Sein Atem streift meine Ohrmuschel und verursacht mir eine Gänsehaut.

»Ich will nur vorsichtig sein. Das ist alles.« Ich atme langsam aus. Jetzt, wo ich mir meine Gefühle für Colin erlaube, habe ich das gesteigerte Bedürfnis, auf ihn aufzupassen.

»Mmm.« Seine Lippen finden den schlagenden Puls an meinem Hals. »Ich verspreche dir, dass es mir gut geht. Und jetzt lass uns gehen, damit wir unser seltenes freies Wochenende während der Football-Season genießen können.«

Ein Lächeln breitet sich auf meinem Gesicht aus. »Das ist Musik in meinen Ohren.«

»Oh, hast du jetzt auf einmal etwas gegen Football, oder was?« Colin verpasst mir einen Klaps auf den Hintern, während ich in den Van steige.

»Ich bitte dich.« Ich sehe ihn mit einer hochgezogenen Augenbraue an, als er sich neben mir niederlässt. »Ich freue mich einfach nur, dass du mit mir zu meinem Lieblingsort fährst.«

»Ich hätte dich nie für eine Luxus-Camperin gehalten«, meint er, als er nach hinten in den Wagen schaut. Mit der kleinen Einbauküche und dem Bett ist es um einiges komfortabler, als auf dem Boden zu schlafen. »Obwohl ich auch zugeben muss, dass ich es begrüße, nicht in einem Schlafsack auf dem Waldboden übernachten zu müssen.«

»Ich habe das im letzten Schuljahr für mich entdeckt. Man kann einfach alles zusammenpacken und verschwinden.«

Colin dreht seinen Sitz in meine Richtung. »Ist es das, was du vorhast? Einfach alles zusammenpacken und verschwinden?«

Der Verkehr am späten Vormittag, der aus der Stadt hinausführt, ist nicht so schlimm, wie er sein könnte, aber trotzdem sehr dicht. Das ist eines der wenigen Dinge, die ich an dieser Stadt nicht mag.

»Nachdem du das College während deines zweiten Jahres verlassen hast, habe ich den Sommer damit verbracht, den Westen zu bereisen und alle Nationalparks zu besuchen, die mir eingefallen sind.«

Ich kann seinen Blick auf mir spüren, doch ich schaue ihn nicht an. Nicht einmal flüchtig.

»Du bist nicht in Knoxville geblieben?«

Als ich an einer Ampel anhalten muss, riskiere ich einen Blick in seine Richtung. Die Verwirrung steht ihm förmlich ins Gesicht geschrieben.

»Ich konnte nicht. Nicht, wenn mich dort alles an dich erinnert hat.«

»Was ist damals bloß schiefgelaufen zwischen uns?«, fragt Colin.

Eine Frage, die ich mir auch schon hunderte Male gestellt habe. Wenn nicht alles so schnell so intensiv geworden wäre. Wenn Colin geblieben wäre, als ich ihn am meisten gebraucht hatte. Wenn ich ihn nicht hätte gehen lassen.

Aber es wäre nicht gut für uns, zu sehr in der Vergangenheit zu wühlen. Nicht, wenn wir eine gemeinsame Zukunft haben wollen.

»Lass uns an diesem Wochenende nicht darüber sprechen, okay?«

»Klar, okay.« Seine Stimme ist gedämpft, als ich auf das Gaspedal drücke. In der Ferne erheben sich die Berge und begrüßen uns. Hoffentlich werden sie das einzig Distanzierte an diesem Wochenende sein.

»Ich wusste gar nicht mehr, wie sehr ich das Wandern liebe.«

»Ach, wirklich? Und warum liebst du es so?« Ich werfe ihm einen Blick über die Schulter zu, doch ich weiß ganz genau, worauf seine Augen hinter der dunklen Sonnenbrille gerichtet sind. »Komm schon, Colin!«

»Was?« Er zuckt mit den Schultern, während er näher zu mir aufschließt. »Ich kann einfach nicht anders, als deinen Hintern zu bewundern. Du hattest schon immer einen geilen Arsch.«

Ich lache laut auf. Nach der seltsamen Stimmung heute Morgen im Van haben wir zu einer Ausgelassenheit zurückgefunden, die wir schon immer miteinander hatten. Das war es auch, was mich damals so zu ihm hingezogen hat.

»Ich schätze, manche Dinge ändern sich nie.«

»Ich glaube auch nicht, dass es dir gefallen würde, wenn sie das täten.«

Im nächsten Moment werde ich von den Füßen gerissen und Colins Hintern taucht in meinem Blickfeld auf.

»Was zur Hölle, Colin?!«, schreie ich, während er den Weg hinaufrennt.

»Jemand muss dich doch auf Trab halten.«

Er setzt mich in der Nähe des Weges ab, wo wir zwischen gelben Espenbäumen versteckt sind. »Und warum denkst du, dass ich auf Trab gehalten werden müsste?«

Ich schlinge meine Arme um ihn, während die Blätter im Wind flüstern und das Feuer in Colins Augen meinen Körper zum Glühen bringt.

»Weil du jemanden brauchst, der nicht allem zustimmt, was du sagst. So wird dein Leben nicht langweilig.« Er fährt mit seinem Finger über den V-Ausschnitt meines Oberteils. Meine Haut, die von der Wanderung bereits gerötet ist, wird noch heißer. »Ich mag es …«

Er verstummt mitten im Satz.

»Was magst du?«

»Ich mag es, dass du immer noch so auf mich reagierst. Selbst nach all der Zeit.«

Er greift nach dem Reißverschluss an meinem Shirt und zieht ihn nach unten, sodass mein Sport-BH zum Vorschein kommt. Meine Brustwarzen sind unter dem Stoff schon ganz steif.

»Was soll das denn? Das können wir hier doch nicht machen.« Meinen Worten fehlt jeglicher Nachdruck. Colin könnte mich hier auf dem Weg zu Boden werfen und ich würde mich völlig all dem hingeben, was er mir zu bieten hat.

»Bist du dir da sicher?« Mit seinen vollen Lippen drückt er mir einen Kuss auf den Mundwinkel. »Wir haben schon seit Kilometern niemanden mehr gesehen.«

»Wir können trotzdem nicht …«

Colin stoppt meine Einwände mit einem leidenschaftlichen Kuss. Mein gesamter Körper wird von seinem eingenommen.

Die Art, wie seine Zunge die meine berührt, sendet heiße, pulsierende Stöße direkt in meine sich nach ihm verzehrende Mitte. Mein von der Sonne bereits aufgeheizter Körper steht kurz davor, zu explodieren, wenn Colin nicht gleich seine Hände auf meine nackte Haut legt.

Ich schlinge ein Bein um seine Hüfte und ziehe ihn näher an mich heran.

»Ich dachte, du wolltest das nicht machen, hm?« Das Lachen in seiner Stimme lässt mich aufblicken. Ich nehme ihm die Sonnenbrille von der Nase und setze sie ihm auf den Kopf.

»Glaubst du, du kannst schnell sein? Ich will nicht erwischt werden. Das würde kein gutes Bild abgeben.«

Das überhebliche Grinsen, das er mir schenkt, ist ganz und gar Colin. Ich spüre es in jeder Faser meines Körpers.

»Wart's nur ab, Rocky. Wart's nur ab.«

Ohne weitere Vorwarnung stellt er mein Bein wieder ab und zieht meine Leggings nach unten. Die kühle Brise auf meiner überhitzten Haut hilft kein bisschen gegen das brodelnde Verlangen nach ihm.

»Kannst du leise sein, Peyton?« Mit seinen Lippen wandert er meinen Hals hinunter und knabbert an meinem Schlüsselbein.

»Ja«, flüstere ich.

Colin schiebt einen Finger in mich und ich muss mir den Mund zuhalten, um das Stöhnen zu ersticken, das mir entweicht. Mit meiner freien Hand taste ich nach der Wölbung in seiner Jogginghose und streichle sie durch den dicken Stoff.

»Fuck. Ich liebe deine Hände auf mir«, flüstert er und fährt mit seiner Zunge über meinen Hals. Sein Daumen findet meine Klitoris und dreht dort lustvolle Kreise.

»Nicht so sehr, wie ich deine auf mir liebe.« Die Rinde des Baumes bohrt sich in meinen Rücken. Mit jedem Stoß von Colins Finger komme ich meinem Höhepunkt näher.

Doch ich will, dass er mit mir zusammen kommt.

Ich schiebe meine Hand in seine Hose und umfasse sein hartes Glied, das mehr als bereit ist und auch schon die ersten Lusttropfen verloren hat.

»Es wird nicht lange dauern. Seit zwei Wochen warte ich jetzt schon darauf, es endlich wieder mit dir tun zu können.«

Colin verändert seine Position und lässt seine Augen über meine erhitzte Haut gleiten. Dann schiebt er den

Stoff meines BHs nach unten und umfasst meine Brust mit seiner Hand.

Ich stehe kurz davor, zu explodieren. Seinen Schwanz in meiner Hand fahre ich daran auf und ab, um ihn ebenfalls dem Höhepunkt näherzubringen.

»Küss mich«, flüstere ich. Wir atmen einander ein, als wir beide gleichzeitig kommen. Heißes Sperma fließt über meine Hand, während Colin mich durch meinen eigenen Orgasmus hindurch küsst. Er beißt sanft in meine Unterlippe, um die Lust, die mich durchströmt, noch hinauszuzögern.

»Gott, hat sich das gut angefühlt.« Colin geht einen Schritt zurück und verpackt wieder alles fein säuberlich in seiner Jogginghose. Dann zieht er auch mich wieder an und küsst jede Stelle noch einmal, bevor sie aus seinem Blickfeld verschwindet.

»Das kannst du laut sagen.« Ich schließe die Augen und lehne mich erschöpft gegen den Baum, während Colin ein feuchtes Tuch aus seinem Rucksack kramt und damit behutsam meine Hand sauber macht.

Als er mir einen Kuss auf den Hals gibt, öffne ich schließlich die Augen wieder. »Wollen wir zurückgehen?«

Ich nicke und schmiege mich an seine Seite, während wir auf den Weg zurücklaufen. Er lacht in sich hinein.

»Was ist?«

»Und du hast dich gefragt, warum ich das Wandern so liebe.«

Kapitel Vierundzwanzig

COLIN

Ich vermisse Waffles.«

»Soll ich eines unserer Kissen zerreißen, damit du das Gefühl hast, er wäre hier?«, fragt Peyton und lächelt mich schelmisch an.

»Im Ernst jetzt. Ihm würde das hier sicher Spaß machen. Stattdessen werden dem armen kleinen Kerl die Eier abgeschnitten.« Wenn ich schon nur daran denke, durchfährt mich ein Schaudern.

»Das schafft er schon. Er ist dieses Wochenende bei Nicole in guten Händen, bis du ihn wieder abholen kommst.«

»Ich habe mich wirklich an die Gesellschaft dieses kleinen Kerls gewöhnt.«

Peyton lässt sich in meine Umarmung sinken. Der Campingplatz ist erstaunlich leer. Das Wetter war sehr gut, bis vor etwa einer Stunde dunkle Wolken aufgezogen sind.

»Ich verspreche dir, dass wir an einem anderen Wochenende noch einmal mit ihm zusammen herkommen werden.«

»Das hört sich gut an.« Ich drücke ihr einen Kuss auf

den Scheitel. Niemals hätte ich mir vorstellen können, vielleicht doch eine gemeinsame Zukunft mit Peyton zu haben.

Nachdem, wie die Sache zwischen uns auseinandergegangen war, hätte ich das nie für möglich gehalten. Ich habe diese ersten Wochen in Denver damals wie in Trance verbracht. Außerhalb der Season habe ich bis zum Umfallen trainiert, weil alles besser war, als Peyton zu vermissen. Ich weiß, ich sollte die Vergangenheit ruhen lassen, aber ich kann es einfach nicht. Denn ich weiß, dass sie irgendwann von selbst um die Ecke spitzeln wird.

»Was ist damals zwischen uns passiert, Peyton?«

Ihr Körper verkrampft sich in meinen Armen. »Ist das wirklich der richtige Zeitpunkt, um darüber zu reden?«

»Meinst du nicht, dass wir das um unserer Zukunft willen einmal tun sollten?«

»Na da schau einer an. Du benimmst dich ja fast wie ein Erwachsener.«

Ich verkneife mir ein Lachen. »Irgendwann musste das ja passieren.«

Peyton seufzt, sagt aber nichts weiter. Eine kalte Brise weht über den Campingplatz. Die Berge in der Ferne verstecken sich hinter den Wolken und sind nicht mehr zu sehen.

»Warum hast du mich verlassen?«, frage ich leise.

Sie dreht sich in meinen Armen und wirft mir einen stechenden Blick zu. »*Du* hast mich verlassen. Warum sagst du ständig, *ich* wäre gegangen? An einem Tag warst du noch in der Schule, und am nächsten Tag wurdest du von Denver gedraftet. Ich war am Boden zerstört.«

»Weil du mich weggestoßen hast!«

»Wie habe ich dich denn bitte weggestoßen?« Peyton steht auf und stemmt ihre Hände in die Hüfte, während ihr der Wind einzelne Haarsträhnen ins Gesicht bläst. Man kann die Wut, die von ihr ausgeht, förmlich spüren.

»Erinnerst du dich etwa nicht mehr an den Brief, den du mir geschrieben hast?«

Sie war ja schon des Öfteren wütend, aber so wie jetzt habe ich sie noch nie erlebt. Mein kleiner Feuer speiender Drache. »Meinst du nicht eher den Brief, den *du mir* geschrieben hast? Du hast gesagt, dass dir die Dinge nach dem Schock über die vermeintliche Schwangerschaft zu heiß wurden und du dich auf Football konzentrieren musst und dich deshalb zum Draft zur Verfügung stellst.«

Was zur Hölle? »Willst du mich verarschen? Du hast mir gesagt, dass dir das alles zu heiß geworden ist und ich zu dem Draft gehen soll, weil du dich auf die Schule konzentrieren müsstest. Dachtest du wirklich, ich würde einfach abhauen, nachdem ich deine Hand gehalten habe, als das Kondom gerissen ist und du dachtest, du wärst schwanger? Das wäre der arschigste Schritt gewesen, den ich hätte tun können.«

»Wir waren noch Kinder, Colin!«, schreit Peyton. »Keiner von uns beiden wäre bereit für ein Baby gewesen. Gott sei Dank war der Test negativ, denn du bist ja einfach gegangen.«

»Ich bin einfach gegangen? *Du* hast mich weggeschickt«, wettere ich. Ein erster Regentropfen trifft meine Stirn, aber ich ignoriere ihn. »Ich kann diesen Brief vorwärts und rückwärts aufsagen, Peyton. Es hat mich fertiggemacht, dass du mich nicht mehr gebraucht hast. Du hast gesagt, dass dir die Dinge danach zu heiß wurden und du nicht mehr mit mir zusammen sein wollen würdest.«

»So was hätte ich nie getan! Warum hätte ich dich bei all dem nicht an meiner Seite haben wollen? Ich war den ganzen Sommer über ein psychisches Wrack. Ich konnte es nicht ertragen, irgendwo zu sein, wo mich etwas an dich erinnert hat, also habe ich meine Sachen gepackt und bin gegangen. Ich hatte sogar überlegt, die Schule zu wechseln, aber meine Eltern haben mich nicht gelassen. Warum in aller Welt hätte ich dich also wegschicken sollen?«

»Du hast mir diesen Brief wirklich nicht geschrieben?« Ich atme tief durch und werde langsam etwas ruhiger. Peyton lässt resigniert die Schultern sinken.

»Nein, Colin. Das Letzte, was ich jemals wollte, war, dass du gehst.«

Ich mache einen Schritt auf sie zu, während der Regen immer stärker wird. Braune Locken kleben ihr im Gesicht. »Und wer wollte uns dann auseinanderbringen?«

»Fällt dir da wirklich niemand ein?« Ich hasse es, wie verbittert sie klingt.

»Das würde er niemals tun.«

»Und doch weißt du sofort, von wem ich spreche.«

Ich wische mir den Regen aus den Augen. »Nur weil mein Dad unsere Beziehung nicht befürwortet hat, heißt das noch nicht, dass er uns auseinandergebracht hat.«

»Als er mich letzte Woche gesehen hat, hat er mich angeschaut, als wäre ich ein Stück Scheiße an seinem Schuh. Deshalb wollte ich über dieses Thema nicht sprechen.«

Peyton will sich umdrehen, doch ich packe sie am Arm und halte sie auf. »Geh nicht weg. Nicht schon wieder.«

Da ist ein Lodern in ihren Augen, das ich so vermisst habe. Fuck, das war eines der Dinge, die ich am meisten an ihr geliebt habe. »Aber ich bin doch überhaupt noch nie weggegangen.«

Das ist es. Das ist alles, was ich hören muss, um meine Lippen mit ihren zu vereinen. Ihr Keuchen verhallt in meinem Mund, als ich ihren Körper an meinen presse. Die

Hitze ihrer Lippen wärmt mich von innen heraus und wirkt wie ein Schutzschild gegen den kalten Regen.

Wir sind so heiß aufeinander, dass die Funken nur so fliegen. Bei jedem Streicheln meiner Zunge gegen ihre schwillt mein Schwanz in meiner Hose etwas mehr an.

Alles, was ich will, ist sie. Peyton. Sie ist alles, was ich je wollte. Selbst, als ich sie nicht haben konnte.

Unser Kuss wird weniger stürmisch, aber nicht weniger intensiv, als ich Peyton mit dem Rücken gegen den Van drücke. Ein Donnergrollen in der Ferne lässt mich innehalten.

»Sollen wir vielleicht reingehen?«

Peytons Augen sind vor Lust ganz vernebelt und ihre Lippen geschwollen von meinen Küssen. Nimmt man dann noch den Regen dazu, der von ihren Wimpern tropft, macht sie das zur heißesten Frau, die ich je gesehen habe.

Ich öffne die Tür und ziehe sie hinter mir hinein. In diesem Moment bin ich äußerst dankbar für den Platz, den dieses Ding bietet. Ein Schauer durchfährt Peytons Körper.

»Lass mich dich aufwärmen.«

Ich ziehe sie zu mir heran. Das Henley-Shirt, das sie trägt, umspielt jede ihrer Rundungen. Ich befreie sie von dem feuchten Stoff und auf ihrer Haut erscheint eine Gänsehaut, als die kühle Luft darauf trifft. Ich stecke ihr eine verirrte Haarsträhne hinters Ohr, senke meinen Kopf und küsse ihr die Wassertropfen vom Gesicht.

Sie schmiegt sich an mich. »Colin.«

Ihre Halskette schimmert im Licht. *Rocky.* »Ich liebe es, dass du sie immer noch trägst.«

Diesen Spitznamen hatte ich ihr gegeben, weil sie die Berge so geliebt hat. Er ist mir bei unserem ersten Date herausgerutscht, und fortan habe ich sie nur noch so genannt. Die Halskette hat mich nicht mehr als zwanzig Dollar gekostet, als ich sie ihr damals geschenkt habe, doch Peyton hat sie trotzdem geliebt.

Und ich liebe es, sie immer noch an ihr zu sehen.

»Ich habe nie aufgehört, dich zu lieben.«

»Gott, ich auch nicht.«

Peyton presst ihre Lippen auf meine, und was auch immer sie in diesem Kuss sucht oder finden möchte, ich gebe es ihr. Ich versuche, ihr meine Gefühle für sie durch diesen Kuss deutlich zu machen. Durch jede Berührung meiner Hände auf ihrem Körper.

Ich bahne mir mit meinem Mund einen heißen Weg ihren Körper hinunter, während ich an ihrer entblößten Haut lecke und sauge. Peyton krallt sich in mein Haar und führt mich weiter gen Süden.

Sie riecht immer noch nach ihrem Vanille-Duschgel. Ich hatte ganz vergessen, wie gut sie schmeckt. Ich lasse mich auf die Knie fallen, ziehe ihr die Wanderstiefel aus und werfe sie hinter mich.

»Du siehst so verdammt sexy aus. So verdammt bereit für mich.« Ich beiße ihr sanft in die Hüfte, fahre mit einem Finger unter den Bund ihrer Leggings und lasse ihn zurückschnellen. Das leise Keuchen, das Peyton entweicht, sagt mir, dass ihr das gefällt. Ich ziehe die enge Hose an ihren Beinen bis zu ihren Füßen hinunter. Danach küsse ich mich wieder an ihrem Bein hinauf und knabbere an der weichen Haut der Innenseite ihres Oberschenkels.

»Aufs Bett mit dir«, raune ich und lasse vorher noch einen Kuss kurz über ihrem Schambereich da.

Peyton steigt aus ihrer Hose, dreht sich um und sieht mich an, während sie den kurzen Weg zum Bett zurücklegt. »Worauf wartest du noch?«

Die Lust in ihrer Stimme bringt mich dazu, mich sofort bis auf die Boxershorts auszuziehen und zu ihr zu gehen.

Jeder Zentimeter, den wir voneinander getrennt sind, ist ein Zentimeter zu viel. Ich möchte nie wieder von dieser Frau getrennt sein.

Ich lege sie an den Rand des Betts und betrachte dieses aufreizende Geschöpf vor mir.

Die Wölbung ihrer Brüste.

Ihre vom Küssen geschwollenen Lippen.

Ihre Hand, die unter den dünnen Stoff gleitet, der ihre Muschi bedeckt.

»Hey!« Ich ergreife ihre Hand, führe sie zu meinem Mund und sauge ihre Finger ein. »Das ist mein Part.«

»Dann beeil dich. Ich brauche dich.«

Ich brauche dich. Das werden ab jetzt wohl meine drei Lieblingswörter werden.

Ich wirble mit meiner Zunge um ihre Fingerkuppen, um zu schmecken, wie sehr sie mich wirklich will, und stöhne auf. Mein Schwanz ist so hart, dass es schon fast wehtut. Ich könnte mit ihr eine schnelle Nummer schieben, aber ich möchte ihr nicht nur ein kurzes Vergnügen bereiten. Ich möchte jedes kleine bisschen ihres Verlangens auskosten.

Ich küsse mir einen Weg an ihrem Bein entlang und sauge an der weichen Haut direkt unter ihrer Mitte. Mein Atem streift ihre Muschi und sie windet sich unter mir.

»Colin!«

»Geduld, Rocky. Geduld.« Ich lecke über die oberste Stelle ihres Schenkels. Peyton zu reizen war schon immer eine meiner Lieblingsbeschäftigungen. Und so, wie sie im Moment reagiert, scheint sie es zu hassen. Aber ich habe nicht vor, damit aufzuhören.

»Du machst mich fertig!«

Als ich aufblicke, sehe ich, wie sie sich frustriert vor lauter Lust ins Haar fasst.

»Wo willst du mich denn haben?« Ich senke meinen

Kopf zu ihrer Muschi und lecke über ihr Höschen. »Hier?«

Dann bewege ich mich ihren Körper hinauf und nehme eine Brustwarze durch den Stoff ihres BHs in den Mund. »Oder hier?«

»Ja!«, schreit Peyton schrill.

»Ja wozu?« Ich weiche zurück und reibe über die wachsende Beule in meinen Boxershorts.

»Zu allem. Ich will alles. Ich will dich überall.«

Ich beuge mich über sie, während ich ihre linke Brust und eine steinharte Brustwarze entblöße. »Dann also überall.«

Und ich lasse mir Zeit. Ich lecke und sauge an der festen Knospe und gebe Peyton alles, was ich habe, während ich die andere Brustwarze zwischen Daumen und Zeigefinger reibe.

»Das hat dir doch schon immer gefallen. Glaubst du, du könntest kommen, nur weil ich mit deinen Brüsten spiele?«

»Du weißt, dass ich das kann.« Sie hebt ihren Kopf und sieht mich herausfordernd an.

Alles klar.

Ich stütze mich auf meine Ellbogen und bahne mir einen feuchten Weg über ihr Dekolleté zu ihrer anderen Brust, wo ich sanft in ihre Knospe beiße und daran ziehe. »Hör nicht auf. Hör nicht auf, hör nicht auf, hör nicht auf.«

Mein Lächeln ist diabolisch. Ich weiß, dass Peyton dem Höhepunkt nahe ist, so wie sich ihr Körper unter meinem windet.

Ich setze meine Bemühungen fort und lasse eine Hand auf ihren Bauch gleiten, um sie an Ort und Stelle zu halten. Der Regen auf dem Dach des Vans ist laut, übertönt aber noch lange nicht Peytons Stöhnen und Keuchen.

Das schmerzhafte Pochen in meinem Schwanz wird dadurch nur noch stärker. Ich wünsche mir nichts sehnlicher, als in ihr zu sein, aber ich will, dass sie zuerst kommt. Mein Schwanz kann warten. Peyton ist im Moment wichtiger.

Ich umkreise ihre Brustwarze immer wieder langsam und bedächtig mit meiner Zunge, was sie schließlich zum Höhepunkt bringt.

»O Gott, ja!« Sie krallt ihre Finger in mein Haar und hält meinen Kopf an sich gedrückt, während sie sich ihrer Lust hingibt. Ich hebe meinen Blick und schaue in ihr ekstatisches Gesicht.

»Ich weiß, ich wiederhole mich, aber du siehst verdammt schön aus, wenn du so kommst.«

»Ich mag es, wenn du mich so kommen lässt.«

Ich gleite an ihrem Körper hinauf, als würde mein Mund wie ein Magnet von ihrem angezogen werden, und gebe ihr einen wilden Kuss. Ihr Körper liegt entspannt unter meinem, als ich uns umdrehe. »Denkst du, du kriegst das noch mal hin?«

Peyton strahlt. Ihr Haar fällt in Wellen nach vorn und umhüllt uns. Es fühlt sich an, als wären wir die einzigen zwei Menschen auf dieser Welt. Zarte Finger bahnen sich einen Weg über die Wölbungen meiner Bauchmuskeln. Mein Schwanz stellt sich immer weiter auf, je näher sie ihm kommt.

»Ich glaube, das schaffe ich.« Peyton umschließt meinen Schwanz mit ihrer Hand und mein Rücken wölbt sich. Es kommt mir wie eine Ewigkeit vor, seit sie mich das letzte Mal dort berührt hat, dabei sind seitdem erst ein paar Stunden vergangen. Ich sehne mich nach ihrer Berührung. Jetzt, wo ich sie habe, möchte ich sie nie wieder verlieren.

»Fuck, das ist unglaublich.«

»Freut mich zu hören.« Ihre Augen funkeln.

»Du beeilst dich besser, denn lange werde ich das nicht durchhalten.«

Peyton verändert ihre Position, sodass sie rittlings auf mir sitzt. Ihre Faust ist fest um mich gelegt, aber ihre Bewegungen sind langsam. »Ich mag es, dich so erregt zu sehen.«

Ich muss ein paar Mal beruhigend durchatmen, damit ich nicht sofort in ihrer Hand komme. Ich möchte in ihr sein. Ihre enge Hitze um mich herum spüren, während sie auf mir reitet.

»Leg los, Rocky. Ich will spüren, wie du auf meinem Schwanz kommst.« Ich packe sie an der Hüfte und schiebe sie nach vorn. Sie versteht den Wink, schnappt sich ein Kondom vom Tisch und streift es über meinen Schwanz. Dann richtet sie sich auf und lässt sich auf mich sinken, und ich muss mich wirklich zusammenreißen, um nicht wie ein Klappmesser nach oben zu schießen.

»Du siehst unglaublich aus.« Ihre Haut ist von ihrem vorangegangenen Orgasmus noch gerötet, während sie ihre Hüften über mir kreisen lässt.

»Und *du* fühlst dich unglaublich an.« Peyton beginnt, sich zu bewegen, und mit jeder Bewegung ihrer Hüften komme ich der Erlösung in ihr ein Stück näher. Gott, sie fühlt sich wirklich fantastisch an.

»Fuck. Ich bin so nah, Rocky.«

Es sollte mir peinlich sein, dass ich schon kurz vorm Kommen bin, aber das ist es nicht. Nicht bei Peyton. Ihre Bewegungen werden schneller, und ich weiß, dass sie genauso kurz davor ist wie ich.

Sie greift nach unten, um mit ihren Fingern über ihre Klitoris zu streichen, und ich weiß, dass es bald um mich geschehen ist. Sobald sie beginnt, sich um mich herum zusammenzuziehen, explodiere ich.

»Fuck!« Ein Donnergrollen bringt den Van zum Vibrieren, als wir beide zusammen kommen. Peyton hält sich tapfer auf mir und wirft ihren Kopf vor Vergnügen zurück, als ihr Orgasmus über sie hinwegrollt.

Dann bricht sie auf mir zusammen. Unsere Körper sind schweißgebadet. »Warum ist es jedes Mal besser als beim letzten Mal?« Ihr Atem streift meine Brust, während ich mit einem Finger langsam über ihren Rücken streiche.

»Das war schon immer so.«

Sie legt eine Hand auf meine Brust und sieht mich an. »Das war es wirklich, nicht wahr?«

Danach sind wir beide still. Während wir zusammen im Bett liegen, lässt der Sturm draußen langsam nach, fast so wie das, was sich zwischen uns beiden aufgestaut hatte. Wer auch immer damals für unsere Trennung verantwortlich war, wird ab jetzt kein Thema mehr sein. Ich werde keine dummen Briefe mehr zwischen uns kommen lassen.

»Versprichst du, dass wir nie mehr etwas zwischen uns kommen lassen werden?« Peytons Worte, die ein Echo meiner eigenen Gedanken zu sein scheinen, sind so leise, dass ich sie fast nicht gehört hätte.

»Nie mehr.«

Gott, nicht wenn ich es verhindern kann.

Denn jetzt, wo ich Peyton wiederhabe, habe ich nicht vor, sie je wieder gehen zu lassen.

Kapitel Fünfundzwanzig

PEYTON

»Peyton, gehst du mit zum Thanksgiving-Mittagessen?« Tammys Kopf erscheint über der Abtrennung meiner Bürowabe.

»Ich hatte es vor.«

»Super. Fährst du über Thanksgiving nach Hause?«

Ich schüttle den Kopf. »Nein. Meine Eltern werden meinen Bruder und seine Familie besuchen, also bleibe ich dieses Jahr hier. Ich freue mich schon darauf, ein paar Tage freizuhaben.«

Tammy lächelt mich an. »Du hast bisher wirklich einen guten Job gemacht. Earl ist sehr beeindruckt von deiner Arbeit.«

»Danke, Tammy. Es macht mir auch wirklich großen Spaß hier.«

»Mach weiter so. Wir sehen uns dann später beim Mittagessen.«

Ich schaffe es nicht, ein Lächeln zu unterdrücken. Seit Colins Gehirnerschütterung sind jetzt schon ein paar Wochen vergangen und während dieser Zeit waren wir so gut wie nie voneinander getrennt. Und heute wird er von seinem Team erfahren, ob er diese Woche nun spielen kann oder nicht.

Das Concussion Protocol kennt da kein Erbarmen.

Bevor ich mich zu sehr in meinen Gedanken verliere, erscheint Earls Kopf über der niedrigen Wand meiner Bürowabe. »Hätten Sie einen Moment Zeit?«

Ich lächle ihn an. »Selbstverständlich.«

Ich folge ihm und versuche, mich nicht von meiner Nervosität überwältigen zu lassen.

»Setzen Sie sich, Peyton«, sagt Earl und schließt die Tür hinter mir.

»Ist alles in Ordnung?« Ich versuche, meine Stimme entspannter klingen zu lassen, als ich es tatsächlich bin. Es geht doch nichts über ein spontanes Meeting mit seinem Chef, bei dem man sich fühlt, als würde man gleich gefeuert werden.

Earl schenkt mir ein freundliches Lächeln, was meine Nerven ein wenig beruhigt. »Tammy hat Sie in den höchsten Tönen gelobt.«

Ich atme erleichtert auf. »Hat sie das?«

»Auf jeden Fall. Und Suzanne, die Kommunikationsleiterin des Teams, ist von Colins Fortschritten höchst begeistert.«

»Er arbeitet aber auch wirklich gut mit.«

Es war – gelinde gesagt – ein holpriger Start. Gott sei Dank haben sich die Dinge geändert, denn wer weiß, wie es sonst jetzt mit uns beiden aussehen würde.

Earl lacht. »Es kann wirklich schwierig werden, wenn die Leute sich nicht ändern wollen. Colins Abwesenheit in der Klatschpresse ist auf jeden Fall eine sehr gute Sache.«

»Hoffentlich gehört dieser Lebensstil von ihm nun der Vergangenheit an.«

»Ich wollte Sie zu Ihrer Arbeit beglückwünschen.

Wenn Sie so weitermachen, werden wir nach Ihrem Abschluss auf jeden Fall einen Platz für Sie finden.«

»Das wäre fantastisch.«

Ein mulmiges Gefühl macht sich in meinem Magen breit, denn ich breche gerade die eine Regel, von der Earl meinte, dass sie nicht verhandelbar sei: Nicht mit dem Klienten zu schlafen.

»Ich lasse Sie jetzt weiterarbeiten und wollte Sie nur wissen lassen, dass Sie einen großartigen Job machen.«

Ich stehe auf und sehe ihn mit einem gespielten Lächeln an. »Danke, Earl. Ich weiß das sehr zu schätzen.«

Ich schüttle seine ausgestreckte Hand und mache mich zügig auf den Weg nach draußen.

Gedankenverloren stoße ich mit einem kräftigen Körper zusammen – einem, der mir äußerst vertraut ist.

»Hey, Rocky.« Colins strahlend weißes Grinsen verstärkt meine Nervosität nur noch mehr. »Was ist denn los?«

Seine Stimme wird ernst, als er den Ausdruck auf meinem Gesicht bemerkt. Er packt mich am Arm und zieht mich in einen leeren Besprechungsraum.

»Earl hat mir gerade gesagt, dass ich gute Arbeit mit dir leiste.« Ich würde jetzt am liebsten die Hand ausstrecken und ihn berühren. Mich von ihm beruhigen lassen, so wie nur er es kann.

»Und ist das etwas Schlechtes?« Colin hebt mein Kinn an, damit ich seinen Blick erwidere.

Ich trete einen Schritt von ihm zurück. Es fällt mir schwer, zu atmen, wenn er mir so nah ist. Dieser holzige Lavendelduft überwältigt mich immer auf eine äußerst positive Weise.

»Wir sollten nicht zusammen sein, Colin. Das könnte für uns beide ein böses Ende nehmen.«

»Was willst du damit sagen, Peyton?« Mir entgeht nicht

der ängstliche Unterton, den seine Stimme angenommen hat.

Ich hätte nie gedacht, eine zweite Chance mit Colin zu bekommen. Für mich lag das nicht einmal im Bereich des Möglichen. Doch jetzt, wo ich ihn wiederhabe, wird es immer schwieriger, unsere Beziehung geheim zu halten. Colin ist eine Person des öffentlichen Lebens. Es ist nur eine Frage der Zeit, bis es jemand herausfindet.

»Ich habe Angst, dass das zwischen uns nicht halten wird. Und was passiert, wenn ich meinen Job verliere?«

Colin sieht sich kurz um, bevor er mich weiter in den Besprechungsraum hineinzieht. Durch die Milchglaswände kann uns hier drin niemand sehen.

»Wir sind doch vorsichtig, Peyton. Es ist ja nicht so, als würden wir jeden Abend durch die Clubs ziehen.«

»Aber was ist, wenn uns jemand sieht?«

»Wer soll uns denn sehen?«

Ich schmiege mich an Colin, und sofort werde ich wieder ein wenig ruhiger. »Ich will einfach nicht, dass irgendetwas zwischen uns kommt. Aber irgendwie fühlt es sich so an, als würde die Welt versuchen, uns voneinander fernzuhalten.«

Colin streichelt mit seinen warmen Händen über mein Haar und flüstert mir ins Ohr: »Glaubst du wirklich, ich würde es zulassen, dass etwas zwischen uns kommt, jetzt, wo ich dich endlich wiederhabe?«

»Aber …«

»Kein Aber, Peyton.«

Ich lasse meine Stirn auf seine Brust sinken. Sein Herz schlägt in einem gleichmäßigen Rhythmus, ganz im Gegensatz zu meinem, das völlig außer Kontrolle geraten ist. »So schnell ändern sich die Rollen.«

»Was meinst du damit?«

Colin spielt mit seinen Fingern an den Haaren in

meinem Nacken, was wahnsinnig beruhigend ist. Ich muss mich wirklich zusammenreißen, um nicht vor Wohlbehagen aufzustöhnen.

»Früher war ich immer diejenige, die versucht hat, dich zu beruhigen. Und jetzt ist es genau umgekehrt. Ich hätte nie gedacht, dass sich das Blatt einmal so wenden würde.«

»Nennt man das nicht persönliche Entwicklung oder so?« Sein Lachen lässt mich sofort ruhiger werden.

Ich löse mich von ihm und schaue in diese blauen Augen, die ich so sehr liebe. »Du hast nur sechsundzwanzig Jahre dafür gebraucht. Ich bin so stolz auf dich.«

»Irgendwann muss es ja mal so weit sein, Rocky.«

Ich sehe mich um und vergewissere mich, dass wir immer noch allein sind. Dann stelle ich mich auf die Zehenspitzen und drücke Colin einen schnellen Kuss auf die Lippen. Tief in meinem Inneren weiß ich, dass ich das nicht tun sollte, aber im Moment brauche ich einfach etwas Sicherheit.

»Wieder alles klar mit dir?«, fragt Colin und küsst mich auf die Stirn.

Ich atme tief ein und versuche, meine Stimme beruhigt klingen zu lassen. »Ich glaube, ich musste es einfach nur aus deinem Mund hören.«

»Ich werde es dir so oft sagen, wie du es hören musst.«

Dieses Mal stehle ich mir einen längeren Kuss von ihm und überlasse es seinen Lippen, mich zu beruhigen.

»Wir sollten jetzt gehen, bevor noch jemand anfängt, nach dir zu suchen«, flüstert Colin. Aber er bewegt sich keinen Millimeter.

»Da hast du wahrscheinlich recht.«

»Kommst du heute Abend noch vorbei?«

Ich nicke. »Ja. Ich komme nach dem Mittagessen vorbei. Du triffst dich doch noch mit dem Mannschaftsarzt, oder?«

Er schenkt mir ein beruhigendes Lächeln. »Ich sollte am Sonntag wieder spielen können.«

Und schon ist die Nervosität wieder da.

»Wie oft hast du mich schon spielen sehen, Peyton?«, fragt Colin. Er tritt einen Schritt zurück und lehnt sich gegen den Tisch. Diesmal hilft der Abstand zwischen uns.

»Öfter, als ich zählen kann.«

Er nickt. »Und du kennst das Concussion Protocol. Es wird alles gut werden.«

»Das ändert aber nichts daran, dass ich mir trotzdem Sorgen mache.«

Colin streckt mir eine Hand entgegen, die ich nur zu gerne nehme. Seine Handflächen sind vom jahrelangen Footballspielen ganz rau. Sein Blick wandert zur Tür und dann wieder zurück zu mir.

»Ich werde immer mein Möglichstes tun, um auf dem Spielfeld so sicher wie möglich zu sein. Ich weiß, ich kann nichts versprechen, aber ich werde tun, was ich kann. Also versuch bitte, dir keine Sorgen zu machen, okay?«

»Okay.«

»Schön.« Colin grinst mich an. »Dann lass uns da rausgehen und so tun, als würden wir uns nicht das ganze Wochenende über nackt sehen.«

Kapitel Sechsundzwanzig

COLIN

»Also, wer muss heute gewinnen?« Peyton lässt sich neben mich auf die Couch sinken, während Waffles auf der anderen Seite von mir sitzt. Anstelle eines großen Thanksgiving-Dinners haben wir uns mit Junkfood eingedeckt. So wie wir es auf dem College auch immer gemacht haben.

»Detroit. Das würde uns in die beste Position bringen, wenn wir diese Woche gegen San Francisco spielen.«

»Freust du dich darauf, wieder auf dem Feld zu stehen?«, fragt Peyton und schiebt sich einen Chip in den Mund.

Ich nicke. »Sehr sogar. Ich hasse es, nicht mit den Jungs da draußen sein zu können.«

Ich war noch nie so froh über einen Besuch beim Mannschaftsarzt gewesen wie gestern. Für ein paar Wochen auszusetzen war ganz schön hart.

»Du wirst doch dabei sein, oder?«

Peyton lächelt und lehnt sich an meine Seite, als das Spiel losgeht. »Nichts könnte mich davon abhalten.«

Ich kann meine freudige Reaktion darauf nicht zurückhalten, beuge mich hinunter zu ihrem Hals und überhäufe ihn mit Küssen. »Ich liebe dich so sehr. Das weißt du, oder?«

Sie zuckt mit den Schultern. »Ich denke schon. Aber ich kann nie genug davon bekommen, es von dir zu hören.«

Ich lehne mich zurück und umfasse ihre Wangen mit meinen Händen. »Ich liebe dich.«

Es ist das erste Mal, dass ich genau diese Worte ausspreche, seit wir diese Sache zwischen uns begonnen haben. Aber eigentlich habe ich Peyton jede Minute geliebt, in der wir getrennt waren, und jetzt, wo wir wieder zusammen sind, liebe ich sie noch mehr.

Im Fernseher ertönt der Anpfiff zum Spiel.

»Ich liebe dich auch, Colin. Wir haben uns auf die seltsamste Art und Weise wiedergefunden, aber ich bin unendlich froh darüber.«

Das Spiel läuft im Hintergrund, während wir uns entweder küssen oder etwas essen. Irgendwann verzieht sich Waffles in sein Körbchen im Büro, weil er keine Lust mehr auf das Spiel hat. Ich liebe meinen Hund, aber ein großer Footballfan ist er nicht.

»Der Running Back wird den Ball bekommen«, trällert Peyton und steckt sich einen weiteren Chip in den Mund.

Ich spucke fast mein Bier aus. »Auf keinen Fall. Der Quarterback wird ihn auf jeden Fall behalten.«

Peyton schüttelt den Kopf. »Mit der Read Option? Detroits Quarterback entscheidet sich immer für die Übergabe.«

Ich schnappe mir die Fernbedienung und pausiere das Spiel. »Wollen wir darauf wetten?«

Peyton richtet sich auf und setzt sich im Schneidersitz hin. »Was schwebt dir vor?«

Mir ist bewusst, dass sich ein teuflisches Lächeln auf

meinem Gesicht ausbreitet, während ich Peyton ansehe. Keiner von uns beiden hat sich viel Mühe bei seinem Outfit gegeben. Nichts besonders Schickes, nur Jogginghose und T-Shirt, da wir ohnehin nur unter uns sind.

»Für jeden Spielzug, den ich richtig vorhersage, ziehst du ein Kleidungsstück aus. Für jeden Spielzug, den du richtig vorhersagst, ziehe ich ein Kleidungsstück aus.«

Peyton schüttelt den Kopf. »Auf keinen Fall. Innerhalb von dreißig Sekunden wärst du nackt.«

»Autsch. Denkst du wirklich, ich kenne mich so schlecht in dem Sport aus, den ich selbst betreibe?«

Ein freches Lächeln huscht über Peytons Gesicht. Gott, das ist noch eines der Dinge, die ich so an ihr liebe. Ihre wettbewerbsorientierte Seite.

»Nein, ich bin nur einfach verdammt gut.«

»Also schön. Wie wär's dann mit jedem Punktspiel ab diesem hier?«

»Abgemacht.« Peyton streckt mir eine Hand entgegen und ich schlage ein.

»Bereite dich schon mal drauf vor, dein Shirt zu verlieren.«

Wir lassen das Spiel weiterlaufen und beobachten, wie es sich entwickelt. Die Defense schnappt sich den Linebacker und macht es dem Quarterback somit leicht, den Ball an seinen Running Back abzugeben.

Mist.

»Ha! Ich hab dir ja gesagt, dass er ihn zum Running Back geben wird!« Peyton erhebt sich feierlich auf die Knie. »Deine Hose, bitte.«

Sie wackelt mit ihrem Hintern vor meinem Gesicht herum. Ich verpasse ihm einen kräftigen Klaps und stehe auf.

»Ich kann nicht glauben, dass ich da falschlag.«

Ich ziehe meine Jogginghose aus und werfe sie Peyton ins Gesicht. Ihr Lachen wärmt mich von innen heraus.

»Du konzentrierst dich mehr auf die Defense als auf die Offense. Und Detroits Quarterback hatte bis jetzt nicht viel Glück damit, den Ball zu behalten.«

Fuck, wie mich Peyton mit dem Herunterrasseln dieser Football-Statistiken scharfmacht.

Ich schüttle den Kopf und setze mich wieder auf die Couch. Detroit befindet sich in der Red Zone, nur noch zwanzig Yards von der Endzone entfernt.

»Okay, und was sagst du hier?«, frage ich und pausiere das Spiel erneut.

Peyton steht auf, geht zum Fernseher hinüber und schaut sich die Line ganz genau an. »Hey! So genau darfst du dir das nicht ansehen«, beschwere ich mich.

»Wieso? Ich muss doch erst einmal verstehen, was sie da machen.«

»Ich lasse es gleich weiterlaufen. Also?«

Ich will Peyton keinen Vorteil verschaffen. Das Mädchen kennt sich mit Football aus.

»Also gut. Out Route zum Receiver für einen Touchdown.«

»Übergabe an den Running Back«, erwidere ich und drücke die Play-Taste.

Das Spiel läuft weiter und der Quarterback übergibt den Ball an den Running Back. Die Offensive Line hält die Defense in Schach, während er hindurchstürmt und mühelos in die Endzone läuft.

»Fuck, yeah!« Ich reiße meine Arme nach oben. »Runter mit dem Shirt.«

Peyton grummelt vor sich hin, während sie sich ihres Oberteils entledigt. Ihre steifen Brustwarzen sind durch ihren BH hindurch sichtbar, während ihre Jogginghose tief auf ihrer kurvigen Hüfte liegt.

»Na, wie fühlt es sich an, zu verlieren?«

Peyton verschränkt die Arme und funkelt mich böse an. »Ich habe noch nicht verloren.«

»Wir werden sehen.«

Das Spiel geht weiter, sowohl auf als auch vor dem Bildschirm. Mal gewinnt Peyton, dann wieder ich, und nach und nach lassen wir die Hüllen fallen. Wir sitzen in der Zwischenzeit nicht mehr auf der Couch, sondern stehen wie zwei Bekloppte vor dem Fernseher. Wir tragen nur noch unsere Unterwäsche und stehen Brust an Brust. Jede Berührung ihrer Nippel an meiner Haut lässt meinen Schwanz in meinen Boxershorts etwas härter werden.

»Letzter Spielzug vor der Halbzeit. Sag an.« Meine Augen sind auf ihre gerichtet. Die Spannung, die in der Luft liegt, ist gewaltig. Ich kann ihr ansehen, wie sehr sie nicht verlieren will.

»Langer Wurf in die Endzone, wodurch Detroit den Ausgleich erzielt.«

Ich werfe einen Blick auf den Fernseher und betrachte das Spiel. »Philly wird sie aufhalten.«

Peyton schüttelt den Kopf. »Das wäre zu einfach.«

»Aber genau das wird passieren.«

Sie zieht eine Augenbraue nach oben, verschränkt die Arme und wendet sich wieder dem Fernseher zu. Ihre Brüste ruhen perfekt auf ihren Armen. Ich stelle mich hinter sie und lasse sie spüren, wie hart ich bin.

Mit meinen Händen auf Peytons Hüfte ziehe ich sie an mich, während wir gespannt dem weiteren Verlauf des Spiels folgen. Der Quarterback entkommt zwar der Pocket, läuft aber direkt in einen Linebacker.

»Du weißt, was das bedeutet.«

»Ich kann nicht glauben, dass ich verloren habe«, murrt Peyton.

»Oh, ja. Ganz schrecklich.« Ich verteile Küsse auf

ihrem Hals und ihrer Schulter. »Das hier muss dann wohl jetzt auch weichen.«

Ich gleite mit meinen Händen unter ihr Höschen und schiebe es herunter. Peyton steht regungslos da und bewegt sich nicht.

»Du bist ja nicht gerade kooperativ.« Ich küsse mich ihre Wirbelsäule entlang und spüre dabei jeden einzelnen Wirbel.

»Vielleicht musst du dich einfach ein bisschen mehr anstrengen«, meint Peyton und lässt ihre Hüften kreisen.

»Ist das so?«

Ich knabbere an der weichen Haut an ihrem Hintern. Ihr Stöhnen verrät mir, dass sie das mag.

»Gefällt dir das?« Ich mache das Gleiche auf der anderen Seite.

»Nein.«

»Dieses Spiel willst du also spielen, ja?« Ich stehe auf und drücke mich von hinten an sie.

Sie antwortet nicht, woraufhin ich mit meinen Fingern ihre Seiten entlangfahre und dabei die Unterseite ihrer herrlichen Brüste streife.

»Vielleicht, wenn es mir wirklich gefallen würde.«

»Irgendetwas sagt mir, dass es das bereits tut.« Ihre Knospen werden hart, als ich mit meinen rauen Handflächen darüber gleite. Sie beißt sich auf die Unterlippe und versucht, sich zu beherrschen.

Ich nehme ihre steinharten Nippel zwischen meine Finger und zwirble sie, was ihr ein lautes Stöhnen entlockt.

»So hört es sich also an, wenn dir etwas nicht gefällt?« Ich will gerade meine Hand wegnehmen, als ihre nach oben schnellt und mich an Ort und Stelle hält.

»Ich hasse es«, seufzt sie.

Ich lasse beide Hände nach unten gleiten, drehe Peyton in meinen Armen und gebe ihr einen stürmischen Kuss.

Ich liebe es, wie sich ihre Lippen auf meinen anfühlen. Doch Peyton gibt nicht klein bei. Sie kämpft darum, die Kontrolle über diesen Kuss zu bekommen.

Ich weiß, dass es sie verrückt macht, verloren zu haben. Ich kann es in der Art und Weise spüren, wie sie ihre Zunge über meine streifen lässt. Ich werde ihr diesen Moment gönnen. Denn ich werde sie in den Wahnsinn getrieben haben, bevor ich mit ihr fertig bin.

»Du bist keine sehr gute Verliererin, weißt du das?«, flüstere ich, als ich meine Lippen für einen Augenblick von ihren lösen kann.

»Und du bist ein ziemlich eingebildeter Gewinner.«

Peytons Hände wandern über meine Brust und spielen mit dem Bund meiner Boxershorts. Mein Schwanz war vorher schon steif, doch jetzt ist er hart wie Stahl.

Aber das ist es nicht, worum sich meine Gedanken gerade drehen. Ich sinke auf die Knie und atme den süßen Duft von Peytons Muschi ein.

»Wenn ich das hier als Preis bekomme?« Ich lege ihr Bein auf meine Schulter und öffne ihre Hitze für mich. Dann streiche ich mit meiner Zunge durch ihre Geilheit und labe mich an ihrem Geschmack. »Ja, da kann man schon mal eingebildet werden.«

»Fuck, das fühlt sich gut an«, stöhnt Peyton und lässt ihren Kopf nach hinten fallen.

Ihre Hände landen in meinem Haar und halten mich in Position. Während ich sie weiter mit meiner Zunge lieb-kose, schiebe ich zwei Finger in ihre Öffnung.

»O Gott, ich bin fast da!« Peyton zieht mich mit ihrem Bein noch fester an sich.

Ich lasse nicht locker. Ich will, dass Peyton mindestens einen Orgasmus hat, bevor sie noch mal auf meinem Schwanz kommt. Früher habe ich mich nie als besitzergrei-fend in Bezug auf Orgasmen betrachtet, aber bei Peyton?

Da will ich sie alle haben. Ich will die einzige Person sein, die ihr jemals diese Art von Vergnügen bereitet – die sie jemals so zu sehen bekommt.

Ich sauge an ihrer Klitoris, und ihre Schreie verraten mir, dass sie gleich kommt. Ich lege eine Hand um ihre Taille und drücke sie an mich, während sie mein Gesicht reitet. Diese Frau macht mich so geil, dass ich schon spüre, wie sich die ersten Lusttropfen anbahnen.

Als ihr Orgasmus langsam verebbt, stehe ich auf, stecke meine Finger in den Mund und lecke sie ab, während Peyton mich mit lustverhangenem Blick dabei beobachtet.

»Hasst du es immer noch, zu verlieren?«, flüstere ich und hauche ihr einen unschuldigen Kuss auf die Lippen. Ich halte meinen Mund nur wenige Millimeter von ihrem entfernt, und ihr leises Wimmern fühlt sich heiß auf meinen Lippen an.

»Ich verstehe nicht, inwiefern ich hier verliere.« Peyton lehnt ihren Kopf zurück und sieht mir in die Augen, bleibt ansonsten aber an meine Brust gedrückt.

Ich lasse meinen Blick über sie gleiten. Die Nippel hart. Die Brust gerötet. Der Mund geschwollen von meinem Kuss.

»Da ist was dran. Aber ich denke, ich muss trotzdem noch meinen Preis einfordern.«

»Und der wäre?« Peyton wandert mit einer Hand über meine Brust und schiebt meine Boxershorts nach unten, die bis zu meinen Knöcheln rutschen.

»Dass ich in dir bin.«

Peyton streicht mit ihrer Hand über mein steifes Glied, gerade genug, um mich zu stimulieren.

»Ist das so?«

Ein durchtriebenes Funkeln blitzt in ihren Augen auf, bevor sie auf die Knie sinkt und meinen pulsierenden Schwanz in sich aufnimmt.

»Fuck. Das habe ich damit nicht gemeint.«

Aber das ist mir herzlich egal. Peytons Lippen um meinen Schwanz zu spüren, ist pure Glückseligkeit. Wenn das die einzige sexuelle Handlung wäre, die wir bis ans Ende unseres Lebens ausführen dürften: Es könnte mir nicht weniger ausmachen.

Na ja, vielleicht ein bisschen.

Je schneller sie wird, desto näher komme ich dem Höhepunkt. Und ich will nicht in ihrem Mund abspritzen.

»Stopp.« Mit mehr Kraft als nötig, ziehe ich sie von mir weg. Peyton sieht äußerst zufrieden mit sich selbst aus, doch bevor sie sich versieht, ziehe ich sie rüber zur Couch und setze mich hin.

»Forderst du gerade deinen Preis ein?«

»Scheiße, ja. Ich will, dass du mich reitest.«

Peyton setzt sich auf mich und nimmt meinen feuchten Schwanz in ihre Hand. »Kondom?«

Ich schüttle den Kopf. »Mein letzter Test war negativ. Wenn es für dich okay ist, können wir loslegen.«

Peyton lächelt und nickt. »Na dann, los geht's.«

Als sie an mir hinabgleitet, bin ich kurz davor, zu explodieren.

Ihre enge Hitze um mich herum zu spüren, fühlt sich einfach phänomenal an. Ich gleite mit einem Finger über ihr Brustbein, unter ihren Busen und um ihren Nippel herum, was ihr ein Wimmern entlockt.

»Warum fühlt sich das nur so richtig an?«

Ich schiebe eine Hand in ihr Haar und bringe sie dazu, mich anzusehen. »Weil es wir beide sind, Rocky. Nichts war jemals so richtig wie das.«

Ich gebe ihr einen Kuss und drücke ihren Körper fest an mich, während sie anfängt, sich zu bewegen. Mit jedem Schwung ihrer Hüften nimmt sie mich tiefer in sich auf, und wir kommen beide dem Höhepunkt schneller näher, als uns lieb ist.

»Ich will, dass du noch einmal kommst.«

»Gleich.« Die Geräusche unserer abgehackten Atemzüge vermischen sich, als ich schließlich spüre, wie Peytons Unterleib sich um meinen Schwanz herum zusammenzieht. Das gibt mir den Rest und ich ergieße mich stöhnend in sie.

»Fuuuuuuuck.« Ich halte Peyton eng an mich gedrückt, während unbändige Lust unsere Körper durchströmt.

»Wie kann es nur jedes Mal noch besser werden?«, frage ich leise an Peytons Hals. Ihre Haut ist von Schweiß bedeckt.

»Keine Ahnung. Aber verdammt, es wird wirklich jedes Mal besser.«

Ich küsse mich ihren Hals entlang. »Ich nehme das mal als Kompliment auf.«

»Warum wusste ich nur, dass du so arrogant darauf reagieren würdest?«

Ich drehe uns um, sodass Peyton nun auf der Couch unter mir liegt. »Was soll ich sagen? Ich liebe es nun mal, zu hören, wie gut ich es dir besorge.«

Peyton streicht mit ihren Fingern über mein Gesicht und zeichnet meine Lippen nach. »Ich weiß, ich sollte das nicht sagen, weil es dir dann wieder zu Kopfe steigt, aber so gut war es bisher nur mit dir.«

Ich unterdrücke den Impuls, mit ›Natürlich war es das‹ zu antworten, weil es genau das wäre, was sie von mir erwartet. Aber mir geht es genauso. Das ist einer der vielen Gründe, warum ich mit all diesen anderen Frauen zusammen war.

»Du bist auch die Einzige, bei der es sich bis jetzt *so* angefühlt hat.«

»Du musst wirklich immer gewinnen, nicht wahr?«, fragt sie.

»Wenn das Verlieren immer so aussieht wie bei dir heute, würde ich jederzeit freiwillig auf einen Sieg verzichten.«

Kapitel Siebenundzwanzig

COLIN

»Na? Bereit, wieder da rauszugehen?«, fragt mich der Coach und kommt zu mir an den Spind. Ich habe es so vermisst, hier drin mit den Jungs zu sein. Die Energie, die an einem Spieltag herrscht, ist einfach mit nichts zu vergleichen.

»Mehr als bereit.«

Es waren sechs Wochen. Sechs lange Wochen, in denen ich zu Hause saß und meinem Team beim Spielen zusehen musste. Die Mountain Lions wollten mich nicht an der Seitenlinie haben. Ich kann es also kaum erwarten, wieder mit da draußen zu sein.

»Du bist in der Startaufstellung, wirst aber vielleicht nicht jeden Snap spielen.«

»Coach …«

Er schneidet mir das Wort ab. »Keine Widerrede. Ich weiß, dass du viel trainiert hast und wieder freigegeben bist, aber ich will trotzdem nicht, dass du irgendwelche unnötigen Schläge kassierst.«

Ich grummele und werfe meine Handschuhe von einer Hand in die andere.

»Verstanden?« Er wirft mir einen Blick zu, der sagt: *Wenn du spielen willst, dann nur unter dieser Voraussetzung.*

»Verstanden.«

Kaum ist Coach Brooks weg, drängen sich die Jungs um mich herum. »Ich kann es kaum erwarten, dich wieder auf dem Spielfeld zu sehen«, sagt Alex und zieht mich in eine Umarmung. »Wir haben dich vermisst.«

»Ich habe sogar langsam mit mehr Wiederholungen angefangen. Und es hat mir nur ein kleines bisschen gefallen«, gibt Logan lachend zu.

»Und ich kann es kaum erwarten, wieder in Vegas zu spielen.« Da ist ein Funkeln in Knox' Augen, das mir verrät, dass er den Typen dort am liebsten ausknocken würde.

»Ich freue mich wahnsinnig darauf, wieder auf dem Feld zu stehen«, sage ich und klopfe jedem von ihnen auf die Schulter.

»Und dein Kopf fühlt sich gut an?« Alex nimmt ihn zwischen seine Hände und sieht mich an, als würde er überprüfen wollen, ob damit auch wirklich alles in Ordnung ist.

»Entspann dich.« Ich stoße seine Arme weg. »Um mich wurde sich in den letzten Wochen gut gekümmert.«

Es war zwar wirklich ätzend, nicht spielen und nicht bei den Jungs sein zu können, aber dafür hat diese unfreiwillige Auszeit Peyton und mich näher zusammengebracht. Ich weiß, dass sie immer noch Bedenken bezüglich unserer Beziehung hat und wie das alles funktionieren soll, aber sie ist die eine, die ich will. Peyton und Football.

»Wie wäre es, wenn wir dann jetzt rausgehen und den Fans zeigen, was sie alles verpasst haben?«, fragt Alex.

»Scheiße, ja!« Ich folge meinen Mannschaftskameraden aus der Umkleidekabine und warte mit ihnen im Tunnel.

»Du gehst als Letzter raus, Colin. Die Fans wollen dich willkommen zurück heißen«, meint der Coach, während er auf das Spielfeld geht.

»Aber klar doch!«

Ich bin heiß darauf, endlich loszustürmen. Einer nach dem anderen werden die Spieler der beginnenden Offense auf das Spielfeld gerufen. Die Vorfreude steigt.

Nachdem Alex angekündigt wurde, warte ich darauf, ebenfalls aufgerufen zu werden, bis ich schließlich höre, wie der Ansager mich in dem tosenden Stadion begrüßt.

»Denver-Fans, auf die Beine mit euch! Lasst uns unseren Wide Receiver willkommen zurück heißen. Nummer siebenundachtzig, aus Tennessee … COLIN JAMES!«

Durch die Nebelmaschinen auf das Spielfeld zu laufen, ist das verdammt beste Gefühl auf der Welt. Die Fans rufen meinen Namen und ich winke ihnen zu. Cheerleader säumen das Feld, während ich auf den Huddle zurenne.

Dieses Gefühl, die Menge meinen Namen brüllen zu hören?

Unbeschreiblich!

»Los geht's, Jungs!«, rufe ich dem Team zu.

Wir gehen an die Seitenlinie, während die Rituale vor dem Spiel beginnen. Mein Blick schweift zu dem Platz auf der Tribüne, wo Peyton sitzt. Ich habe ein Foto von ihr in meinem Trikot gemacht, bevor ich ins Stadion gekommen bin.

Meine Nummer sah noch nie so gut aus.

Alex kommt zurück, nachdem er den Münzwurf gewonnen und den Ball erhalten hat. Ich bin so was von bereit, wieder da rauszugehen und den Fans zu zeigen, dass ich so gut wie neu bin.

Und genau das tun wir auch.

Wir gewinnen mit achtunddreißig zu zwanzig.

Kapitel Achtundzwanzig

COLIN

»Haben alle die Regeln verstanden?«, fragt Peyton und schaut in die Runde.

»Also, nur zur Sicherheit noch mal.« Eine Rothaarige aus der Gruppe von Alex hält ihre Hand hoch. »Wir rennen herum wie die Bekloppten und versuchen, anhand von Hinweisen bestimmte Orte in Denver zu finden, wo dann eine Person auf uns wartet, die uns weiterhilft. Und das Team, das als erstes in der Brauerei ankommt, gewinnt. Richtig?«

Nur, weil ich Peyton so gut kenne, sehe ich ganz eindeutig den ›Ist das jetzt dein Ernst?‹-Blick in ihrem Gesicht. »Ganz genau! Alle im Team müssen zusammenarbeiten. Und man darf sich nur zu Fuß oder mit dem Fahrrad fortbewegen.«

Für Anfang Dezember ist es erstaunlich warm in Denver. Als Peyton diese Schnitzeljagd organisiert hat, um Geld für die örtliche Wohltätigkeitsorganisation des Teams zu sammeln, war ich zunächst skeptisch. Mir war nicht klar, wie mir das weiterhelfen sollte, bis sie mir erzählt hat, dass die Lokalnachrichten über die Veranstaltung berichten würden.

Earl fraß ihr daraufhin förmlich aus der Hand.

Und nicht nur er.

»Colin, dürfte ich Ihnen ein paar Fragen stellen, bevor wir loslegen?« Kelsie, eine Lokalreporterin, wird unsere Gruppe begleiten. Außerdem habe ich Peyton davon überzeugt, ebenfalls mit unserem Team mitzukommen, anstatt am Ziel zu warten.

»Na klar.« Ich schenke ihr ein medienreifes Lächeln.

»In den letzten Wochen wurde viel darüber berichtet, wo man Sie überall in der Stadt zu sehen bekommen hat.«

Ich verziehe keine Miene. »Und wo hat man mich überall in der Stadt gesehen?«

Sie lächelt und zeigt mir ihre strahlend weiß gebleachten Zähne. »Abgesehen von diversen Wohltätigkeitsveranstaltungen wurden Sie eben *nirgendwo* gesichtet. Wie kam es zu diesem Lebenswandel?«

Ich senke den Blick und unterdrücke ein Lächeln, weil ich weiß, dass es wieder zu dem dümmlichen Grinsen werden würde, das Peyton immer in mir hervorruft. Ich räuspere mich und schaue wieder hoch zu der Reporterin. »Ich habe erkannt, was wirklich im Leben zählt, und deshalb beschlossen, mich zu ändern. Ich bin nicht mehr derselbe junge Mann, der ich war, als Denver mich damals gedraftet hat. Also will ich dem Team, das mir so viel bedeutet, zeigen, was mir sonst noch in meinem Leben wichtig ist. Anderen zu helfen. Football zu spielen. Ein guter Mannschaftskamerad zu sein.«

»Die Fans sind absolut begeistert. Alle wollen wissen, ob Sie immer noch Single sind.« Kelsie lächelt mich hoffnungsvoll an.

»Wollen das wirklich die Fans wissen, oder Sie, Kelsie?« Ich ziehe eine Augenbraue nach oben.

Da kommt Peyton auf uns zu und unterbricht unser Gespräch. »Vielen Dank, Kelsie. Wir müssen jetzt langsam anfangen.«

»Oh, sicher doch.« Sie sieht etwas enttäuscht aus, doch ich bin äußerst dankbar, dass Peyton eingeschritten ist.

»Woher wusstest du, dass ich Hilfe brauche?«, flüstere ich, während ich meinen Blick auf die Gruppe richte, mit der wir heute zusammenarbeiten werden.

»Ich habe es vermutet.«

»Du hast es vermutet? Oder warst du etwa eifersüchtig, dass ich mit einer anderen Frau gesprochen habe?« Ich stoße sie mit meiner Schulter leicht an.

»Entgegen der landläufigen Meinung ist nicht jede Frau auf jedes andere weibliche Wesen gleich eifersüchtig, nur weil ein Mann einen Blick darauf wirft. Ich wollte nur nicht, dass sie irgendwelche bohrenden Fragen stellt, die in dem Artikel, den sie schreibt, ein schlechtes Licht auf dich werfen könnten.«

»Verdammt, Rocky. Du bist gut.«

Peyton dreht sich auf dem Absatz um und läuft rückwärts auf unsere Gruppe zu. »Was soll ich sagen? Deshalb kriege ich ja all die guten Jobs bei Earl.«

Das trifft einen wunden Punkt bei mir. Earl hat uns zusammengebracht, doch gleichzeitig ist er der Grund, warum wir nicht zusammen sein können. Ich würde sie so gerne in meine Arme schließen und ihre Hand halten, während wir diese alberne Schnitzeljagd machen, aber ich darf nicht.

Und wenn sie einen Vollzeitjob bei Earl bekommt? Dann hätte ich keine Ahnung, wie ich mich durch diese tückischen Gewässer navigieren sollte. Momentan ist sie eine unbezahlte Praktikantin, die diesen Job für ihren Masterabschluss braucht. Aber als Vollzeitangestellte? Da könnten wir auf keinen Fall zusammen sein.

Ein mulmiges Gefühl überkommt mich. »Bist du bereit?«

Peyton mustert mich, und ich weiß, dass sie meine veränderte Stimmung wahrnimmt. Ich fühle, wie sich mein Nacken verspannt. Kopfschmerzen kann ich jetzt wirklich nicht gebrauchen. Und an dieser Situation zwischen uns können wir jetzt im Moment auch nichts ändern.

Sie nickt und wendet sich den anderen Teams zu. »Alles klar. Sind alle bereit?«

Um uns herum ertönen laute Jubelschreie. Alle wollen endlich loslegen.

»Na dann, los geht's!«, ruft Peyton, und alle Teams reißen die Umschläge auf, die sie erhalten haben.

Wo gibt es in Denver eine Stelle, die mit »Mile High« markiert ist? Findet diese Stelle für euren nächsten Hinweis!

»Das ist einfach! Beim State Capitol Building!«, flüstert Logan mir zu.

Man muss diesen Jungen einfach mögen. Als ich den anderen Kapitänen von der Veranstaltung erzählt habe, wollte er auch mit dabei sein und hat sich meiner Gruppe angeschlossen.

Um uns herum stürmen die Teams los.

»Laut GPS sind es von hier aus nur zehn Minuten zu Fuß«, meint Audrey.

Logan hat sie als seine Begleitung mitgenommen. Ich hatte schon bei unserem Eröffnungsspiel geahnt, dass es zwischen den beiden funkt, aber das hier bestätigt es nun.

»Wir sind schneller, wenn wir rennen!«, ruft Logan.

Unsere Gruppe sprintet los, während Peyton und ich gemächlich hinterherjoggen.

»Du hast nichts davon gesagt, dass das heute so ein anstrengender Tag werden würde.« Ich zwinkere ihr zu.

»Ich kann nichts dafür, wenn diese ganzen Sportler direkt in den Wettkampfmodus wechseln, wenn sie aufeinandertreffen.«

»Wenn ich gewusst hätte, was wir hier wirklich machen, hätte ich ein paar andere, spaßigere Aktivitäten vorgeschlagen, die den Puls in die Höhe schnellen lassen.«

Wir werden langsamer, als wir uns einer roten Ampel nähern.

»Sprich ein wenig leiser!« Peyton sieht sich um, um sicherzustellen, dass mich auch niemand gehört hat.

»Entspann dich. Es ist alles gut.« Die anderen Gruppen rennen über die Straße.

Peytons Wangen sind von dem kurzen Lauf gerötet. »Was, wenn dich jemand hört und Earl davon Wind bekommt? Was dann?«

»Ich weiß es nicht, Peyton«, antworte ich ihr wahrheitsgemäß. »Aber wenn du irgendwann für ihn arbeiten solltest, müssen wir uns ohnehin etwas einfallen lassen.«

»Ich wüsste nicht, was wir uns da einfallen lassen könnten.« Ihre Stimme klingt niedergeschlagen, als sie die Straße überquert und mich hinter sich lässt.

Ihre hängenden Schultern passen zu meinen momentanen Gefühlen. Denn es stimmt: Wie sollten wir mit dieser Situation umgehen?

Ich schiebe diese Gedanken beiseite und folge dem Rest meines Teams. Drei Gruppen sind bereits vor uns. Ich frage mich, ob die restlichen Hinweise zufällig verteilt werden, denn zwei Teams laufen in komplett unterschiedliche Richtungen davon. Logan und Audrey finden die gesuchte Person auf der Treppe des Capitol Buildings und schnappen sich den nächsten Umschlag.

»Ich bin vor Kummer schon ganz blau. Kannst du mir

eine große, bärige Umarmung geben?«, liest Audrey laut vor. »Vor Kummer schon ganz blau?«

Peyton steht neben uns und sagt kein Wort, da sie sich ja die Hinweise ausgedacht hat.

»Was zum Teufel ist denn blau?«, fragt Logan laut.

Kelsie packt mich am Arm. »Der blaue Bär im Convention Center!«

»Das ist genial!«, ruft eines der Mitglieder unseres Teams von weiter hinten, und alle setzen sich wieder in Bewegung.

Unser nächstes Ziel ist nur knapp eineinhalb Kilometer entfernt, aber mein Enthusiasmus geht in der Zwischenzeit gen Null.

Ich gewinne die Fans von Denver zurück. Die Mannschaft liebt mich. Aber schaffe ich es auch, dass mich die eine Person weiterhin liebt, die es eigentlich nicht darf?

Auf dem College, wo es nur uns beide gab, war alles so viel einfacher.

Kapitel Neunundzwanzig

PEYTON

»Peyton, Earl möchte dich in seinem Büro sprechen.« Die Härte in Tammys Stimme macht mich nervös. Seit ich hier arbeite, war sie immer nur freundlich zu mir. Dieser ungewohnte Tonfall jagt mir einen Schauer über den Rücken.

»Na klar.« Ich schnappe mir mein Notizbuch, wappne mich seelisch auf das, was gleich kommen mag und mache mich auf den Weg in Earls Büro. Er sieht nicht gerade glücklich aus.

Shit. Das kann nichts Gutes heißen.

»Weswegen wollten Sie mich sprechen, Earl?«, frage ich so selbstbewusst, wie ich kann.

»Wegen etwas eher Unangenehmem, Peyton.« Er schüttelt den Kopf. »Ich fürchte, ich muss Sie entlassen.«

Mir dreht sich beinahe der Magen um.

»Waren meine Leistungen nicht zufriedenstellend?«, frage ich mit einem Zittern in der Stimme, das ich nicht verhindern kann.

»Doch. Und genau das macht es ja so schwer.« Earl verschränkt die Hände und lehnt sich über seinen Schreibtisch. »Mir ist zu Ohren gekommen, dass Sie sich mit einem unserer Klienten treffen.«

»Okay.« Ich versuche, zu schlucken, aber es gelingt mir nicht. Wie um alles in der Welt konnte er das herausfinden? Colin und ich waren so vorsichtig. Wir waren immer so vorsichtig.

Aber kann man seine wahren Gefühle für jemanden, den man liebt, überhaupt jemals ganz verbergen?

»Peyton. Ich habe Regeln aus einem ganz bestimmten Grund. Es ist leicht, sich von Leuten hinreißen zu lassen, die einem große Versprechungen machen. Ich habe schon zu viele Menschen abstürzen sehen, weil sie diese Sport-Stars beim Wort genommen haben. Das verursacht nur Schwierigkeiten, und das ist es nicht wert.«

Ich nicke und meine Augen füllen sich mit Tränen. *Fang jetzt bloß vor Earl nicht an, zu heulen.*

»Darf ich fragen, wie Sie davon erfahren haben?«

Earl zieht die Stirn in Falten. »Die Tatsache, dass Sie es nicht leugnen, sagt mir alles, was ich wissen muss.«

»Ich glaube nicht, dass ich mir einen Gefallen damit tun würde, es zu leugnen.« Dieses Mal löst sich eine einzelne Träne. Ich wische sie weg und bin so frustriert über die Situation, in der ich mich gerade befinde.

»Ich habe diese Regeln aus einem bestimmten Grund, Peyton. Ich wünschte, es wäre nicht so weit gekommen, aber ich kann Sie nicht anders behandeln als den Rest der Belegschaft.«

Ich nicke. »Das verstehe ich. Ich weiß die Möglichkeit, die Sie mir geboten haben, sehr zu schätzen.« Ich stehe auf und wende mich Richtung Tür.

»Sie haben eine vielversprechende Zukunft vor sich. Ich wünsche Ihnen alles Gute«, sagt Earl mit einem angespannten Lächeln, bevor ich schließlich sein Büro verlasse.

Ich habe das Gefühl, als ob alle Augen auf mich

gerichtet wären, als ich mich auf den Weg zurück zu meinem Arbeitsplatz mache, um meine Tasche zu holen.

Alles, worüber ich mir Sorgen gemacht habe, ist endlich eingetreten.

Habe ich so oft darüber nachgedacht, dass ich es letztendlich in meinem Leben manifestiert habe?

Colin war sich ganz sicher, dass alles gut werden würde.

Aber im Moment ist gar nichts gut.

Zu Beginn des Semesters war die Vision meiner Zukunft glasklar und zum Greifen nah.

Jetzt ist sie nur noch ein verschwommenes Abbild meiner Träume. Ich habe keinen Praktikumsplatz mehr – den ich aber für meinen Abschluss brauche.

Wie, um alles in der Welt, soll ich jetzt meinen Traum noch verwirklichen?

COLIN

»Es wird alles gut, Waffles.«

Ich gehe in meinem Wohnzimmer auf und ab, seit Peyton mir geschrieben hat, dass sie auf dem Weg hierher ist. Es ist mitten am Tag, also kann ich mir nicht vorstellen, dass es einen positiven Anlass dafür gibt. Außerdem hat sie mir erzählt, dass sie diese Woche im Büro sein muss, was meine Nervosität noch wachsen lässt.

Mein Bauchgefühl hat mir gesagt, einen Blick in die Nachrichten zu werfen und zu schauen, ob es dort irgendetwas zu lesen gibt. Über uns oder vielleicht über mich – ich war mir nicht ganz sicher, wonach ich genau suchen sollte.

Aber da war nichts.

Welchen Grund Peyton auch immer hat, jetzt hierherzukommen: Es wird wahrscheinlich nichts Gutes sein.

Ein leises Klopfen an der Tür lässt mich zum Eingang stürmen, während Waffles mir um die Beine springt.

»Peyton …« Die Worte bleiben mir im Hals stecken.

Ich glaube nicht, dass ich sie jemals so am Boden zerstört gesehen habe. Ihre Augen sind feuerrot und ihre Wangen geschwollen.

»Was ist passiert?«

Ich strecke meine Arme aus, um sie an mich zu drücken, aber sie geht einfach an mir vorbei.

Shit. Das ist nicht gut.

»Earl hat mich gefeuert.«

»Was ist passiert?« Angesichts dessen, dass momentan keine negativen Schlagzeilen über mich kursieren, nehme ich an, dass ich den Grund kenne. Aber ich muss ihn trotzdem aus ihrem Mund hören.

»Er hat das mit uns herausgefunden.«

»Was? Wie?« Mein Nacken spannt sich an, und ich reibe mit einer Hand darüber, um die Verhärtungen zu lösen.

»Ich weiß es nicht!«, meint Peyton nur, bevor sie in Tränen ausbricht. »Es lief doch alles so gut. Niemand wusste von uns, und jetzt habe ich keinen Job mehr!«

Jetzt ist es Peyton, die auf und ab geht. Waffles sitzt auf der Couch und sein Kopf springt zwischen uns beiden hin und her wie bei einem Tennisturnier.

»Was kann ich tun, um dir zu helfen?«

»Wie könntest du mir hier bitte helfen? Earl hat seine Regeln!«

»Vielleicht könnte ich den Agenten wechseln?«

»Das glaubst du doch wohl selbst nicht«, meint Peyton spöttisch.

»Ich werde mir etwas einfallen lassen.«

»Du hast einen Vertrag mit ihm. Du kannst nicht einfach gehen.«

»Und was schlägst du dann vor?« Meine Stimme klingt wütender, als beabsichtigt, aber die Frau vor mir ist frustriert. Und wütend. Und traurig. Eine tödliche Kombination.

»Es sind nur noch ein paar Wochen bis zum Ende des Semesters. Ich bezweifle, dass ich irgendetwas, was ich in diesem Semester gemacht habe, angerechnet bekomme. Und ohne das kann ich meinen Abschluss nicht machen.«

Als ich diesmal zu Peyton hinübergehe, lässt sie sich von mir in die Arme schließen. »Wir finden gemeinsam eine Lösung.«

Peyton sagt nichts und vergräbt lediglich ihr Gesicht in meiner Brust. Meine Angst steigt ins Unermessliche.

»Ich weiß, dass es im Moment nicht danach aussieht, aber wir werden das schaffen.« Ich streiche ihr mit den Händen durchs Haar und versuche, sie etwas zu beruhigen.

»Der Grund, warum ich überhaupt erst in so eine Situation gekommen bin, ist, dass wir zusammen sind.«

»Was willst du damit andeuten?«

Furcht überkommt mich. Ich wusste zwar, dass Peyton so ihre Zweifel hat, was unsere Beziehung angeht, aber so deutlich wie gerade eben hat sie das noch nie ausgedrückt. Peyton stößt sich von mir ab und verschränkt die Arme vor sich.

»Dass ich einfach ein wenig Zeit brauche, um über all das nachzudenken«, flüstert sie.

»Peyton, mehr Zeit wird da auch nicht helfen.« Ich will wieder nach ihr greifen, doch sie weicht meiner Hand aus. Ich spüre, wie sie mir entgleitet.

»Colin.« Als sie mich schließlich ansieht, bricht mir das Herz.

Es zerspringt in meiner Brust. Mit jeder Träne, die ihr über die Wangen rinnt, fallen winzig kleine Splitter meines Herzens zu Boden.

»Tu das nicht, Peyton«, flehe ich und schüttle den Kopf. Ich will sie nicht verlieren. Ich *darf* sie nicht verlieren. Nicht schon wieder.

Sie einmal zu verlieren, hat bereits mein ganzes Leben auf den Kopf gestellt.

Aber sie ein zweites Mal zu verlieren?

Ich glaube nicht, dass ich mich jemals davon erholen würde.

»Ich fange an, zu glauben, dass es einfacher gewesen wäre, wenn wir unsere Vergangenheit einfach Vergangenheit hätten sein lassen.«

»Wir finden eine Lösung. Ich kann dir einen anderen Agenten suchen, für den du arbeiten kannst.«

Peyton geht auf mich zu und drückt ihre Hand auf meine Brust.

Ich klammere mich an ihr fest. Denn ich weiß, dass dies das verdammt letzte Mal sein wird. Dass ich sie nie wiedersehen werde, sobald sie durch diese Tür geht.

Die Frau, die mir damals im College das Herz aus der Brust gerissen hat, tut es erneut.

»Mach's gut, Colin.«

Ich bringe keinen Ton heraus.

Diese Worte sind zu real. Zu endgültig.

Ich kann ihr nicht in die Augen sehen, aber ich sauge sie ein letztes Mal in mich auf. Selbst mit den Tränen, die ihr übers Gesicht laufen, ist sie die schönste Frau, die mir je begegnet ist.

Die einzige Frau, die ich je geliebt habe. Niemand kennt mich besser als Peyton. Ich hatte nie das Bedürfnis, mich jemandem so zu zeigen, wie ich mich ihr gezeigt habe. Sie ist die Einzige, die es wert ist.

Und jetzt geht sie einfach. Sie krault Waffles ein letztes Mal am Kopf und wendet sich von mir ab.

Ich warte. Und beobachte.

Ich will, dass sie einsieht, dass alles, was sie gerade gesagt hat, ein großer Fehler war und dass wir diese Situation gemeinsam meistern werden. Aber ich sehe, wie sie tief einatmet und die Tür öffnet.

Und dann ist sie einfach weg.

Alles, was von meinem Herzen noch übrig ist, zerfällt zu Asche.

Denn verdammte Scheiße: Ich habe Peyton verloren.

Kapitel Dreißig

PEYTON

»Wie lange willst du denn noch im Bett bleiben?«, fragt Grier und legt sich neben mich.

»Ungefähr so lange, wie ich brauche, um über Colin hinwegzukommen.« Jedes Mal, wenn ich seinen Namen ausspreche, zieht sich mein Herz schmerzhaft in meiner Brust zusammen.

»Ach, Süße. Da draußen muss es doch einen Job für dich geben«, meint Grier und streicht mir die Haare aus der Stirn.

»Ich habe schon gesucht. Es gibt keine anderen Agenturen mit Sitz in Denver.«

»Und was ist mit der Agentur, die Colin früher vertreten hat?«

Ich schüttle den Kopf. »Die ist nach Vegas umgezogen, als sich das Team dort niedergelassen hat. Es gibt einfach keine anderen.«

»Verdammt.«

»Ich hätte es besser wissen müssen.« Ich drücke meine Augen fest zu und versuche, eine weitere Heulattacke zu unterdrücken. Da ich keinen Job mehr habe, dem ich nachgehen müsste, gibt es nur wenig, was mich von dem schrecklichen Schmerz in meinem Herzen ablenkt.

»Du konntest doch nicht wissen, dass das passieren würde.«

»Earl hat mich bereits am ersten Tag über seine Klientenintimitätsausschlussklausel unterrichtet. Und ich habe sie einfach missachtet.«

»Aber wie hat er das bloß herausgefunden?«

Das ist in der Tat die Millionen-Dollar-Frage. Colin und ich waren bei jeder Veranstaltung extrem vorsichtig. Wir haben uns nie berührt, nie umarmt. Ich habe immer darauf geachtet, professionell zu bleiben.

An welcher Stelle konnte da nur etwas durchgesickert sein?

»Keine Ahnung. Aber tut das überhaupt noch etwas zur Sache?«

Ich vergrabe mein Gesicht in den Kissen und breche erneut in Tränen aus.

Wird das jemals wieder aufhören?

»Okay. Ich ertrage es nicht, dich so zu sehen. Es bricht mir selbst das Herz. Wir müssen etwas tun, das dir hilft.«

»Ich will mich nicht betrinken gehen.«

»Du wieder!«, meint Grier und verpasst mir einen leichten Schlag auf den Arm. »Ich hatte da etwas ganz anderes im Sinn.«

Nur eine Stunde später schleift mich Grier bereits in ein Boxstudio.

»Du weißt, dass ich so was noch nie gemacht habe, oder?«

Sie nickt. »Ja, aber du musst deinen Kummer

irgendwie anders rauslassen, als nur den ganzen Tag in deinem Zimmer zu sitzen und zu heulen.«

»Kannst du das etwa hören?«

»Die Wände sind dünn wie Papier. Natürlich kann ich das hören.«

»Tut mir leid.«

Grier legt einen Arm um meine Schulter und drückt mich an sich. »Dafür musst du dich doch nicht entschuldigen. Ich weiß zwar nicht genau, wie du dich fühlst, aber es macht mich echt fertig, dass du so was gerade durchmachen musst.«

»Ich bin so froh, dass ich dich habe.«

»Und das wird sich auch nie ändern.« Grier führt mich zu einem Standboxsack. »Und jetzt darfst du wie eine Verrückte auf etwas einschlagen.«

Ich nehme das Paar Handschuhe entgegen, das sie mir hinhält. »Und ich schlage da jetzt einfach drauflos?«

»Ganz genau. Ich war schon ein paar Mal hier, und gerade ist freie Trainingszeit, also fang einfach an, zu schlagen.«

»Dir ist bewusst, dass ich mich grauenhaft anstellen werde?«

»Ach Quatsch! Ich weiß doch, wie du dich in Dinge reinfuchsen kannst, Peyton. Du kriegst das schon hin.«

Grier stellt sich hinter den Boxsack, während ich mir die Handschuhe anziehe und festbinde. Sie sind klobig und viel zu groß, aber trotzdem ausreichend, um meine Hände zu schützen.

Ich schüttle meine Arme aus, bevor ich mich an einem Schlag versuche, doch meine Hand prallt ohne jeglichen Effekt von dem Sack ab.

»Hand hoch ans Kinn. Achte auf einen festen Stand, bevor du zuschlägst, damit du mehr Kraft in deinen Schlag legen kannst«, weist Grier mich an.

Dieses Mal treffe ich die Mitte des Boxsacks. »Scheiße, das hat sich gut angefühlt.«

»Nicht wahr?« Griers Augen leuchten. »Und jetzt mach einfach weiter so.«

Noch bevor sie zu Ende gesprochen hat, schlage ich ein zweites Mal zu.

»Warum wusste ich nichts davon, dass du hier regelmäßig herkommst?«

Grier zuckt mit den Schultern. »Ich komme immer hierher, wenn ich mal Zeit für mich brauche und den Kopf freibekommen muss.«

Ich malträtiere den Boxsack mit meinen Fäusten. Immer und immer wieder. Ohne Unterlass und so fest ich kann.

Zum ersten Mal seit einer Woche fühlt sich mein Kopf wieder etwas klarer an. Der Nebel, der sich dort eingenistet hat, löst sich langsam auf. Genauso wie das Gefühl, sich durch Treibsand zu bewegen und keine Luft mehr zu bekommen.

Mit jedem Schlag auf den Boxsack fühle ich mich etwas besser.

Die Art von Liebe, die Colin und ich füreinander empfanden, brannte heiß und hell, und der Schmerz darüber, ihn verloren zu haben, wird nicht so schnell vergehen. Aber ich weiß, dass ich Grier bei jedem Schritt an meiner Seite haben werde.

»Respekt, Süße. Das solltest du öfter machen.«

Ich schüttle meinen Arm aus und spüre das Brennen der Muskeln darin. »Das fühlt sich wirklich gut an.«

»Du siehst auch schon viel besser aus.« Grier spitzt hinter dem Boxsack hervor und lächelt mich an.

Ich stütze meine behandschuhten Fäuste auf meine Hüften und atme tief ein. »Vielleicht sollte ich das einfach jeden Tag machen, dann komme ich schon irgendwann über ihn hinweg.«

»Wenn du so weitermachst, wirst du bald eine MMA-Kämpferin sein.«

»Vielleicht könnte das ja meine neue berufliche Laufbahn werden.« Die Realität trifft mich wie ein Schlag ins Gesicht.

Wenn ich morgen aufwache, werde ich keinen Job haben.

Ich werde keinen Colin haben.

Und ich werde von Glück reden können, wenn ich irgendwie einen Weg finde, meinen Abschluss hinzukriegen.

Ich liebe diese Stadt. Sie ist zu meinem zweiten Zuhause geworden, nachdem ich Knoxville verlassen hatte. Ich wollte nie von hier weggehen. Aber vielleicht finde ich meinen Traumjob ja in einer anderen Stadt.

Auch wenn es dort keinen Colin geben wird.

Das ist ein Traum, den ich aufgeben muss.

Weil wir beide einfach nicht füreinander bestimmt sind.

Verdammte Scheiße. Warum nur habe ich zugelassen, dass mein Herz das Kommando über mein Leben übernimmt? Dieses launische Miststück.

Kapitel Einunddreißig

COLIN

»Du drückst zu stark«, meldet sich Alex zu Wort, als ich die Hantelstange wieder nach oben stemme.

Das Brennen der Muskeln ist das Einzige, was mich von dem Schmerz in meiner Brust ablenkt. Diesmal besteht kein Zweifel daran, dass Peyton vor mir davongelaufen ist.

Vor uns.

»Mir geht's gut«, knurre ich.

»Hör auf.« Alex packt sich die Stange und lässt mich meinen Satz nicht zu Ende führen. »Du wirst dich noch verletzen, und wer soll dann da draußen mit mir auf dem Spielfeld stehen?«

»Da fallen mir ungefähr einundfünfzig andere Spieler ein.«

»Jetzt sei doch nicht so ein Arsch.«

»Wäre ja nichts Neues«, brumme ich.

Als ich weggehen will, hält mich Alex zurück. »Colin. Was ist los mit dir?«

Ich habe das Gefühl, als würde ich jeden Moment in

winzige Einzelteile zerspringen, weil sie nicht mehr bei mir ist.

»Peyton hat mich verlassen.«

»Was? Seit wann wart ihr zwei denn zusammen?«

Ich liebe Alex, wirklich, aber während der Season konzentriert er sich so sehr auf Football, dass er um sich herum einfach nichts mehr mitbekommt.

»Seit ein paar Wochen.«

Seit siebenundsechzig Tagen, um genau zu sein.

Aber es zählt ja zum Glück niemand mit.

»Shit. Wie konnte das nur an mir vorübergehen?«

»Es ist gar nichts an dir vorübergegangen. Es sollte wohl nicht sein, dass wir zusammen sind, also sind wir es jetzt auch nicht mehr. Ende der Geschichte.«

Alex schüttelt den Kopf und nimmt einen Schluck Wasser. »Das hört sich für mich aber nicht wie das Ende der Geschichte an.«

»Sie hat ihren Job verloren, weil sie mit mir zusammen war.«

»Und das war's dann jetzt? Einfach so?«

»Einfach so.«

»Hm«, meint Alex nur und schlendert von mir weg.

»Was ›Hm‹?«

Was für ein Arsch. Lässt einfach so eine kryptische Bombe fallen und geht dann seiner Wege.

»Hätte nur nicht gedacht, dass du jemand bist, der einfach so aufgibt«, raunt er mir über seine Schulter zu.

Bevor ich zu ihm aufholen kann, betritt der Coach den Raum. »James. Auf ein Wort.«

Mit eingezogenen Schultern folge ich ihm aus dem Kraftraum in sein Büro. Ich hatte diese Woche richtig beschissene Laune, und das hat man mir auch angemerkt. Verlorene Pässe. Verpatzte Routen. Es ist, als hätte ich noch nie in meinem Leben Football gespielt.

»Was gibt's, Coach?« Ich schließe die Tür hinter mir und setze mich auf den Platz vor seinem Schreibtisch. Sein Büro ist mehr mit Bildern seiner Familie geschmückt als mit Football-Sachen.

»Du warst die letzte Woche nicht du selbst. Was ist los?«

»Hat Alex mit dir gesprochen?« Jetzt kann er sich wirklich auf was gefasst machen.

»Nein. Es ist offensichtlich, dass dich etwas bedrückt, weil dein Spiel einfach nicht läuft. Und ob du es glaubst oder nicht, aber ich merke so was. Was ist passiert?«

Er sieht mich mit festem Blick an. Mit seinem grau melierten Haar und seinen braunen, freundlichen Augen wirkt er so väterlich, dass man ihm einfach sein Herz ausschütten möchte. Und genau das tue ich.

Es ist extrem befreiend, das alles loszuwerden.

»Ich weiß nicht, was ich noch tun kann. Ich darf sie nicht verlieren.« Nach diesem Geständnis starre ich auf meine Hände, mit denen ich nervös herumspiele.

Ich habe Peyton schon einmal verloren. Ich darf sie nicht noch einmal verlieren. Selbst diese paar Tage ohne sie waren schon zu viel für mich.

»Ich hatte heute ein Gespräch mit Earl.«

Mein Kopf schnellt in die Höhe. »Warum wollte mein Agent mit dir reden?«

Earl und der Coach sind zwar befreundet, interagieren aber eher selten.

»Um deine Situation zu besprechen.«

Ich habe das Gefühl, als würden die Wände des kleinen Zimmers auf mich zukommen. »Meine Situation?«

Bitte sag mir jetzt nicht, dass du mich zu dir bestellt hast, weil ich rausgeschmissen werde.

»Earl hat dich in den höchsten Tönen gelobt. Er hat gemeint, du hättest großartige Arbeit geleistet, um dein

Image zu verbessern. Wir alle können das sehen. Du bist eine Bereicherung für diese Mannschaft und wir können von Glück reden, dich zu haben. Du wirst nirgendwo hingehen.«

»Verdammte Scheiße! Danke.« Mir ist meine Erleichterung deutlich anzumerken. »Das nenne ich mal eine Achterbahn der Gefühle.«

Der Coach lacht. »Tut mir leid, Colin. Ich wollte dir keine Angst einjagen. Aber ich habe mit dem Manager gesprochen.«

»Das nennst du ›keine Angst einjagen‹?« Ich atme tief durch.

»Suzanne möchte ein wenig kürzertreten und einen Teil ihrer Aufgaben an jemand anderen abgeben. Deshalb werden wir ein wenig Hilfe in unserer Social-Media-Abteilung gebrauchen können. Vielleicht einen Praktikanten – oder eine Praktikant*in*. Kennst du vielleicht jemanden, der so einen Job gerne übernehmen würde?«

»Du verarschst mich.«

Der Coach muss über meine Wortwahl lachen. »Ganz und gar nicht.«

Er holt einen DIN-A4-Umschlag hervor und gibt ihn mir. »Ich dachte mir, dass du die Nachricht vielleicht persönlich überbringen willst. Suzanne hat sich bereits mit der Universität in Verbindung gesetzt, um zu klären, was Peyton alles noch für ihre Anerkennung braucht.«

»Heilige Scheiße.«

Der Coach steht auf und geht um seinen Schreibtisch herum. »Colin, ich bin immer für euch Jungs da. Wenn es euch schlecht geht, will ich euch helfen. Bekomm deinen Kopf wieder frei und hol dir dein Mädchen zurück. Wir sehen uns dann vor dem Spiel.«

Das muss er mir nicht zweimal sagen.

Sofort springe ich auf und stürme aus seinem Büro.

Denn das Einzige, was ich jetzt noch tun möchte, ist, Peyton zurückzuholen – in meine Arme, wo sie hingehört.

Kapitel Zweiunddreißig

PEYTON

Ein Klopfen an der Tür lässt mich meinen schwerfälligen Körper von der Couch hieven. Seit ein paar Tagen gehe ich nun regelmäßig in das Fitnessstudio, in das Grier mich mitgeschleppt hat, um den schweren Boxsäcken eine Tracht Prügel zu verpassen.

Das ist meine Art der Therapie.

Allerdings fühlt sich mein gesamter Körper seitdem labbrig an wie Wackelpudding.

Als ich die Tür öffne, steht davor nicht – wie ich erwartet hatte – der Postbote.

Sondern Colin.

»Was machst du denn hier?«

»Ich bin hier, um dir hoffentlich alles bieten zu können, was du dir in deinem Leben wünschst.«

Er sieht genauso fertig aus wie ich.

Ich seufze. »Colin …«

»Bevor du irgendetwas sagst, gib mir bitte einen kurzen Moment, okay?«

Ich nicke.

»Da du Statistiken magst, möchte ich dir erst mal ein paar Statistiken über unsere Beziehung vorlegen.«

Ich atme tief ein und stütze mich an der Tür ab.

»Ich bin seit sieben Jahren in dich verliebt. Seit dem Moment, als ich dich zum ersten Mal gesehen habe. Seit jeder Sekunde von jeder Minute von jeder Stunde von jedem Tag dieser verdammten sieben Jahre.«

Er tritt einen Schritt näher.

»Ich habe dich über jeden Kilometer hinweg geliebt, der zwischen Denver und Knoxville liegt. Über jeden der zweitausendzweihundert davon.«

Ein weiterer Schritt.

»Wir hatten an zweiundsiebzig Abenden im College mexikanisches Essen. Weil zwei College-Kids mit schmalem Budget zu den kostenlosen Taco-Nächten einfach nicht Nein sagen konnten.«

»O Gott. Wie viele Tacos wir an diesen Abenden immer verdrückt haben«, stöhne ich.

Colin lächelt und traut sich noch einen Schritt näher.

»Ich weiß, an wie vielen Tagen wir in diesen zwei Jahren nicht zusammen waren – an ungefähr sechsundfünfzig. Denn jedes Mal, wenn ich ein Auswärtsspiel hatte, habe ich es gehasst, von dir getrennt zu sein. Aber ich habe es geliebt, mit dir zu lernen. Ein Kuss für jede richtige Antwort, weißt du noch?«

Wir lächeln beide über diese Erinnerung.

»Ich erinnere mich an den Tag, an dem ich dir zum ersten Mal gesagt habe, dass ich dich liebe. Weißt du das auch noch?«

Ein kleines Lächeln zuckt um meine Mundwinkel. Die Erinnerung daran bringt das Herz in meiner Brust zum Rasen.

»Es war nach dieser beschissenen Niederlage gegen Mississippi. Es hat in Strömen geregnet und ich habe mir die Schulter gezerrt. Du warst die Einzige, die bei diesem Spiel für mich da war. Ich glaube, ich habe mich noch nie so geliebt gefühlt – außer vielleicht, als du dich nach meiner Gehirnerschütterung um mich gekümmert hast.«

»Irgendjemand musste sich deiner ja annehmen.«

Colin verringert den Abstand zwischen uns noch mehr. Inzwischen berühren seine Turnschuhe beinahe meine nackten Zehen. »Und ich bin so froh, dass du es warst. Denn an diesem Tag hat sich etwas in mir verändert. Mir ist bewusst geworden, dass ich ohne dich in meinem Leben niemals wieder glücklich werden würde.«

Er nimmt meine Hand, die im Vergleich zu seinen riesigen Pranken richtig zierlich aussieht. »Am meisten hat es mir immer gefallen, deine Hand zu halten. Und das ist auch jetzt noch so. Ich wollte immer mit dir verbunden sein. Deshalb waren diese letzten Jahre ohne dich auch so hart. Niemand könnte dich jemals ersetzen, Peyton.«

Eine einzelne Träne löst sich aus seinem Auge. Das führt dazu, dass mir meine eigenen Tränen, die ich bisher noch zurückhalten konnte, nun ebenfalls übers Gesicht laufen.

»Ich liebe dich, Rocky. Du bist das Beste, was mir je passiert ist, und ich wüsste nicht, was ich tun würde, wenn ich dich tatsächlich für immer verlieren würde. Du bist zweifellos der beste Fang, den ich je gemacht habe.«

Ein tränenersticktes Lachen entweicht mir. »Das ist jetzt schon ein bisschen schnulzig, findest du nicht?«

»Was soll ich sagen? Du bringst das eben in mir zum Vorschein, Rocky.«

»Das ändert aber nichts an den Tatsachen, Colin. Ich kriege keinen Job hier in Denver.«

»Bist du dir da sicher?«, fragt er und wedelt mit einem Umschlag, den er in der Hand hält.

»Was ist das?«

»Ein Job bei den Mountain Lions.«

»Du machst Witze.«

Er schüttelt den Kopf. »Earl hat ein paar Anrufe getätigt. Die Leiterin unseres Kommunikationsteams will etwas kürzertreten, also wird dort eine helfende Hand gebraucht. Social Media, Pressemitteilungen … alles Mögliche. Es ist zwar auch nur ein Praktikum, aber die Stelle wäre einfach perfekt für dich.«

Colin hält mir den Umschlag hin und ich reiße ihn auf. Darin enthalten ist eine Auflistung mit allen Einzelheiten der Stelle, die im Januar mit dem neuen Semester beginnen würde.

»O mein Gott. Du meinst das ernst.«

»Ich will, dass das mit uns funktioniert, Peyton. Ich möchte, dass du hierbleibst. Dass du für das Team arbeitest, für das ich spiele. Dass du, ich und Waffles eine Familie sind.«

Ich wische mir die Tränen weg. »Wie geht es Waffles überhaupt?«

»Er vermisst dich. Genau wie ich.«

Colin umfasst meine Wangen. »Was sagst du dazu, Peyton?«

Jedes einzelne Wort, das er gesagt hat, setzt sich in die Risse meines Herzens und kittet sie wieder zusammen. Ich greife mit der Faust in sein Shirt und ziehe ihn an mich.

Sofort huscht ein Lächeln über sein hübsches Gesicht, während ich sage: »Es ist eine gute Sache, dass es dir nichts auszumachen scheint, mit mir zusammenzuarbeiten. Denn ich schätze, ich werde dich noch eine Weile behalten.«

Colins Schultern sacken erleichtert herunter, so als ob endlich eine schwere Last von ihm abgefallen wäre. »Gott, ich liebe dich so, Peyton.«

Seine Lippen begegnen meinen in einem stürmischen Kuss, in den wir all unsere Gefühle fließen lassen, während wir darum kämpfen, wer von uns beiden die Oberhand gewinnt. Ich hatte schon ganz vergessen, wie gut Colin schmeckt. Selbst diese knappe Woche, in der wir getrennt waren, war schon zu lang.

Er hebt mich in seine Arme und trägt mich in meine Wohnung, ohne den Kuss zu unterbrechen. Ich lasse den Umschlag fallen und spüre, wie sich Colins Muskeln unter meinen Fingern anspannen, während ich mich an ihn klammere. Ich möchte nie wieder von diesem Mann getrennt sein.

Colin stößt die Tür hinter sich zu und setzt mich auf dem kleinen Tisch neben dem Eingang ab, während seine Lippen an meinem Hals hinabgleiten. Mein Puls rast aufgrund seiner Berührungen.

»Ich will sofort in dir sein.«

Ich brauche keine weitere Aufforderung. Mit schnellen Fingern öffne ich seine Hose und schiebe sie an seinen Beinen hinunter. Er ist bereits steinhart. Ich liebe die Wirkung, die ich auf diesen Mann habe.

Colins Gesicht ist nur wenige Zentimeter von meinem entfernt. Ich fahre mit einem Finger über seine Lippen, die ich am liebsten wieder auf meinem Körper spüren würde. »Ich habe dich so vermisst.«

Er nimmt meine Hand und drückt mir einen Kuss auf die Handfläche. »Ich bin verrückt geworden ohne dich.«

»Aber dafür hast du trotzdem ziemlich gut Football gespielt«, sage ich, während ich aus meinen Shorts schlüpfe.

»Das Training war die Hölle, aber es war das Einzige, das geholfen hat, den Schmerz etwas zu betäuben.«

»Ich liebe dich«, flüstere ich, als Colin keuchend in mich eindringt.

»Ich liebe dich auch, Peyton. Für immer du und ich.«

Ich drücke ihn an mich und spüre jeden Zentimeter

seines nackten, harten Glieds, während er in mich stößt. Liebevolle Worte werden geflüstert, als wir zusammen den Höhepunkt erreichen. Schwer atmend bleibt er weiterhin in mir, da keiner von uns beiden sich bewegen will.

»Solange du drei Touchdowns schaffst«, sage ich lächelnd an seinem Hals.

»Für dich, Peyton? Da mache ich vier draus.«

Kapitel Dreiunddreißig

Was für eine Scheiße. Eine weitere Season, in der wir in der Wild-Card-Runde aus den Play-offs ausgeschieden sind. Und zu allem Überfluss war es auch noch das Team aus Vegas, das uns geschlagen hat.

Der Tag, an dem man seinen Spind ausräumt, ist immer der schlimmste. Jedes Gesicht hier drin ist traurig. Von der überschäumenden Energie, die wir zu Beginn der Season noch ausgestrahlt haben, ist nichts mehr zu spüren. Aber die neue Praktikantin in der Kommunikationsabteilung – die zufällig auch noch mein Lieblingsmensch ist – hat danach ein Mittagessen für das Team arrangiert.

So wird es wenigstens nicht ganz so traurig.

Das Vibrieren meines Handys lenkt mich vom Entsorgen leerer Shampooflaschen aus meinem Spind ab.

Dad.

Ich würde ihn zwar wahnsinnig gerne ignorieren, aber ich tue es nicht. Denn er wird nicht lockerlassen, bis ich endlich rangehe.

»Dad.«

»Colin. Ziemlich schwaches Spiel, was du da gestern

abgeliefert hast. Eine Niederlage gegen Vegas?« Ich höre ein »Ts, ts, ts« am anderen Ende der Leitung.

Ich hätte den Anruf doch ablehnen sollen.

»Passiert.« Ich habe absolut keine Lust, mit ihm jetzt darüber zu diskutieren.

»Wenn du nicht die ganze Zeit mit dieser Frau rumvögeln würdest, wärst du vielleicht mit dem Kopf bei der Sache, nämlich beim Spiel.«

»Meinst du diesen Scheiß jetzt wirklich ernst?« Ich lasse das Handtuch in meiner Hand fallen und gehe hinaus in den Flur, um ein wenig mehr Privatsphäre zu haben.

»So redet man nicht mit seinem Vater.«

»Wenn du dich irgendwann mal wie mein Vater benimmst, dann rede ich vielleicht auch so mit dir, wie du es verdienst«, schnauze ich ihn an.

»Du warst nie so, als du noch nicht mit dieser Frau zusammen warst. Ich dachte, ich wäre sie bereits beim ersten Mal losgeworden. Ich kann es nicht fassen, dass du wieder mit ihr zusammengekommen bist.«

Meine Sicht verschwimmt, als lodernde Wut in mir aufsteigt. »Was?«

»Du musstest dich auf deine Football-Karriere konzentrieren, also habe ich getan, was getan werden musste.«

Da wird mir endlich alles klar. »*Du* warst es, der diese Briefe im College geschrieben hat. Und *du* warst es auch, der dafür gesorgt hat, dass Peyton von Earl gefeuert wird.«

»Du warst – *bist* – auf dem besten Weg, deine Zukunft wegzuwerfen. Dein Fokus sollte einzig und allein auf Football liegen. Darauf, einen Super Bowl zu gewinnen.« Er sagt das so, als wäre es das Selbstverständlichste auf der Welt.

»Du hattest kein Recht, das zu tun!«, schreie ich ihn an. Mehr muss ich gar nicht wissen. Er ist der Grund, warum Peyton und ich all diese Jahre getrennt waren. Wut brodelt in mir wie Magma in einem Vulkan.

»Ich bin dein Vater …«

»Nein«, falle ich ihm ins Wort. »Komm mir jetzt bloß nicht damit. Das Einzige, was dich je interessiert hat, waren meine Leistungen beim Football. Du hast als Spieler selbst nichts reißen können, und wenn dann meine Ergebnisse mal nicht perfekt waren, war dir alles andere scheißegal.«

»Pass auf, was du sagst.«

»Ich hab die Schnauze voll, Dad. Wenn du mich und die Frau, *die ich verdammt noch mal liebe*, wirklich so behandeln willst, dann war's das mit uns. Du siehst mich nur als einen Spieler. Wenn du anfängst, mich wie deinen Sohn zu behandeln, dann können wir weiterreden.«

Damit beende ich das Gespräch und zerquetsche fast das Handy in meiner Faust, so wütend bin ich. Nun habe ich die Bestätigung, dass er Peyton und mich auseinandergebracht hat. Ich erinnere mich noch an die ersten Tage nach dem Draft, als ich Peyton anrufen und mit ihr reden wollte. Als ich versuchen wollte, ihr klarzumachen, dass wir zusammengehören.

Aber er war derjenige, der es mir ausgeredet hat. Derjenige, der uns voneinander ferngehalten hat.

Das Bedürfnis, Peyton zu sehen, ist plötzlich überwältigend. Es ist mir egal, dass mein Spind erst halb leer ist.

Ich muss unbedingt zu Peyton.

Schnellen Schrittes gehe ich den Flur entlang in Richtung der Verwaltungsbüros. Ich biege um die Ecke und da steht sie.

Als sie mich sieht, verschwindet das Lächeln aus ihrem Gesicht und sie kommt zu mir geeilt. »Was ist passiert?«

»Mein Dad.«

Sie verzieht angewidert den Mund. »Was hat er getan?«

»Du hattest recht.« Ich nehme ihre Hand und ziehe sie in einen etwas ruhigeren Bereich des Flurs. »Er war derjenige, der uns vor all den Jahren auseinandergebracht hat. Und auch vor Kurzem. Keine Ahnung, wie er an Earl herangekommen ist, aber er hat wohl seine Mittel und Wege.«

»Colin. Das tut mir so leid«, sagt sie, anstatt mir die Tatsache unter die Nase zu reiben, dass sie die ganze Zeit über richtig lag. Auch wenn mein Dad ein Arschloch ist, wollte ich einfach nicht, dass sie in dieser Sache recht hat. »Wie kommst du damit klar?«

Ich ziehe sie in meine Arme und atme ihren Duft ein – Jasmin-Parfüm und Vanille-Duschgel. Er wirkt wie ein sofortiger Balsam auf meine angegriffenen Nerven. »Ich kann es einfach nicht glauben.«

»Ich wünschte, es wäre nicht wahr.«

Ihre Arme sind das Einzige, was mich gerade noch erdet. Ich wünschte, mein Vater wäre nicht so. Ich wünschte, er wäre nicht das größte Arschloch der Welt. Aber ich schätze, wenn man es selbst zu nichts gebracht hat, lässt man es eben an denen aus, die mehr in ihrem Leben erreicht haben. Aber das tut jetzt nichts mehr zur Sache. Denn die einzig wichtige Person in meinem Leben ist die Frau in meinen Armen.

»Ich bin einfach nur froh, dass du hier bist, Rocky«, flüstere ich, und mir versagt beinahe die Stimme.

»Es gibt keinen anderen Ort, an dem ich lieber wäre. Außer …«

»Außer was?«, frage ich und schaue sie skeptisch an.

Sie sieht mich neckisch an. »Eigentlich müsste ich jetzt bei einem Team-Essen sein. Meinst du, du könntest da mit mir zusammen hingehen?«

Ich atme erleichtert aus und gleite mit meinen Fingern ihren Arm hinunter, um ihre Hand zu ergreifen. »Und mit meinem Mädchen angeben? Auf jeden Fall.«

Ein strahlendes Lächeln erscheint auf Peytons Gesicht, während wir durch das Gebäude in Richtung des Indoor-Trainingsplatzes gehen. Lange Tafeln mit Essen sind um kleinere Tische herum aufgestellt, an die man sich setzen kann. Einige Familien warten bereits auf die Spieler.

Earl, der auf der anderen Seite des Raumes steht, entdeckt uns und kommt zu uns gelaufen. »Colin. Peyton. Wie schön, euch beide hier zusammen zu sehen.«

Peyton schüttelt ihm die Hand, und er klopft mir auf die Schulter.

»Ich schätze, ich muss mich bei Ihnen bedanken, dass ich diesen Job hier bekommen habe.«

Er winkt ab. »Ich erkenne Talent, wenn es vor mir steht, und hatte so ein Gefühl, dass die Mountain Lions gut zu Ihnen passen würden. Aber sind Sie sich auch sicher, dass Sie mit diesem Typen zusammen sein wollen?«, fragt er und deutet dabei auf mich.

Peyton sieht mich von oben bis unten an, als ob sie ernsthaft über ihre Antwort nachdenken würde. »Ach, ich glaube schon, dass ich ihn behalten werde.«

»Autsch, Rocky. Autsch.« Ich ziehe sie in meine Arme und drücke sie an meine Brust. Ihre Schultern heben und senken sich vor Lachen.

Noch vor ein paar Wochen hätte ich nie gedacht, dass so unsere Zukunft einmal aussehen würde. Aber jetzt sind wir hier zusammen, in aller Öffentlichkeit. Jeder bekommt die verspielte Art, wie wir uns lieben, zu Gesicht.

»Zumindest weiß ich, dass Sie ihn in Schach halten werden.« Earl schüttelt den Kopf und geht hinüber zu unserem Coach, der inzwischen eingetroffen ist.

»Ja was ist denn hier los?«, fragt Alex, der plötzlich hinter uns auftaucht.

»Ich versuche, Colin in Schach zu halten.« Peyton dreht sich in meinen Armen, weicht aber nicht von meiner Seite.

Alex' Blick huscht zwischen uns beiden hin und her. »So lerne ich also auch endlich die berühmt-berüchtigte Peyton offiziell als deine Freundin kennen?«

»Die einzig Wahre.« Ich drücke sie fester an mich.

Alex schlingt seine Arme in einer unbeholfenen Umarmung um uns beide. »Dann lass mich dir Danke sagen dafür, dass du es geschafft hast, dass dieser Kerl seinen Scheiß wieder in den Griff bekommen hat. Ich hätte nur ungern meinen Wide Receiver verloren.«

»Oooh, du scheinst mich ja wirklich zu mögen.«

»Was soll ich sagen? Ich wollte eben keinen neuen Typen einarbeiten müssen.« Alex geht einen Schritt zurück und lächelt Peyton an, als wären sie jetzt die besten Freunde.

»Du sagst mir einfach, wenn er sich mal wieder aufführt, und ich kümmere mich dann schon um ihn«, meint Peyton mit strengem Ton.

»Na klasse, jetzt verbündet ihr beiden euch auch noch gegen mich?« Ich verdrehe die Augen.

»Tu doch nicht so. Du weißt ganz genau, wie sehr du das liebst«, meint Peyton und kneift mir in die Wange.

Aber ich liebe es tatsächlich. Ich liebe es so verdammt sehr.

Denn ich bekomme das Beste aus beiden Welten.

Football und Peyton.

Endlich ist der Tag gekommen. Mein Kleid weht um meine Knöchel, während ich auf meinen Einsatz warte. Vielen Dank an denjenigen, der beschlossen hat, diese Veranstaltung im Mai und im Freien abzuhalten, denn es ist brütend heiß heute.

»Peyton Thompson.«

Als mein Name endlich aufgerufen wird, gehe ich auf die Bühne, um mein Abschlusszeugnis entgegenzunehmen. Ich höre, wie mein Name von der anderen Seite des Stadions gerufen wird, wo mich meine kleine Gruppe anfeuert. Grier ist direkt hinter mir.

»Wir haben es geschafft!« Sie umarmt mich so überschwänglich, als wir unsere Plätze einnehmen, um den letzten Absolventen bei der Übergabe ihrer Zeugnisse zuzusehen, dass sie mich beinahe umwirft.

»Wir sind endlich fertig! Heilige Scheiße!« Ich atme erleichtert auf.

Ich hätte nicht gedacht, dass dieser Tag jemals kommen würde. Als ich meinen Praktikumsplatz bei Earl verloren hatte, wusste ich nicht, wie es weitergehen würde.

Ich habe es zwar geschafft, die Anrechnungspunkte zu bekommen, die ich für meinen Abschluss im Frühjahr gebraucht habe, aber es war nicht einfach. An den meisten Tagen habe ich die Arbeit von zwei Leuten erledigt.

Ich hätte es besser wissen müssen. Colin war für mich da, als ich ihn am meisten gebraucht habe. Und auch, wenn sie nicht immer einfach waren, zählen die letzten Monate definitiv mit zu den schönsten meines Lebens.

Jeden Tag darf ich für das beste Team in der Liga arbeiten. Und abends? Da darf ich zu meinen zwei Lieblingsmännern nach Hause gehen.

Waffles steht natürlich an erster Stelle, aber Colin kommt ganz dicht dahinter.

Da mein Praktikum nun vorbei ist, muss ich mich an die einschüchternde Aufgabe machen, nach einem Job zu suchen. Aber das ist ein Problem, dem ich mich am Montag widmen werde.

Gerade im Moment möchte ich einfach nur meinen Hut in die Luft schleudern und mit meinen Freunden und meiner Familie feiern.

Und schlafen.

Die Abschlussarbeit hat mir fast all meine Energie geraubt. Gott sei Dank ist gerade Off-Season, sonst weiß ich nicht, was ich getan hätte.

Als die letzte Person die Bühne betritt, haken Grier und ich unsere Arme unter. Sie hat bereits einen Job im Westen für ein Baseballteam der unteren Liga angenommen, für das es momentan nicht so gut läuft. Sie hat gesagt, sie sei bereit für diese Herausforderung … und für Kerle in Baseball-Pants.

»Herzlichen Glückwunsch, liebe Absolventinnen und Absolventen«, verkündet der Dekan, während wir unsere Hüte hoch in die Luft werfen. Ich ziehe Grier in eine Umarmung und drücke sie so fest an mich, dass man meinen könnte, ich wolle sie zerquetschen. Tränen sammeln sich in meinen Augen. Ich bin schon den ganzen Tag über sehr emotional gewesen. Sosehr ich mich auch auf das nächste Kapitel in meinem Leben freue, so traurig bin ich darüber, dass Grier und ich uns nicht mehr täglich sehen werden.

Familien machen sich auf den Weg auf das Feld und Grier eilt los, um ihre zu suchen. Ein Paar Arme legt sich von hinten um mich und schaukelt mich hin und her.

»Ich bin so verdammt stolz auf dich!« Ich lehne meinen Kopf gegen Colins Schulter, während ich vor Freude und Glück beinahe überschäume.

»Ich kann nicht glauben, dass ich wirklich fertig bin!« Colin lockert seinen Griff ein wenig und ich drehe mich in seinen Armen, um ihn fest an mich zu drücken.

»Endlich Zeit für einen verdammten Urlaub!«

Colin hat mir bereits nach der Niederlage in der Post-Season gesagt, dass er gerne in Urlaub fahren würde, aber wegen der Schule konnte ich nicht freimachen.

Jetzt stehen zwischen Colin, mir und dem Strand nur noch ein paar Tage, die hoffentlich schnell vorbeigehen werden.

»Mmmh. Ich bin so was von bereit für ein paar Cocktails am Strand. Meinst du, ich finde einen Pool Boy, der sie mir bringt?«

»Gott, könnt ihr beiden euch nicht ein Zimmer nehmen?«, fragt Alex, der gerade hinter Colin auftaucht.

»Tut mir leid, Mann«, meint Colin schulterzuckend, ohne es wirklich ernst zu meinen.

»Meinen Glückwunsch, Peyton.« Alex beugt sich zu mir herunter und umarmt mich unbeholfen von der Seite, da Colin immer noch seine Arme um mich geschlungen hat.

»Danke. Ich freue mich riesig, dass du heute kommen konntest.«

Alex und ich sind sehr gute Freunde geworden, seit ich für das Team arbeite. Er ist einer der nettesten Typen, die ich kenne, und es freut mich, wie nahe er und Colin sich stehen.

»Du wirst dich gleich noch mehr freuen, denn ich habe gute Nachrichten im Gepäck.« Er zieht einen zerknitterten Umschlag aus seiner Jackentasche.

»Was ist das?« Ich nehme ihm den Umschlag ab und reiße ihn auf.

»Das Team dachte, dass es vielleicht ganz passend wäre, dir das heute zu überreichen.«

Colin stellt sich neben Alex. Beide verschränken die Arme und schauen mir zu.

Wenn ich es nicht besser wüsste, würde ich sagen, die beiden sind Brüder.

Ganz oben auf dem Dokument prangt das Logo der Mountain Lions.

Und der Inhalt des Schreibens?

Eine Vollzeitstelle als neue Social-Media-Koordinatorin des Teams.

Mir fällt die Kinnlade herunter, während mein Blick zwischen den beiden Jungs vor mir hin und her springt.

»Das ist jetzt aber kein Witz, oder?« Meine Augen füllen sich mit Tränen, während ich ungläubig auf den Brief schaue, der mir überreicht wurde.

»Glaubst du echt, ich würde so etwas Arschiges machen?«, fragt Alex.

»Das ist wirklich wahr? Die Mountain Lions wollen mich haben?«

»Und ob sie das wollen!«, ruft Colin.

»O mein Gott!« Ich springe Colin in die Arme und

zerknittere dabei den Brief in meiner Hand. Alex muss über uns beide lachen.

»Darf ich also davon ausgehen, dass du die Stelle annehmen wirst?«, fragt Alex.

»Ist ja schließlich nur mein Traumjob!« Ich lege einen Arm um Alex und ziehe ihn in eine Umarmung. »Ich kann nicht glauben, dass das gerade wirklich passiert!«

»Glaub es ruhig, Peyton. Du hast es dir verdient.« Alex geht einen Schritt zurück. »Wir treffen uns dann auf dem Parkplatz.«

Alex lässt mich mit Colin zusammen zurück. Ich lege meine Hände auf sein Gesicht und überhäufe es mit Küssen.

»Ich kann nicht glauben, dass ich meinen Job behalten darf!«

»Das Team wäre verrückt, dich gehen zu lassen.«

Nach allem, was heute passiert ist, kann ich die Tränen nicht mehr länger zurückhalten. Alles, was ich mir jemals gewünscht habe, gehört endlich mir.

Mein Traummann und mein Traumjob. Auch wenn wir ein paar Jahre gebraucht haben, um nun hier zu stehen, würde ich absolut nichts ändern wollen.

Colin und Football.

Besser kann es gar nicht werden.

ENDE

Bonus-Epilog

»Okay, und jetzt einfach sitzen bleiben. Braver Junge.« Colin weicht langsam vor Waffles zurück, der seinen Kopf dreht und mich irritiert ansieht.

Der Kleine scheint dasselbe zu denken wie ich: *Ist der Typ noch ganz dicht?*

»Okay, Rocky, jetzt schnell das Foto machen!«

»Du bist so albern«, sage ich lachend, während ich ein paar Bilder von Waffles in einem Weihnachtsmannkostüm vor dem Weihnachtsbaum schieße.

»Du meinst wohl eher unglaublich. Die Leute werden das lieben. Und so werden hoffentlich noch ein paar mehr Hunde vor den Feiertagen vermittelt.«

Wäre ich nicht schon vorher vor Rührung beinahe dahingeschmolzen, dann spätestens jetzt.

Wer hätte gedacht, dass der größte Playboy der Liga so ein gutes Herz haben würde?

Ich wusste es, schließlich ist das der Colin, den ich schon immer gekannt habe. Der die Bedürfnisse und Wünsche aller anderen über seine eigenen stellt. Dieser Colin war lediglich für ein paar Jahre untergetaucht.

»Warum hast du denn so ein verklärtes Grinsen im Gesicht?« Colin hievt den heranwachsenden Hund in seine Arme und überhäuft ihn mit Küssen.

»Ich musste nur gerade wieder daran denken, wie fantastisch du bist.« Ich gehe zu ihm und drücke ihm einen widerlich lauten Kuss auf die Lippen.

»Da könnte es allerdings passieren, dass du noch eine ganze Weile mit Denken beschäftigt sein wirst, so großartig wie ich bin.«

»Ich habe ja genug Zeit.« Ich kuschle mich fester in Colins Arme. Das Feuer knistert, während es draußen immer dunkler wird. Letzte Nacht ist in Denver etwa dreißig Zentimeter Schnee gefallen. Das perfekte Setting für eine vorgezogene Weihnachtsfeier.

Da der Weihnachtstag auf einen Sonntag fällt, ist das Team übers Wochenende unterwegs. Dafür wurde das Training am Freitag abgesagt, damit alle den Tag mit ihren Familien verbringen können.

Und da meine Eltern meinen Bruder besuchen, haben Colin und ich beschlossen, zusammen hierzubleiben.

»Ich bin so glücklich, dass du da bist«, flüstert Colin und beugt sich herunter, um meine Lippen in einem zärtlichen Kuss zu umschließen. Als hätte er meine Gedanken gelesen.

»Es gibt keinen Ort, an dem ich lieber wäre.«

»Sehr gut.« Ein neckisches Grinsen huscht über sein Gesicht. »Denn jetzt ist es an der Zeit, draußen mit Waffles im Schnee zu spielen.«

»Nur weil *du* den Schnee liebst, heißt das noch lange nicht, dass *er* das auch tun wird.«

»Ich habe ihm eine kleine Weste und Schühchen gekauft. Er *muss* Schnee lieben!«

Ich lache, während wir unsere dicken Jacken anziehen

und Colin Waffles von seinem Weihnachtsmannkostüm befreit und in die Winterkleidung steckt.

»Okay, los geht's, Kumpel.« Colin öffnet die Glasschiebetür von der Küche in den Garten, doch Waffles sieht ihn an, als wäre er vollkommen übergeschnappt.

»Warum geht er denn nicht los?«, fragt Colin und sieht mich verwundert an.

»Wahrscheinlich, weil er das ganze Zeug nicht tragen will.« Ich verdrehe die Augen und ziehe Waffles die Schuhe aus. »Lass ihn doch einfach herumtoben. Er wird es lieben.«

Kaum sind seine Pfoten befreit, stürmt er los und springt in den Schnee.

»Woher wusstest du, dass das funktionieren würde?«, fragt Colin schmollend und verschränkt die Arme.

»Du machst dir viel zu viele Gedanken. Lass ihn einfach spielen und sich an den Schnee gewöhnen.« Ich schlinge meine Arme um Colin und beobachte, wie der quirlige junge Hund im Garten tobt.

Dicke Schneeflocken fallen vom Himmel, während die Lichter des Baumes einen magischen Schein durch die Fenster werfen.

Und als ich so dastehe, mit meinen Armen um Colin geschlungen, fühlt sich das alles verdammt perfekt an.

»Weißt du, ich finde, wir sollten unser erstes gemeinsames Weihnachten seit all diesen Jahren gebührend feiern.«

»Ach ja? Woran hast du denn gedacht?« Colin macht einen Schritt zurück in den Schnee, und das Funkeln in seinen Augen gefällt mir ganz und gar nicht.

»Wie wäre es mit einer alljährlich stattfindenden Schneeballschlacht?«, fragt er und wirft eine Handvoll Schnee in meine Richtung. Das kalte Nass sickert durch meine Jacke und läuft meinen Rücken hinunter.

»Oh, das wirst du so was von bereuen!« Mit weniger Anmut, als ich normalerweise besitze, werfe ich Schnee in Colins Richtung zurück.

»Das muss aber noch besser werden!« Colin duckt sich hinter einen Tisch, der nun unter Schnee begraben liegt.

»Nicht alle von uns sind Quarterbacks in der NFL«, erwidere ich lachend und werfe einen weiteren Schneeball in seine Richtung.

»Ich bin das auch nicht, und trotzdem kann ich besser zielen als du!« Diesmal trifft mich Colins Schneeball direkt auf die Brust.

»Auf die solltest du aber ein wenig aufpassen.«

»Oh, tut mir leid. Habe ich dir wehgetan?« Colin kommt um den Tisch herumgelaufen und hebt kapitulierend die Hände.

»Ich will nur nicht …«, fange ich an, doch Colin tackelt mich, bevor ich den Satz zu Ende sprechen kann. Mit einem dumpfen Aufprall landen wir im Schnee.

»Du bist so ein mieser Spieler«, schimpfe ich ohne jeglichen Nachdruck in der Stimme. Als Waffles auch noch dazu gesprungen kommt, muss ich laut loslachen.

»Fass, Waffles! Fass!«, schreie ich, als Colin beginnt, mich zu kitzeln. Doch Waffles leckt mir nur den Schnee vom Gesicht. Ich spüre sein kaltes Näschen auf meiner Haut. »Nicht mich!«

Ich versuche, ihn wegzuschieben, doch er drückt sich nur noch mehr an meinen Hals. Colin lässt sich zurück in den Schnee fallen und hält sich vor Lachen den Bauch.

»Er liebt mich zu sehr, um mich anzugreifen. Braver Junge, Waffles.«

»Wir brauchen mehr weibliche Energie in diesem Haus.« Ich setze mich auf und ziehe Waffles in meinen Schoß.

»Nee, das passt schon so.«

Schneeflocken bleiben an Colins Wimpern hängen, während er im Schnee liegt und mich mit strahlenden Augen ansieht.

»Wart's nur ab, Colin James. Ich werde Waffles hier schon ein Schwesterchen besorgen.«

»Werden wir etwa *diese* Art von Familie, Peyton? Die, bei der achtzig Hunde mit im Haus herumwuseln?«

Ich zucke mit den Schultern. »Es würde mir zumindest nichts ausmachen. Wenn sie alle so brav sind wie dieser kleine Kerl hier«, ich streichle Waffles liebevoll über den Kopf, »dann ist das schon okay.«

Colin setzt sich auf und streicht mir ein paar Haare aus dem Gesicht. »Sollte ich einmal achtzig Hunde haben, dann nur zusammen mit dir.«

Mein Herz schäumt vor Liebe zu diesem Mann beinahe über, als ich sein Gesicht in meine Hände nehme und ihm einen Kuss gebe. Seine Lippen sind genauso kalt wie meine, ganz im Gegensatz zu dem, was ich für diesen Mann empfinde. Am liebsten würde ich dieses Gefühl in eine Flasche abfüllen und für immer aufbewahren.

»Ich liebe dich«, flüstere ich gegen seine Lippen.

»Ich liebe dich auch, Peyton.« Ein Jaulen ertönt neben uns. Waffles, dessen ganzes Fell mit Schnee bedeckt ist, wedelt mit seiner Rute und sieht uns an. »Dich liebe ich auch, Waffles.«

»Was hältst du davon, wenn wir jetzt reingehen, uns eine heiße Schokolade machen und Geschenke auspacken?«

Zwanzig Minuten später sitzen wir zusammen vor dem knisternden Kamin. Jeder von uns hat ein Päckchen vor sich liegen.

»Okay, du fängst an.« Er drückt mir ein Geschenk mit einer riesigen Schleife in die Hand.

Ich öffne das Klebeband an der Unterseite, entferne

das Papier und ziehe eine Samtschatulle aus der Box. »Wir haben gesagt, nichts Teures.«

»Nun mach es schon auf.« Colin zieht mich näher an sich heran, als ich die Schachtel mit einem Klick öffne.

Auf dem Polster liegt ein goldener Football-Anhänger. Ich nehme ihn heraus, öffne den Verschluss und schnappe nach Luft. Auf der einen Seite ist ein Foto von unserem ersten Date zu sehen und auf der anderen ein Bild von uns beim Spiel der Mountain Lions von vor ein paar Wochen. Ich liege in Colins Armen, während sein Name und seine Nummer auf meinem Rücken zu sehen sind.

»Oh, Colin.« Tränen steigen mir in die Augen, als ich ihn in die Arme schließe. »Das ist wunderschön.«

»Ich weiß, dass uns einige Jahre dazwischen fehlen, aber solange wir einfach nahtlos daran anschließen und neue Erinnerungen kreieren können, ist das alles, was ich möchte.«

»Jetzt kommt mir mein Geschenk richtig albern vor.« Ich versuche, es festzuhalten, doch Colin reißt es mir aus der Hand. Verflucht seien diese starken Hände.

Er öffnet den kleinen Umschlag und seine Augen wandern über jedes einzelne Wort, das ich geschrieben habe.

»Du hast selber eine Beziehungsstatistik für uns erstellt?«

Ich nicke und spiele nervös mit meinen Händen in meinem Schoß. »Ganz genau. Ich dachte, damit könnte ich dir vielleicht am besten zeigen, wie viel du mir bedeutest.«

»Ich habe keine Ahnung, womit ich dich verdient habe, Peyton.«

»Und ich bin einfach nur unendlich glücklich, dass *du* an jenem Tag in Earls Büro gewesen bist. Ich könnte mir ein Leben ohne dich gar nicht mehr vorstellen.«

Colin legt seine Stirn an meine. »Alles, was ich brauche, bist du.«

»Und das hast du auch.«

Für immer.

Über den Autor

Nachdem sie in der zweiten Klasse einen Preis für junge Autoren gewonnen hatte, war Emily Silver dazu bestimmt, Schriftstellerin zu werden. Sie liebt es, inklusive Geschichten zu schreiben, mit starken Heldinnen und charmanten Helden, die dein Herz erobern werden.

Als Liebhaberin alles Romantischen begann Emily damit, Bücher in ihren Lieblingsorten auf der ganzen Welt anzusiedeln. Als leidenschaftliche Reisende hat sie alle sieben Kontinente besucht und ist um die Welt gesegelt.

Wenn sie nicht schreibt, findet man Emily oft dabei, Cocktails auf ihrer Veranda zu genießen, so viel Romantik wie möglich zu lesen und ihr nächstes großes Abenteuer zu planen!

Finde sie in den sozialen Medien, um auf dem Laufenden über all ihre Abenteuer und kommenden Veröffentlichungen zu bleiben!

Off the Deep End

The Ainsworth Royals

Royal Reckoning

Reckless Royal

Royal Relations

Royal Roots

Royal Ties

The Love Abroad Series

An Icy Infatuation

A French Fling

A Sydney Surprise